suhrkamp taschenbuch 948

Johanna Braun, 1929 in Magdeburg, Günter Braun, 1928 in Wismar geboren, veröffentlichen Kurzgeschichten, Erzählungen und Romane gemeinsam. Sie leben zur Zeit als freischaffende Schriftsteller in Magdeburg. In der Bundesrepublik sind ihre Romane *Der Irrtum des großen Zauberers, Unheimliche Erscheinungsformen auf Omega* XI, *Conviva Ludibundus, Der unhandliche Philosoph,* der Erzählungenband *Der Fehlfaktor* und Kurzprosa in *Der Utofant* erschienen, außerdem Beiträge in vielen Anthologien, etwa in *Polaris 5, Die andere Zukunft, Bitterfisch, Lessing heute*.

Richard Schrimms von der Gepäckababfertigung des Bahnhofs Grasleben-Horkenstedt begibt sich feierabends als Privatmann AUF STATION und fängt geheimnisvolle Stimmen auf. Dabei geschieht es ihm, daß er auf eine Kugel 37 a versetzt wird, wo die Gewaltigen ihn in ihr KUGELTRANSZENDENTALES VORHABEN einspannen wollen. Schrimms, auf den während seines langen Lebens der Wortschwall vieler Ideologien und Bürokratien niederging, soll nun als Spitzenabgeber für dringend benötigte Wortgebilde funktionieren. Der auf der Kugel 37 a herrschende Fonformismus braucht immer neue Wortmaterialien, um die Bewohner, Tunnelmenschen, so zu fonformen, daß aus ihren Mündern die von der Macht gewünschten Wörter steigen.

Der arme geschundene Gepäckabfertiger Schrimms, verloren im Gewölk der Wortgespenster und unter dem Beschuß der Wortgranaten, der VERBALIEN, hat es schwer etwas zu entdecken, das wirklich so ist, wie es bezeichnet wird. Sogar die kleine flotte FON, Schrimmsens Liebe auf 37 a, enttäuscht ihn bitter.

Johanna Braun / Günter Braun

Das Kugeltranszendentale Vorhaben

Utopischer Roman

Phantastische Bibliothek
Band 109

Suhrkamp

Redaktion und Beratung: Franz Rottensteiner
Umschlagzeichnung: Thomas Franke

suhrkamp taschenbuch 948
Erste Auflage 1983

Suhrkamp Taschenbuch Verlag
Satz: Wagner Nördlingen
Druck: Ebner Ulm
Umschlag nach Entwürfen von
Willy Fleckhaus und Rolf Staudt

1 2 3 4 5 6 – 88 87 86 85 84 83

Das Kugeltranszendentale Vorhaben

1

Wenn die Gepäckabfertigung des Bahnhofs Grasleben-Horkenstedt geschlossen hatte, und dies war eine halbe Stunde vor und eine halbe Stunde nach Abfahrt eines Zugs der Fall, sowie auch zwischendurch, wenn Publikumsverkehr nicht zu erwarten war, schob Richard Schrimms die Frühstücks- oder Kaffeepause ein, je nachdem welche Schicht er gerade machte. Manchmal geschah es noch, wenn schon sein Ablöser gekommen war. Schrimms ließ sich durch ihn nicht die Ruhe nehmen. Er schnitt mit einem alten Taschenmesser (außen echt Hirschhorn) von seinem Klappbrot kleine Würfel, die er aufs Messer spießte und abwechselnd mit Scheiben einer Gurke oder eines Rettichs zum Munde führte und sorgsam kaute. Dann rauchte er einen Zigarillo zu dreißig Pfennig, den er mit einem Feuerzeug in Brand setzte, das sein Kollege einen Flammenwerfer nannte. Es stammte aus der Zeit des zweiten Weltkriegs, sein Feuer loderte manchmal gewaltig auf. Zwischen den Zigarillo-Zügen trank Schrimms aus dem verbeulten Becher seiner Thermosflasche (sie war aus einer Zeit, als es noch keine Plastbecher auf Thermosflaschen gab) grünlichen Wald- und Wiesentee.

Davon willst du wach sein? Der macht dich fit? fragte ihn sein Kollege Werner.

Nee, sagte Schrimms, fit macht der nicht. Doch wozu soll ich fit sein? Ich mach das hier im Schlaf, Arbeit muß man im Schlaf verrichten können. Dann ist man gut, dann passiert auch nichts. Und wenn mal etwas schiefgegangen ist, woran ich selber schuld war, dann hab ich was zum Fitmachen in mir gehabt, dann bin ich wach gewesen wie der Teufel. Die richtige gute Arbeit schmeißt man im Tran, das kannst du glauben. Du bist ja immer hei von deinem Kaffee und schwarzem Tee und allem, du bist jetzt fünfzig und ich bin neunundsechzig, und du hast Nerven, Herz und Galle, und ich, ich merke gar nicht, daß ich so etwas in mir trage. Und niemals geht es bei mir laut zu, nie wird geschrien, wenn ein Gepäckstück mal nicht greifbar ist, verkehrt verladen, kaputtgegangen. Du wirst in solchem Fall ganz fusselig, und manchmal brüllst du auch die Leute an, und Tommi, obwohl er Lehrling ist, hab ich noch niemals angebrüllt, obwohl er öfter Mist baut.

An einem frühen Nachmittag sagte Schrimms' ablösender Kollege Werner, es liegt nicht daran, daß einer schwarzen Tee oder Kaffee trinkt, wenn [ein]er nervenmäßig explodiert, es ist die Sonnentätigkeit, die ist in jedem elften Jahr besonders stark. Na, Sonneneruptionen, die Sonnenflecken. Ich hab es in der Wissenschafts-Rubrik am Sonnabend gelesen. In einem Jahr verstärkter Sonnentätigkeit geschehen unvorhergesehene Dinge, die Menschen sind leichter aufzuregen, da finden Unruhen und Katastrophen viel eher als in normalen Jahren statt. Man springt viel leichter aus dem Anzug, man reagiert verrückt, und es passiert Verrücktes. Ich habe nachgerechnet: vor elf Jahren ist es gewesen, als diese große Campingausrüstung weggekommen ist, sieben Seesäcke und eine Kiste, und jedes Stück mit tausend Mark versichert, und plötzlich nach vierzehn Wochen war der gesamte Krempel da, war fehlgeleitet, hatte in Klein-Remplingen gelegen, und als er auftauchte, da ließ die Sonnentätigkeit schon wieder nach, das Jahr ging ja zuende.

Und jetzt soll wieder so ein Jahr sein?

Kannst du nachlesen, ich habs mir ausgeschnitten. Gewissermaßen als Beleg, falls etwas schief geht. Wir müssen jetzt auf Zack sein.

Schrimms sagte, ich mache so wie immer, zu doll auf Zack sein, das bringt nichts ein.

Mann, du hast eine Ruhe, sagte Werner. Er schob das Fenster der Gepäckabfertigung hoch. Ich muß jetzt mal was tun.

Draußen stand allerdings kein Reisender, der sein Gepäck aufgeben wollte, die Bahnhofshalle war menschenleer.

Noch nicht einmal der Feierabend bringt dich aus deiner Ruhe, sagte Werner. Hast du denn nichts zu tun?

Ja, sagte Schrimms, ich habe aber Zeit.

Er zog am Schirm der Mütze mit dem goldenen Flügelrad, packte die alte Aktentasche, die niemals eine Akte enthalten hatte, am Griff und sagte, machs gut bis morgen.

Über die Geleise schlenkernd, um hinter einem Reparaturschuppen das Bahnhofsterritorium durch Übersteigen eines Gartenzaunes zu verlassen, dachte er nicht im geringsten an die erhöhte Sonnentätigkeit. Auch an die eigene Tätigkeit in der Gepäckabfertigung dachte er nicht. Frachtbriefe, Expreßgutkarten, Anhänger, Aufkleber, der Kleistertopf, die Dezimalwaage, der Gabelstapler, mit dem er das Gepäck zum Bahnsteig rausfuhr, die grünbeschirmte Lampe auf dem Schreibpult, sie waren seinem Vorstellungsbereich entschwunden, bevor er die Geleise noch überschritten hatte. Nicht einmal Werner und schon erst recht nicht der Lehrling Thomas nötigten Schrimms noch einen einzigen sie betreffenden Gedanken ab, während er eine Straße mit Garagen, verbauten Schuppen, Lagerplätzen überquerte, auf denen technische Teile, ordentlich gehäufelt, seit Jahren vor sich hinrosteten.

Schrimms wunderte sich im Vorübergehen, daß jene Teile noch nicht vollkommen von Gras und Sauerampfer überwuchert waren, doch dieses Wundern verflog sofort und rief kein weiteres Nachdenken hervor, als Schrimms vorbeigegangen war. Er bog in einen Gartenweg, durchschritt ein Tor, an dessen Blechbogen die Worte »Kleingärtnersparte Weltfrieden« leidlich zu lesen waren, schloß seinen Garten auf, zupfte ein bißchen Unkraut, erntete einen Rettich und zwei Gurken, begrüßte einen Spartenbruder durch Tippen an die Mütze mit dem goldenen Flügelrad, sagte, das Wetter werde sich vielleicht halten, schloß zu, und auch der Garten war seinem Vorstellungsbereich entschwunden. Auf Anhieb hätte er nicht auf die Frage, wozu der Schlüssel in seiner Aktentasche sei, antworten können.

Er ging in Richtung des Zentrums von Grasleben-Horkenstedt, das sich aus einem kiesbestreuten Platz mit einem Obelisk (Mahnmal und Kriegerdenkmal) sowie dem Bürgermeisteramt, Parteihaus, Lebensmittelhalle, Industriewarenhalle und einem gelben Postzeitungskiosk zusammensetzte.

Schrimms kaufte in der Lebensmittelhalle ein halbes Brot, ne Büchse Schmalzfleisch und eine Tüte Haferflocken. Damit schwand auch das Zentrum aus seinem Sinn.

Er traf noch einen alten Mann, den traf er immer, wenn er nach Hause ging, und dieser Mann, Schulkamerad von einst, sagte wie immer, einmal muß Schluß sein, Richard. Als Witwer brauchst du doch das Geld nicht.

Und Schrimms antwortete, als Witwer nicht.

Na, als was dann?

Na, eben so.

Einmal muß Schluß sein, du hast genug geschuftet.

Was soll ich denn sonst machen, es ist ja sonst zu langweilig.

Da hast du nun auch wieder recht.

Je näher Schrimms seiner Behausung kam, desto mehr beschleunigte er seinen Gang. In Schrimms Gesicht trat eine sonst an ihm unbekannte Spannung. Die Augen schoben sich nach vorn, als könnten sie das reichsbahneigne Backsteinhäuschen schneller in Schrimmsens Blickfeld ziehen und schneller prüfen, ob auf dem Dach noch alles seine Ordnung hatte. Ja, alles hatte auch an jenem Feierabend seine Ordnung. Schrimms zählte die Antennen, die auf dem Dach zu einem spinnenarmigen Wäldchen verwachsen schienen. Genau sieben Stück, und noch genau so ausgerichtet, wie Schrimms sie morgens zurückgelassen hatte. Nichts umgeknickt, nichts abgebrochen, nichts verbogen.

Schrimms' Nachbar, ein schwerhöriger Schrankenwärter im Ruhestand, auch Witwer, mit dem er das Haus teilte, gab ihm ein Paket, das er für Schrimms angenommen hatte, er habe dreißig Pfennige dafür bezahlt.

Hättest auch fünfzig geben können, sagte Schrimms. Er gab dem Mann das ausgelegte Geld zurück, trug das Paket in seine Küche. Es kam von seinem Sohn, der auf der anderen Seite der Grenze Bundesbahninspektor war, der Zoll hatte darin herumgesucht.

Schrimms geriet in Erregung, er schnitt entgegen seiner Gewohnheit den Bindfaden mit dem Taschenmesser durch, anstatt ihn aufzuknoten. Ein Glück, der Junge hat die Teile nicht reingelegt. Spezielle Antennenteile, die Schrimms bestellt hatte. Verschusselt wieder mal, ein Glück. Nur Mocca-Edel, Ceylon-Tee in Beuteln, ein Päckchen schwarze Brasileros, ne Dose Hühnerbrühe, Hustenbonbons und Bitterschokolade drin, noch ein paar Büchsen, so buntes Schnellkochzeug, und Alleskleber, hält bombenfest, stand jedenfalls darauf. Ein Glück, sonst hätte ich vielleicht Ärger kriegen können.

Schrimms hatte schon einmal erwogen, beim Zollamt vorzusprechen, um sich zu unterrichten, ob es erlaubt sei, solche von ihm beim Sohn bestellten Teile paketinhaltlich grenzüberschreitend zu empfangen. Doch war er davon abgekommen. Besser man rennt da nicht erst hin, besser, man fragt nicht noch, besser man macht nicht auf sich aufmerksam, besser, man läßt die Sache schweben, besser, man weiß nicht zu genau, ob es erlaubt ist, erhält nicht erst eine Belehrung, die wird womöglich eingetragen, und hinterher heißt es, Schrimms ist von uns belehrt worden, und das verschlimmert dann den Fall.

Er räumte die Gaben seines Sohnes in den Küchenschrank und

wollte den Karton, der etwas schadhaft war, zum Feuermachen kleinreißen, als er an dessen Boden, vorsorglich vom Zoll hineingelegt, ein Zeitungsblatt entdeckte, die Beilage der Kreiszeitung, Rubrik: In Kürze aus der Wissenschaft. Vermehrte Sonneneruptionen. Die elfjährige Sonnentätigkeitsperiode kann auf die Leistungen der Rundfunksender einwirken, wie sich auch andere kosmische Erscheinungen auf dem Gebiet der Funkwellen bemerkbar machen können.

Schrimms dachte, ein Glück, daß ich das jetzt erfahre. Es war die Ausgabe vom letzten Sonnabend, er und der Nachbar hielten das Blatt gemeinsam, doch nur der alte Schrankenwärter las es, teilte gelegentlich Schrimms eine Todesnachricht mit.

Schrimms glaubte, es habe etwas zu bedeuten, daß er paketinhaltlich auf jene kosmische Erscheinung, die elfjährige Sonnentätigkeitsperiode, die augenblicklich einen Höhepunkt erreichte, betreffs des Einflusses auf Rundfunkwellen hingewiesen wurde. Mir ist nur scheinbar zufällig die Meldung ins Paket geraten, in Wirklichkeit steckt was dahinter, nichts Zollbehördliches, der Zoll hat unbewußt gehandelt, aber zufällig ist es nicht, es ist was, glaubte Schrimms zu fühlen, irgendwas ist. Er brühte sich eine Kanne Mocca-Edel, zündete mit dem Flammenwerfer einen der schwarzen Brasileros an, dachte dabei nicht im geringsten an den Kollegen Werner in der Gepäckabfertigung, dachte nicht, daß er selber hei sein würde, als ihm der Mocca in den Kopf stieg. Er setzte sich im Wohnzimmer vor eine dunkelbraune Kommode, die mit einem großen, dunklen, holzumkleideten, altmodisch wirkenden Radiogerät und einem japanischen tragbaren Radio mit Recorderteil und einer Kiste mit Bastelutensilien bestellt war.

Er versuchte zuerst auf dem alten Apparat im Kurzwellenbereich jenen Südsee-Sender aufzuspüren, der gegen Abend damit zu beginnen pflegte, Jazz-Musik aus den zwanziger Jahren »in den Äther zu schicken«, wie Schrimms sich gern ausdrückte. Heute fand er ihn schwer, immer schoben sich andere Sender über ihn.

Schrimms suchte ihn auf dem japanischen Gerät, das trennt schärfer, er glaubte leise, zirpend, als sänge ein Heinzelmännchen in Flohformat, Louis Armstrong singen zu hören. Er blies Brasilero-Rauch zwischen sich und die Geräte, er dachte, wenn auch verschwommen, an seine Frau Erna, als sie im kniefreien Rock und rosa Seidenstrümpfen in Berlin mit ihm zu einer Neger-Jazz-

Kapelle tanzte; die Zeit tauchte auf, in der er als Soldat auf einer abgelegenen Funkstation in Norwegen überseeische Jazz-Sender heranholte.

Dann verlor sich das Lied, es schien auf die Südsee-Insel zurückgekrochen oder im Meer versunken.

Schrimms, solche Zwischenfälle gewohnt, suchte bis kurz vor Mitternacht, er bewegte den Einstellknopf kaum, tippte ihn nur sanft an, um nicht hoffnungslos in ein anderes Wellengebiet zu rutschen, plötzlich meinte er ein paar Dreiklänge aus »In the mood« zu vernehmen. Die Sonnenflecken vermasseln es heute. Sonst kriegte er den Südsee-Sender, er hatte ihn vor sieben Monaten aufgefunden, für Nachtverhältnisse ziemlich scharf und lautstark herein.

Es sind diese kosmischen außergewöhnlichen Erscheinungen, diese Eruptionen, gut, daß ich es weiß. Er kramte in der Bastelkiste, vielleicht läßt sich an der Antenne noch was verstärken. Er überlegte, ob er in der Dunkelheit aufs Dach klettern sollte, als eine männliche Stimme sauber artikulierte Worte in einer Schrimms nicht nur unverständlichen, sondern auch unbekannten, nie vorher gehörten Sprache »in den Äther schickte«.

Obwohl Schrimms nichts verstand, hatte er den Eindruck, daß die Stimme etwas Wichtiges mitteilen wollte, er hatte den Eindruck von Betonung, Hervorhebung, ja, einer Erregtheit des Sprechers.

Als die fremden Worte nach zehn Minuten immer noch deutlich, aber für Schrimms unverständlich auf der Welle jenes Südsee-Senders ins Zimmer wanderten, drückte Schrimms die Aufnahmetaste. Gegen vier Uhr morgens verstummte die Stimme, nachdem sie mehrmals ein und dasselbe Wortgebilde, vielleicht war es ein Satz, intervallartig ausgestoßen hatte. Als sich Schrimms das Band nachher anhörte, war er fest davon überzeugt, einer solchen Sprache bei seinen Reisen auf den Radiowellen noch nie begegnet zu sein.

2

Man könnte nicht behaupten, Schrimms sei wegen des Aufgenommenen beunruhigt gewesen. Er fand es nur merkwürdig, daß am Ende des unverständlichen Wortschwalls scharf abgesetzt und stoßartig mehrmals der gleiche Satz gekommen war. Als ob da einer jemanden zu etwas aufrufen würde. Als ob einer um Hilfe rief. Als ob eine Warnung wiederholt würde. Als ob es heißen sollte, dreimal rufe ich noch, dann ist das Ultimatum abgelaufen.

So glaubte Schrimms, aber er dachte auch, es kann ebensogut bedeuten, daß man unbedingt ein bestimmtes Waschmittel, eine bestimmte Schnapssorte, ein bestimmtes Rasierwasser kaufen soll. Gerade weil es so eindringlich und beschwörend klang, könnte dies ohne weiteres der Fall sein.

Schrimms verbrachte den folgenden Tag in der Gepäckabfertigung ausgeglichen. Lehrling Tommi dachte, stupide wie immer. Nach Feierabend durchlief Schrimms die Stationen der Annäherung an sein Zuhause wie immer, mit dem Unterschied, daß er diesmal zwei Rettiche und keine Gurke erntete, statt Schmalzfleisch eine kleine Flasche Korn kaufte und kein Paket von seinem Sohn empfing. Allerdings setzte er sich etwas früher vor seine Geräte, »ging auf Station« wie er es nannte.

Da auf der bekannten haardünnen Stelle der Südsee-Sender noch nicht zu fassen war, spielte er sich die Bandstrecke von gestern vor.

Obwohl es draußen noch nicht dunkel war, noch nicht mal dämmerte, hatte er die Rolläden runtergelassen. Bei durchsichtigen Fenstern konnte er nicht »auf Station« gehen. Er schloß auch die Zimmertür hinter sich ab und hängte eine alte Wolldecke mit der eingewebten Schrift »Reichsbahn-Waisenhaus« davor.

Der schwerhörige Schrankenwärter im Ruhestand hätte sich gerne mit ihm zusammengesetzt, komm doch rüber fernsehgukken. Schrimms, der selbst keine Television besaß, spürte kein Verlangen danach. Ich bin kein Guck-Typ, ich bin ein Hör-Typ.

Der Nachbar sagte, dann könntest du mir immer ins Ohr rufen, was die im Fernseher sprechen, das verstehe ich schlecht, für mich ist das alles Gebrabbel.

Dann mußt du eben ein neues Hörgerät bei der Kasse beantragen, sagte Schrimms. Er schloß sich nicht nur wegen des Gefühls »auf Station zu sein« ab, er wollte auch nicht, daß man ihn beobachtete, wenn er mit dem japanischen Kassettenrecorder hantierte, den ihm sein Sohn zum achtundsechzigsten Geburtstag geschenkt hatte. Wozu brauchst denn *du* so ein Ding, das ist was für Jugendliche, für Fans und solche, hatte der Sohn gesagt.

Ich bin ein Fan, hatte Schrimms geantwortet.

Willst du nicht lieber einen Fernseher, transportabel, Papa, da kannst du im Garten sitzen und gucken.

Schrimms war hart geblieben. Dies sei die einzige Freude, die man ihm machen könne, aber er fühlte, daß ein Geruch von Lächerlichkeit, Nichtmehrganzrichtigimkopf, ja, Unanständigkeit, fehlender Würde von ihm ausginge, wenn er sich mit dem japanischen Jugend-Zubehör zeigte. Ein weiterer Grund, sich damit nicht blicken zu lassen, war Furcht, es könnte, während er nicht zu Hause wäre, ein Jugendlicher bei ihm einsteigen und das Gerät stehlen. Er verhüllte es, wenn er fortging, mit einem alten Pullover, den er, wenn es nachts »auf Station« kühl wurde, anzog.

Als er jetzt die Bandstrecke noch einmal ablaufen ließ, überlegte er, wo er das Aufgenommene einordnen sollte. Er besaß eine große Anzahl alter Jazz-Stücke, der Südsee-Sender spezialisierte sich auf Jazz-Archäologie und grub Altertümer aus, die Schrimms aus seiner Jugendzeit noch matt im Ohr klangen, und er verfügte auch schon über eine Sammlung von Sprach-Sendungen.

Schrimms konnte außer ein bißchen Russisch, das er in der Gefangenschaft gelernt hatte, kaum ein fremdsprachliches Wort, wenn man von international gängigen Sprachteilen absieht. Doch besaß er ein Sprachempfinden, das ihn befähigte, fremde Sprachen zu unterscheiden und sie schließlich auch zu erkennen. Er hatte auf der einsamen Funkstation in Norwegen die Zeit damit totgeschlagen.

Im Laufe der letzten Jahre hatte er es soweit gebracht, sogar extrem fremde Sprachen, aus dem Südsee-Raum beispielsweise, zu identifizieren und einzuordnen. Bei einigen machte er sich sogar die Mühe, anhand von immer wiederkehrenden Worten oder Floskeln einen Sinn herzustellen. Er unternahm Wortvergleiche, auch, wenn eine Sendung erst in der Landessprache und dann noch in einer anderen, manchmal in Deutsch, lief, Messungen der Länge der beiden Texte. So verfügte er über genügend Vergleichsmaterial, um festzustellen, ob er die merkwürdige neuaufgenommene Sprache nicht doch schon einmal gehört hätte.

Diese Sprache hatte er nie gehört. Auch Esperanto konnte es nicht sein. Doch möglich wäre, daß eine neue internationale Synthetic-Sprache geschaffen worden war. So ließ er das noch nie vorher gehörte Gesprochene zunächst auf sich beruhen und nahm die Millimeterbruchteilarbeit am Wellendrehkopf wieder auf.

Schon meinte er, den Jazz-Sender gefaßt zu haben, als sich laut und deutlich die unbekannte Sprache wieder eindrängte, genau wie gestern, drei Minuten vor Mitternacht, mitteleuropäischer Zeit. Schrimms drückte sofort die rote Aufnahmetaste. Er wurde unruhig, trank Mocca, hatte das Gefühl zu schweben, groß und weit zu werden, im Raum zu sein, selbst Raum zu sein, da draußen, gleichzeitig aber »auf Station«.

Der Vortrag, die Verlautbarung oder wie man es nennen soll, schloß wieder mit aufrufartigen Sprachstößen.

Als Schrimms beide Aufnahmen verglich, stellte er fest, daß der Gesamttext zwar ein anderer, die Schlußrufe jedoch genau die gleichen waren wie die am Schluß des ersten Textes. Es scheint so etwas wie eine Serie darzustellen, mutmaßte er.

Die nächste Nacht war windig. Schrimms konnte die Stimme nur schwach vernehmen, doch immerhin so deutlich, daß es sich lohnte, sie zu kassettieren. Auch diesmal unterschied sich der Gesamt-Text von beiden vorhergegangenen Texten, die Schlußrufe hingegen waren unverändert.

Schrimms versuchte das Eindringen der unheimlichen Sprache in seine Jazz-Jagdgründe so zu deuten, daß ein Kampf zwischen zwei Sendern stattfände. Der Eindringling war Sprachrohr einer Macht, die Jazz-Sendungen feindlich gegenüberstand. Sie wollte was Politisches ausstrahlen. Schrimms prophezeite dieser Macht, sie würde scheitern, aus Dummheit. Er meinte auch, sie sei bereits sehr schwach, weil sie Musik einfach durch einen Wortschwall verdrängen wollte. Er dachte, die machen sich nur unbeliebt, die werden sich nicht halten. Doch auch die nächste und übernächste Nacht hielt sie sich noch, und immer blieben die Schlußrufe sich gleich.

Zumindest hätte Schrimms gern wissen mögen, *wer* seinen Lieblingssender überfuhr, »aus welcher Ecke das da kommt«, und kurz entschlossen schrieb er an die Universität in der Bezirkshauptstadt, Abteilung fremde Sprachen, zuständiger Herr Professor, man möge ihm mitteilen, um welche Sprache es sich handle, Band (er hatte die unheimliche Sprache überspielt) liege bei. Er gab die Wellenlänge an, auf der die Sendung täglich ab 20.57 zu hören sei. Man müsse allerdings ein bißchen Fingerspitzengefühl aufwenden. Er schickte alles per Einschreiben mit Rückschein ab. Den Rückschein erhielt er nach achtzehn Tagen. Danach wartete er dreizehn Wochen auf einen Antwortbrief.

Während der Zeit füllte er weitere Bänder mit jener Sprachsendung. Die sind nicht zusammengebrochen, dachte er.

3

Werter Herr Schrimms, schrieb ihm eines Tages ein Institut für Sprachforschung oder Sprachanalyse oder vielleicht für beides. Schrimms prägte sich den Titel nicht ein und vergaß ihn sofort.

Werter Herr Schrimms, Herr Professor Dr. Dr. habil. Reusselinck übermittelte uns Ihr Schreiben sowie anliegendes Tonbandmaterial mit der Bitte, Ihnen eine fundierte Antwort zukommen zu lassen, was wir hiermit nach gründlicher und verantwortungsvoller Prüfung Ihres interessanten Hinweises tun wollen. Unsere Analyse hat ergeben, daß eine »Sprache«, wie Sie sie aufgenommen zu haben glauben, als Sprache und somit als Kommunikationsmittel von Mensch zu Mensch nicht nachweisbar beziehungsweise nicht als existent zu bezeichnen ist. Gewiß erscheint es reizvoll, jenen »Signalen«, die Sie aufgenommen haben, eine mögliche Sprachbedeutung zu unterlegen, doch wissenschaftlich gesehen, und wir können nur mit wissenschaftlicher Korrektheit ein derartiges Vorkommen untersuchen, handelt es sich bei den von Ihnen beobachteten »fremdsprachlichen« Sendungen um eine jener Verzerrungen, die gerade im Kurzwellenbereich häufig auftreten, insbesondere, wenn der Empfänger sich Tausende von Kilometern vom Sender entfernt befindet. Es kommen dann zu viele Überlagerungen vor, auch beeinflussen Wetterlage, Jahreszeit und andere Faktoren die Qualität des Empfanges oft derart, daß die merkwürdigsten Tongebilde zustandekommen. Manchmal auch der sogenannte »Wellensalat«. Wir glauben deshalb Ihnen mitteilen zu müssen, daß es sich im von Ihnen beobachteten Fall um keine Sprache, sondern lediglich um eine Qualitätsminderung des Empfanges handelt. Für Ihre weitere Freizeitbeschäftigung sowie für Ihr persönliches Wohlergehen wünschen wir Ihnen alles Gute und grüßen Sie bestens.

Dr. Hornfogel, Referent.

Anbei das von Ihnen eingesandte Tonband zu unserer Entlastung zurück.

Schrimms legte Umschlag und Brief in den Küchenschrank hinter den Kaffee-Vorrat. Er war nicht böse über die Nachricht, noch nicht einmal enttäuscht, aber er glaubte sie nicht. Natürlich, dachte er, ist es möglich, daß es sich um keine Sprache handelt, die dieses Institut in seinem Archiv aufbewahrt. Das bedeutet nicht, daß es sie nicht geben muß. Und wenn in dem Archiv alle gegenwärtig auf der Welt vorkommenden Sprachen gesammelt sind, besagt das nicht, daß nicht ganz still und heimlich eine neue Sprache entstanden ist, und wenn es keine auf der Welt vorkommende sein soll, dann kommt sie eben woanders vor. Aber dafür ist das Institut nicht zuständig. Und deshalb kann es davon nichts wissen.

Er überlegte, ob er an Dr. Hornfogel schreiben sollte, es komme ihm merkwürdig vor, daß die Verzerrungen immer genau zur gleichen Zeit auftreten und immer genau die gleiche Zeit andauern und auch immer gleichartig schließen, nicht einfach »im Äther verschwimmen« sondern ordentlich zu Ende geführt werden, woraus seine Systematik in den sogenannten Verzerrungen zu erkennen sei. Aber Schrimms besaß, wie schon erwähnt, ein Gefühl für Sprache, er übersetzte die Schlußfloskel von Hornfogels Brief (für Ihre weitere Freizeitbeschäftigung sowie für Ihr persönliches Wohlergehen wünschen wir Ihnen alles Gute) in etwa: Mach man schön weiter, aber uns laß mit Deinem Quatsch in Ruhe. Und auch dies nahm er nicht übel.

Zu der Zeit fing Schrimmsens Sohn wieder einmal an, die Frage der Übersiedlung in den anderen Landesteil aufzuwerfen. Schrimms würde auch dort eine Rente erhalten, hätte auch dort auf der Eisenbahn Freifahrt, könnte herumreisen und seinen Lebensabend genießen: ich schäme mich schon, dich da drüben allein hocken zu lassen, es sieht ja so aus, als ob ich undankbar wäre.

Schrimms antwortete, er wolle es sich überlegen.

Zunächst schrieb er aber einen Brief an ein Institut für Sprachforschung und -analyse auf der anderen Seite der Grenze. Da er des Zolls wegen nicht wagte, ein bespieltes Band hinzusenden, verfertigte er eine phonetische Umschrift einiger Sendungen.

Schon nach vier Wochen erhielt er einen schneeweißen länglichen Brief mit Klarsichtfenster und einem Schreibmaschinentext, der ihm erschien, als hätte man eigens um Schrimms zu antworten, eine Druckerei bemüht. Der Text war kurz und liebenswürdig. Ja, lieber Herr Schrimms, es kommt schon vor, daß wir Ungewöhnliches entdecken, das uns zunächst unglaublich erscheinen will, aber in ein reales System eingebunden ist. Wenn

Schrimms Gelegenheit habe, möge er einmal vorbeikommen. Sie selbst hätten mehrmals versucht jene Sendung zu hören, sie aber *nicht* empfangen können. Allerdings wäre der von Schrimms genannte Jazz-Sender nur schwach zu hören gewesen. Also, recht herzlichen Dank, vielleicht entdecken Sie noch andere interessante Erscheinungen ...

Schrimms dachte, *die* haben es da *nicht* vernommen, und unser Institut hier hat es *verzerrt* vernommen.

Er sagte sich, womöglich bin ich der Einzige, der diese Sendungen in dieser Schärfe hören kann. Und vielleicht höre ich sie so nur »auf Station«, nur an dem einen Punkt und nirgends anderswo fallen die Wellen dementsprechend ein. Er packte seinen Radio-Recorder in einen Sack und ging vor Mitternacht damit in seinen Garten. Dort hörte er die Stimme undeutlich. Er wanderte am andern Abend in die Feldmark, westliche Richtung, dort wurde die Stimme noch undeutlicher. Er ging ein wenig östlicher, da schien es ihm als ob sie klarer würde, doch nicht so klar wie »auf Station«. Er sagte sich, es könnte sein, daß ich es drüben gar nicht hören würde. Das Institut hat ja auch nichts gehört. Am besten, ich bleibe vorläufig, wo ich bin. Einmal muß diese Serie ja zu Ende sein, ich will sie ganz auffangen.

Er bat den Sohn ihm etwas zu besorgen, »womit man unbekannte Sprachen entziffern kann«, na, wie die Keilschrift, die Hieroglyphen entziffert wurden, da muß es heutzutage was geben, son kleines Ding, stell ich mir vor.

Der Sohn erklärte, er komme an so etwas nicht heran, wisse auch nicht, ob es das für Privatgebrauch schon gebe. Schließlich schrieb er, es gäbe es noch nicht.

Schrimms glaubte das zwar nicht, doch war er nicht enttäuscht.

Dann muß ich selber rangehen.

Möglich, daß es, wenn es nicht von der Erde, vom *Kosmos* kommt. Von einem anderen Stern, von einem fremden Raumschiff. Könnten es auch die Seelen der Abgeschiedenen sein? Die Vorstellung erschien Schrimms lächerlich. Andererseits: Etwas wird es noch geben, es kann nicht Schluß sein, wenn offiziell Schluß ist. Da muß noch etwas kommen. Je älter Schrimms wurde, für desto wahrscheinlicher hielt er es. Betrieben die abgeschiedenen Seelen einen eigenen Sender? Und wenn, woher stammten sie? Benutzten sie eine kosmische Sprache?

Dauernd kreisen da welche im Kosmos herum, dachte Schrimms, aber hat sich schon einer mit dem Problem der kosmischen Sprachen beschäftigt? Was tut man, wenn einen plötzlich jemand auf kosmisch anspricht? Er fragte den Lehrling Tommi, ob er, falls er sie hätte, ein paar Utopic-Bücher ihm leihweise überlassen könnte.

Aber zurückbringen, sagte Tommi. Er wollte sogar Pfand verlangen. Sie einigten sich darauf, daß Schrimms die angefetzten, schmuddligen Schwarten einsah, wenn die Gepäckabfertigung geschlossen war, eine halbe Stunde vor und eine halbe Stunde nach Abfahrt eines Zuges, sowie auch zwischendurch, wenn Publikumsverkehr nicht zu erwarten war.

Ich wundere mich, sagte Schrimms zu Tommi, daß die da niemals Sprachschwierigkeiten haben, wenn sie auf anderen Sternen Lebewesen treffen. Es steht auch nichts von Dolmetschern da.

Die haben eben Computer, sagte Tommi, die alles übersetzen. Oder die stecken sich sowas ins Ohr, und schon verstehen sie die Sprachen. Das geht ganz einfach, und darum wird es nicht erwähnt.

Schrimms sagte, da steht andauernd, welche Technik die anderen haben und ob sie besser ist als unsere, auch manchmal, daß die anderen anständiger oder schuftiger sind als wir. Davon, wie ihre Sprache ist, kein Wort. Verständigen die sich, indem sie ihre technischen Errungenschaften stumm vorzeigen? Ist das schon Sprache? Genügt das?

Hier steht, das unheimliche Wesen sagte, wir haben euch nicht hergerufen. *Wie* sagt es das? Indem es dem anderen elektronisch auf den Nüschel haut?

Woher soll ich das wissen, sagte Tommi, ist ja doch bloß gesponnen.

Das war am gleichen Tag, als die Gepäckabfertigung zwölf Kästen mit weißen Mäusen als Expreßgut in Empfang genommen hatte.

4

Eine Maschinensprache, dachte Schrimms, ist es nicht. Da spricht keine Maschine. Er konnte deutlich hören, wie der Sprecher nach einem längeren Satz ausatmete. Manchmal hüstelte er, sagte öööö, als falle ihm das nächste Wort nicht ein, wiederholte ein Wort, und Schrimms stellte fest, der Sprecher hatte sich versprochen und korrigierte sich. Das sollen auch Maschinen können, dachte Schrimms, aber öööö sagen die nicht, die niesen und husten nicht, sie schnarren höchstens, weil sie lange nicht geölt wurden. Er stellte auch fest, die Stimme des Sprechers war immer dieselbe. Er akzentuierte scharf, und sie tönte hell und durchdringend. Aber manchmal klang sie kratzig.

Heute ist er erkältet, dachte dann Schrimms, oder er hat zuviel geraucht. Manchmal schleppten die Worte, heute ist er nicht ausgeschlafen, manchmal rannten sie, heute ist er hei, heute spricht er wütend, wahrscheinlich hat er eine Schweinerei mitzuteilen. Manchmal erschien die Stimme Schrimms ironisch, jetzt sagt er etwas, das meint er ganz anders, will es aber nicht so direkt aussprechen. Manchmal erschien die Stimme matt, atemlos, leise, jetzt muß er etwas Peinliches sagen, aber jetzt, die Stimme klang wie von einem Katheder, einer Kanzel, einem Rednerpult, haut er auf die Pauke, jetzt gibt er es jemand, jetzt ist er voll in Fahrt.

Nein, eine Maschine sprach da nicht, davon war Schrimms überzeugt. Es sprach da ein Mensch oder ein menschenähnliches Wesen, und Schrimms sagte sich, wenn das so ist, kann ich die Sprache mit einer menschlichen Sprache vergleichen. Ich müßte nur noch wissen, was der Text in einer menschlichen Sprache, meinetwegen in chinesisch oder japanisch oder javanisch bedeutet. Aber da ist es zappenduster, da existiert nichts.

Ich kann Gemeinsamkeiten mit etwas Menschlichem nur im Husten, Niesen, Atemholen, im Tonfall finden.

Wenn ich etwas Magnetisches hätte, das die Wörter anzieht und abstößt, eben erst einmal ordnet, oder ein Gitter, ein Lochbrett, durch das manche Wörter fallen und manche nicht, wäre schon eine Sortierung möglich. Aber das Wichtigste fehlt: die Vergleichssprache, das Vorgegebene.

Er dachte an seine Zeit auf der einsamen norwegischen Funkstation, nahe Spitzbergen. Vielleicht wäre mit der Funksprache, dem Morse-Alphabet, etwas zu machen, vielleicht sollte er versuchen, mit der Stimme Funkkontakt aufzunehmen.

Er besaß kein Funk-Gerät, er hätte, um eins zu erhalten, einer Arbeitsgemeinschaft beitreten müssen. Ihm graute vor den Versammlungen, die er dann besuchen müßte. Ihm reichte die Gewerkschaft und die Zugehörigkeit zur Reichsbahn.

Er zweifelte auch daran, daß er mit den üblichen Funkmethoden zu der Stimme Kontakt aufnehmen könnte. Ob der Besitzer darauf antworten würde, ob er sich angesprochen fühlen würde? Denn wie sprach man ihn an?

Schrimms meinte, nur im Austausch von vielen Worten und Funkzeichen könnten wir im Laufe einer langen Zeit anfangen zu verstehen, was der andere meint, wie in Rußland zum Beispiel, wo wir uns wechselweise deutsche und russische Wörter sagten. Aber da war immer etwas Sichtbares mit den Wörtern verbunden, dawai, da wurde gezeigt, wo wir hinlaufen sollten, was wir schnell machen sollten, raboti, und der natschalnik zeigte auf sich und nannte sich so, und wir vermuteten, er wäre der Meister, weil wir es seinem Gehabe entnehmen konnten. Aber hier habe ich nur das Niesen und Husten und Schnaufen. Hier sehe ich nichts.

Er versuchte sich vorzustellen, wie ein von Geburt an Blinder eine fremde Sprache lernen sollte. Er sagte sich, schulmäßig kann er sie durch das Abtasten der Blindenschrift lernen, er hat den Hör- und den Tastsinn, aber ich habe hier nur den Hörsinn.

Diese Gedanken griffen in die Bereiche von Schrimms Leben außerhalb seines Lebens »auf Station« ein.

Früher hatte er die Station, wenn er sein Haus verließ, um zum Bahnhof zu gehen, genau so vergessen können, wie er den Bahnhof, die Gepäckabfertigung, Werner, Tommi, den Garten nacheinander vergaß, wenn er nach Hause ging. Aber jetzt, als er zum Beispiel die weißen Mäuse betrachtete, die in flachen Kästen, oben mit Drahtgeflecht, panisch ineinanderwimmelten, so daß ein weißrosa Brodeln entstand; setzte er einen Kasten auf die Waage, kleisterte mit dem Flachpinsel den Zettel dran, da zogen sie sich in einer Ecke zusammen, und sie erschienen ihm mit einer dünnen rosa Soße vermengt, die ihn an wäßriges Blut erinnerte. Aber es war das Rosa ihrer Augen, Ohren und Schwänze, das sich heftig in dem weißen Gewühl bewegte.

Schrimms wurde es ein wenig schlecht. Ich könnte zu denen hundertmal sagen, seid ruhig, habt keine Angst, ich tue euch nichts, ich noch nicht, die Spritze kriegt ihr erst in dem Institut, wovon euch dann etwas anschwillt. Ich tue euch nichts. Aufgeschnitten werdet ihr erst von den Doktoren, von mir nicht; aber sie verstehen es nicht. Meine Sprache ist ihnen unverständlich. Sie bemerken noch nicht mal einen beruhigenden Ton in meiner Stimme. Na, na, sagte er, ist ja schon gut, bububu, ist doch gut. Aber die weißrosa Masse wimmelte unentwegt.

Erst als Schrimms den Kasten zur Seite stellte und das Licht nicht mehr direkt hineinfiel, lockerte sich die Masse. Es wurden Einzelmäuse mit Einzelschwänzen-Ohren-Augen erkennbar.

Schrimms dachte, wenn ich eine Maus individuell ansprechen würde, sie streicheln, ihr was zu fressen geben, würde sie mich mit der Zeit kennenlernen, aber was ich spreche, verstünde sie trotzdem nicht. Dann wieder dachte er, ich bin kein Tier, und der Sprecher auf der Welle des Südsee-Jazz-Senders ist allem Anschein nach auch kein Tier. Ich brauche keine Angst vor ihm zu haben. Er hielt inne, wieso eigentlich nicht, ist das sicher? Er versuchte, diese Gedanken zu unterdrücken. Er bekleisterte die zwölf Mäusekästen.

Dann kam Tommi und witzelte, das darf doch nicht wahr sein, ich denke, es gibt keine weißen Mäuse, nicht wahr, weiße Mäuse, die gibt es nicht.

Schrimms ärgerte sich, er kannte das aus seiner Jugendzeit. Wie, du glaubst, es gibt weiße Mäuse? Natürlich, sie gibt es, ich habe doch selbst welche gesehen, auf dem Rummel, da turnten sie in einer kleinen Luftschaukel. Das waren keine weißen Mäuse, die waren weiß angestrichen, richtige weiße Mäuse gibt es nicht, Kollegen, hört mal, hier ist einer, der glaubt, es gibt weiße Mäuse, gibt es sie oder nicht? Nein, es gibt keine, kannst du glauben, es gibt graue oder bräunliche, aber weiße gibt es einfach nicht, sowas kommt in der Natur nicht vor. Schrimms selbst, Opfer der Blödelei geworden, steif und fest darauf bestehend, es gebe weiße Mäuse, begriff den Witz nicht, der für die anderen darin lag, ihm angeblich nicht zu glauben, daß weiße Mäuse eine Realität wären, ihm nicht abzunehmen, was er mit eigenen Augen gesehen hatte.

Jetzt ärgerte sich Schrimms, daß sich der Mäuseschwachsinn, wie er es nannte, auf Tommis Generation weiterverpflanzt hatte.

Lag etwa der Reiz des Spiels darin, einen Menschen durch ständiges kollektives Behaupten, es gäbe etwas nicht, was der mit eigenen Augen gesehen hatte, an seiner eigenen Wahrnehmung irre zu machen?

Und *das* ist eine Sprache, dachte Schrimms, das ist eine, das ist keine Verzerrung, das ist kein Wellensalat, ich höre das deutlich, auch wenn die anderen behaupten, es nicht zu hören.

Er sagte, ja, Tommi, es gibt sie also doch, weiße Mäuse.

Sie stinken, sagte Tommi, ich stelle sie mal gleich weg.

Schrimms konnte sich, als die Reklamation kam, nicht erinnern, ob er Tommi darüber belehrt hatte, die Kästen nicht alle genau aufeinanderzustapeln, sondern sie übereck zu stellen, damit noch etwas Luft durch das Drahtgeflecht käme.

Tommi behauptete, da waren schon welche tot, die waren nicht mehr einwandfrei.

Aber die oberen sollen gelebt haben, sagte Schrimms, als sie im Institut ankamen.

Bei weißen Mäusen weiß man das nie, sagte Tommi, und der Witz ist, daß es sie jetzt nicht gibt, weil sie mausetot sind, es gibt also doch keine weißen Mäuse.

Nun hör aber auf brüllte Schrimms, hör auf, es reicht mir!

Werner, der Ablöser, sagte, die können schon einen Stich gehabt haben, und die Sonneneruptionen, vergeßt die nicht. Keiner kann was dafür, wie keiner was für ne Krankheit kann, die Grippe kommt nämlich auch aus dem Kosmos, das ist nämlich das Neueste. Da kann man nichts machen. Die Mäuse hatten vielleicht schon die Grippe. Vielleicht sollte ein Grippe-Impfstoff an ihnen ausprobiert werden, aber sie hatten sie schon. Es ist kosmisch, wie gesagt, und sie sind daran eingegangen. Man kann nichts machen, uns trifft keine Schuld.

Abgesehen davon, daß es auf dem Transport geschehen sein kann oder bei der Gepäckstelle in Wafensleben.

Schrimms sagte nichts weiter, er ging an dem Tag nicht in den Garten, sondern sofort »auf Station«. Er setzte sich mit einer Kanne Mocca und neuen Brasileros sowie einer halben Flasche Korn vor den Recorder und spielte sich die Stimme vor.

In den letzten Sendungen meinte er ein bestimmtes Wort zum erstenmal gehört zu haben. Es kehrte immer wieder, es trat vermehrt auf.

Schrimms glaubte, die Stimme spreche es mit Sympathie aus, als handele es sich dabei um ein lebendes Wesen. Das Wort lautete, so wie Schrimms es aufnahm, Phonforma oder FONFORMA.

Immerhin, dachte Schrimms, besser als nichts.

5

Schrimms saß »auf Station« und hatte keinen Mocca mehr, das angekündigte Paket seines Sohnes war noch nicht eingetroffen, und irgendeinen Kaffee in der Lebensmittelhalle im Zentrum von Grasleben-Horkenstedt zu kaufen, hielt Schrimms für Verschwendung, weil er ja jeden Tag mit seinem gewohnten Mocca rechnete. Zufällig hatte er auch keinen Korn im Haus, so sah er sich gezwungen, grünlichen Wald- und Wiesentee zu trinken, wozu er einen Zigarillo, Stück dreißig Pfennige, rauchte.

FONFORMA, dachte er, PHON, das könnte Ton heißen, Laut, Lautstärke. Was denn sonst? Und FORMA, das bedeutet Form, da könnte eine Tonform gemeint sein, eine Form aus Ton, eine irdene Form, Ton, der geformt wurde, aber warum erwähnt die Stimme so eine Tonschüssel, so eine Backform für Rührkuchen, dermaßen oft? Warum kehrt dieses Wort in jeder der letzten Sendungen mehrmals wieder? Werden hier Koch- oder Backrezepte gesendet? Darüber wäre Schrimms enttäuscht gewesen. Immerhin, Backrezepte in einer fremden, vielleicht kosmischen Sprache. Doch schien ihm die Vorstellung zu profan. Wozu, wenn es um nichts Erheblicheres ging, am Schluß der Sendung immer die gleichen Worte im Aufrufstil? Beschwörende Worte, die sich von Mal zu Mal beschwörender, katastrophenträchtiger, unheilschwangerer anhörten? Sollte da vor zu reichlichem Genuß von Mehl und Fett gewarnt werden? Oder ganz allgemein vor Völlerei? Riefen Hungernde um Hilfe? Wenigstens ein ganz klein bißchen für unsere bescheidenen Tonschüsseln spendet uns. Nicht einmal unsere winzigen Tontöpfchen können wir füllen ...

FONFORMA oder PHONFORMA könnte auch bedeuten, der Laut, der Ton, die Lautstärke, die Sprache sind in einer bestimmten Form enthalten, befinden sich in guter oder in miserabler Form. Vielleicht soll dazu aufgerufen werden, Töne in besserer Form von sich zu geben, schönere, für die Ohren nicht so lästige Laute abzulassen, feinere, kultiviertere ...

Oder: eine bestimmte Form von PHON ist dort, wo die Stimme herkommt, zulässig, eine andere ist verboten. Vielleicht soll aber auch die Sprache mit ihren Lauten, den Selbst- Mit-Umlauten und was es da so alles gibt, in eine ganz bestimmte Form gebracht, geformt, gepflegt werden, vielleicht ist sie dort oben (Schrimms sagte im Hinblick auf außerirdische Erscheinungen stets oben, obwohl er wußte, daß es im Kosmos weder ein Oben noch ein Unten gibt) vielleicht ist sie dort oben ganz und gar verlottert, vielleicht versteht dort keiner mehr den anderen, vielleicht ist dort durch eine Katastrophe Sprachwirrnis eingetreten, wie nach dem Turmbau zu Babel etwa. Nun versuchen sie verzweifelt, die Sprache wieder in die richtige Form zu bringen.

Aber warum spricht diese Stimme so persönlich, privat, als ob es den Sprecher direkt anginge, das Wort FONFORMA, als ob es keine Methode, keine amtliche Maßnahme, sondern ein Mensch, womöglich eine Frau wäre? Schrimms stellte nun auch fest, daß öfter in den Sendungen das Wort *fonform* oder *de-fonform* benutzt wurde, auch *re-fonform* und *e-fonform*. Ihm schien, das könnte heißen, es würde etwas, das nicht in guter Sprachform ist, zurückgeformt, sollte umgetopft werden, oder etwas noch nicht Vorhandenes sprachlich vorgeformt, damit sich andere danach richten könnten, vorformen, jemand vorsagen, es jemand in den Mund legen.

Ja, Schrimms erinnerte sich, einmal von einer Reporterin besucht worden zu sein, die ihn befragte, was er vom Frieden halte, ob er für Krieg sei oder Frieden, für Frieden selbstverständlich, sagte Schrimms. Und sicher sind Sie deshalb auch für den Sozialismus, denn der bedeutet Frieden und garantiert ihn, und Schrimms hatte geantwortet, das mag schon sein, gewissermaßen, und in der Zeitung las er dann, Kollege Richard Schrimms, Gepäckabfertigung Grasleben-Horkenstedt: »Ich bin aus tiefster Überzeugung für den Sozialismus, denn er bedeutet Frieden und garantiert ihn.« Man hatte mir geformt, was ich da sagen sollte, wenn ich für Frieden bin, muß ich logischerweise auch für den Sozialismus sein, weil der den Frieden garantiert, wie mir die Frau erklärte. Sie hatte nicht eigentlich geschwindelt, als sie es mich im Kreisblatt sagen ließ, sie hatte meine Äußerung nur folgerichtig weiterentwickelt, sie durch-, vor- oder nachgeformt.

Fonformen kann also eine Tätigkeit bedeuten. Es ist nicht nur der Name mit der Bedeutung, daß eine Sprache sich in Form befindet oder der Namensträger eine gutgeformte Sprache führt. Etwas könnte fonform sein, fongeformt, man kann etwas fonformen. Und was kann man fonformen? Eben FON oder PHON, den

Laut, den Ton, die Sprache, und vielleicht formt FONFORMA da oben deren Sprache. Sie formt fon oder sie fonformt.

Ja, dachte Schrimms, auf solche Weise komme ich da ran. Ihm schien es, als wäre er plötzlich erleuchtet worden. Ich habe gesucht und nachgedacht, aber unsystematisch, unwissenschaftlich, und ohne solch kleines Dings aus dem Westen, und mit einem Mal, während ich hier schlaff und noch dazu ohne Mocca »auf Station« in meinem Stuhl hänge, mit einem Mal läufts.

Ist wohl das Beste, ich mach mich noch schlaffer, da darf kein Krampf sein, ich muß im Tran sein, nicht ganz wach. Er beschloß, seinen Mocca künftig auf der Gepäckabfertigung zu trinken. Hier, dachte er, muß ich schlafwandlerisch sein, dann werde ich das Richtige erfassen.

Die Mühelosigkeit, mit der er das Wort FONFORMA gedeutet hatte, sah er als den Beweis an, daß er die fremde Sprache in anderen Teilen auch übertragen könnte. Zum Beispiel tauchte da von Anbeginn recht häufig ein Wort auf, das sich wie VERBUS oder VERBULUS anhörte.

Aus Kreuzworträtselauflösungen wußte Schrimms, daß Wort lateinisch VERB hieß, die Endung us, die sollte ja wohl männlich sein, es könnte sich hier um einen Wortmann handeln, um ein Männchen, das Worte machte oder auch Worte kannte, sie ordnete, sie hinstellte, erklärte, er könnte vielleicht WORTLER heißen, und dieser Name, fiel Schrimms jetzt auf, erschien an jedem Sendeanfang und jedem Sendeschluß. Am Schluß glaubte er jetzt SOS – SOS – SOS zu verstehen, das soll nicht soße heißen, obwohl es so gesprochen wird, das heißt natürlich SOS, save our souls, rettet unsere Seelen.

Und Schrimms begann sich, gefüllt mit grünem Wald- und Wiesentee, umweht vom Rauch des Zigarillos, Stück dreißig Pfennig, an einer Klarheit zu berauschen, in der die vorher unzugänglichen Sprachgebilde nun durchsichtig aufleuchteten.

Klar, dachte Schrimms, in Rußland, in der Gefangenschaft, gab es auch deutsche Wörter, die aber russich ausgesprochen wurden, lampa war Lampe, und es gab englische, französische, na, eben Wörter, die man in der ganzen Welt versteht, und die nur russich klangen, weil sie russisch ausgesprochen wurden. Im Englischen gibts deutsche, im Deutschen gibts französische. Warum soll es im Kosmischen nicht Erdenworte geben? Dann müßten die da oben allerdings schon mal mit Erdenleuten in Kontakt gekommen sein. Vielleicht gab es ursprünglich nur eine einzige Sprache der Menschen und menschenähnlichen Gestalten.

Schrimms besaß keine Bibel, er konnte sich ungewiß erinnern, daß nach der Sintflut die ganze Welt noch einerlei »Zunge und Sprache« besessen haben sollte. Die Nachkommen Noahs, des Archenmannes, hätten damals beschlossen, eine Stadt und einen Turm zu bauen, dessen Spitze bis an den Himmel reichen sollte, sie hätten es getan, um sich »einen Namen zu machen«, weil sie befürchteten, sie würden sonst in alle Länder zerstreut werden.

Schrimms dachte, sie unternahmen auf jeden Fall etwas technisch Gewaltiges, sie stießen in den Himmel, genauer gesagt, in den Kosmos vor, sie wollten etwas darstellen, nicht anonym bleiben, sich ausbreiten, die Erde genügte ihnen nicht mehr. Er erinnerte sich, der HERR solle gesagt haben, die werden nicht ablassen von allem, was sie sich vorgenommen haben zu tun. Genau, dachte Schrimms, so sind die Menschen, und dann muß eine Katastrophe eingetreten sein, das Unternehmen wurde abgebrochen. Wohlauf, laßt uns herniederfahren und ihre Sprache daselbst verwirren, daß keiner des anderen Sprache verstehe, und sie wurden, so heißt es, in alle Länder zerstreut.

Warum nicht auch in den Kosmos?

Allerdings beschäftige sich Schrimms mit dieser Beweisführung nicht allzusehr, wie er sich auch nicht mit grammatikalischen Problemen quälte. Wortlücken störten ihn nur wenig. Halb saß, halb lag er in seinem alten Sessel »auf Station«. Er ließ das erste Band vor sich abrollen, und nach dem zehnten Male war er sicher, den Inhalt zu verstehen. Er sackte dann in Schlaf, so daß er später meinte, geträumt zu haben.

6

Schrimms hatte am Wochenende frei, er nahm sich vor, was er beim Abhören des Bands verstand, schriftlich ins Deutsche zu übersetzen. Er kaufte in der Industriewarenhalle ein Diarium, liniert, einen Kugelschreiber, fünf Ersatzminen, Bleistifte, einen Radiergummi. Zuerst wollte er mit Bleistift schreiben. Später, wenn ihm nichts mehr radier- oder verbesserungswürdig vorkäme, wollte er die Schrift mit Kugelschreiber nachmalen. So hoffte er schnell und sicher voranzukommen.

Es war dämmrig, als er sich seinem Häuschen näherte. Alles schien dort in Ordnung, die Antennen auf dem Dach sahen weder beschädigt aus, noch wirkten sie gespinstartiger als sonst. Aber ein großer Gegenstand hielt sich schattenhaft neben der Haustür auf. Schrimms dachte zunächst, es wäre das Auto seines Sohnes.

Es war aber ein hiesiges Auto mit dem Kennzeichen der Universitätsstadt, an deren Institut Schrimms geschrieben hatte. Als er ins Haus trat, kam ihm der schwerhörige Schrankenwärter mit einem etwa einsfünfundneunzig langen, knochigen Mann entgegen.

Hier ist Herr Schrimms, sagte der Schrankenwärter.

Hornfogel, antwortete der Mann.

Ich dachte, sagte Schrimms, es wäre mein Sohn, dessen Auto hat aber einen sogenannten metallic-Glanz.

Meins ist eher glanzlos, sagte Hornfogel. Er stand gebückt im Flur.

Als Schrimms ihn in die Küche ließ, meine er, Hornfogel wolle da auf allen Vieren reinkriechen.

Die Maße sind hier sparsam gehalten, sagte Schrimms, am besten, Sie setzen sich auf den Hocker. Er betrachtete Hornfogel gründlich, er hatte ihn sich anders vorgestellt, zwar nicht wie einen Vogel mit einem Horn, nicht als verhorntes Flugwesen, zumindest aber älter, und vornehmer gekleidet. Er hatte an eine Jacke aus englisch Tuch, einen türkisch gemusterten Schlips zu elfenbeinfarbenem Hemd gedacht. Auch an gestreifte Hosen.

Merkwürdigerweise hatte er Hornfogel einen über den Arm zu hängenden Regenschirm zugetraut. Für möglich hätte er auch eine Grau in Grau getönte Erscheinung mit Bauch, Glatze und goldener Intelligenzbrille gehalten.

Der reale Hornfogel trug eine teils abgeschabte, teils speckige gelbe Rauhlederjacke. Um seinen spitzen Adamsapfel hatte er einen farbindifferenten Schal gewurstelt. Eine Brille trug er nicht, dafür schielte er mit dem linken Auge einwärts. Sein rostbraunes Haar wirkte so, als ob er es mit einer Gartenschere selbst beschnitt, es war extrem gelockt und bauschte den Kopf perükkenartig auf. Sonst war an Hornfogel alles knochig, nur die Nase klebte hilflos klein, weich, in keiner Weise einem Horn ähnlich, in dem von vorspringenden Knochen aller Art beschatteten Gesicht.

Schrimms schätzte Hornfogel auf dreißig. Sie sind demnach Herr Doktor Hornfogel, der mir geschrieben hat. Er wollte fragen, können Sie sich ausweisen? Er ließ es, nicht, weil es ihm ungastfreundlich vorgekommen wäre, sondern weil er der Überzeugung war, Hornfogel würde, wenn er nicht Hornfogel wäre, ihm ein Papier vorhalten, von dem Schrimms nichts über die wahre Identität ablesen könnte. Ausweise, meinte Schrimms, besagen überhaupt nichts. Selbst wenn einer wirklich Hornfogel ist. Doch schien es ihm geraten, den Mann gleich in der Küche abzufertigen. Sie haben geschrieben, sagte er, Sie hätten meine Beobachtungen mit wissenschaftlicher Korrektheit untersucht, es würde sich um keine fremde Sprache, sondern um eine Verzerrung handeln. Das Band habe ich zu Ihrer Entlastung zurückerhalten. Daher erblickte ich keine Notwendigkeit, Ihnen nochmals zu schreiben.

Damit habe ich nicht gerechnet, sagte Hornfogel, der Brief war so abgefaßt, daß der Vorgang für das Institut als erledigt betrachtet werden konnte, für Ihre weitere Freizeitbeschäftigung haben wir Ihnen alles Gute gewünscht, auch für Ihr persönliches Wohlergehen, sagt das nicht alles?

Ich meinte das auch, und was ist jetzt?

Ich bin nicht als Angestellter des Instituts gekommen. Mit dem Institut habe ich jetzt überhaupt nichts zu tun.

Hat man Sie rausgeschmissen?

Wieso? Jetzt ist Wochenende, und ich komme zu Ihnen als Privatperson. Das Institut ist bis Montag für mich gestorben. Mir ist beinah, als ob ich diese Einrichtung überhaupt nicht kenne. Wie nennt sich das Ungetüm doch gleich?

Aber den Brief haben *Sie* geschrieben.

Als Institutsbrief, zwar mit der Unterschrift von Hornfogel, aber nicht als Brief von Hornfogel. Nicht als persönlichen Brief. Darum existiert er jetzt nicht.

Allerdings schrieben Sie, sagte Schrimms, wir *glauben* deshalb Ihnen mitteilen zu müssen. *Da* liegt eine Zweifelhaftigkeit drin.

Lassen Sie den Brief, Herr Schrimms. Natürlich habe ich gezweifelt. Ich mußte die Auffassung des Instituts vertreten. Wie sollte ich da nicht zweifeln? Privat habe ich mich hingesetzt und diese sogenannten Überlagerungen, diese Verzerrung, diese Qualitätsminderung mehrere Wochen hindurch auf der Welle des Jazzsenders von Southern-Hopeless-Island abgehört. Zuerst kam fast immer: here speaks Hopeless-Island, here speaks Hopeless-Island, let us have a good jazztime ... Dann setzte eine schwächliche Musik an, rutschte gleich wieder weg, hopeless, also hoffnungslos von der fremden Sprache verschlungen.

Sie wollen sagen, von den Überlagerungen.

Von der fremden Sprache, Herr Schrimms. Es handelt sich tatsächlich um originäre sprachliche Äußerungen. Ich höre förmlich Syntax, Grammatik, Rhythmus und all dieses Zeug, auch wenn ich die Sprache als solche noch nicht verstehe. Southern-Hopeless-Island liegt 143 Grad östlicher Länge und 27,5 Grad südlicher Breite, ein Stückchen unter dem südlichen Wendekreis, schräg unter den Cook-Inseln, also noch weiter zum Südpol hin als Tahiti. Da wird französisch gesprochen, englisch, polynesisch, oft auch ein Mischmach. Damit hat diese Sprache hier nichts zu tun. Sie ähnelt keiner einzigen. In diesem Raum hat es, soweit man weiß, nie so eine gegeben. Es sei denn, es handelt sich hier um eine Sprache, die nur eine kleine, bisher verborgen lebende Eingeborenengruppe gesprochen hat. Dann müßte sie einen polynesischen Anklang haben, und den hat sie nicht. Es könnte zwar sein, daß Vorfahren dieser Eingeborenen vor Tausenden von Jahren in Rindenbooten aus einem anderen Sprachkreis unbemerkt übers Meer gekommen sind. Welch anderer Sprachkreis käme in Frage? Ich habe keinen finden können. Vielleicht handelt es sich um eine ausgestorbene Sprache.

Oder da machen welche einen Versuch, eine neue Weltsprache zu entwickeln, meinte Schrimms, Plötzlich wachen wir auf, und eine neue Weltsprache ist da. Wenn die erst da ist, dann kommen *sie* auch.

Wer sind sie? fragte Hornfogel.

Plötzlich wachen wir auf, und sie stehen an unserem Bett. Jetzt proben sie noch, aber dann stehen sie da, und wir müssen alle die neue Sprache lernen. Wer Glück hat, der empfängt sie jetzt schon. Der kann sich darauf einstellen. Der ist nachher gut dran.

Hornfogel sagte, bleiben wir sachlich, ich habe die Bänder mit, ganz ordentliche Aufnahmen, vielleicht sind welche dabei, die Sie nicht besitzen.

Ich habe seit dem ersten Tag alle, sagte Schrimms.

Um so besser, sagte Hornfogel, wenn es Ihnen nichts ausmacht, höre ich gern ein paar davon an, wir könnten die Empfangsqualitäten vergleichen.

Schrimms schwankte, ob er den Hornfogel »auf Station« lassen sollte. Es mißbehagte ihm, daß Hornfogel die Sendung auch aufgenommen hatte. Ihn freute nicht die Bestätigung Hornfogels, es handle sich um eine Sprache. Den Institutsbrief hatte er ihm nicht verübelt, aber daß er ihm recht gab, gefiel Schrimms nicht. Besonders, weil er überzeugt war, bezüglich jener fremden Sprache selbst schon sehr weit zu sein. Ich bin dabei, in das Geheimnis einzudringen, ich kann die Sprache bereits übersetzen, weiß mehr als dieser Hornfogel. Doch fühlte er sich unsicher. Womöglich ist der auch so weit gekommen. Womöglich weiß der, aufgrund der Bildung, mit der er ausgestopft ist, noch mehr als ich, kann, wenn ich ihm nur etwas auf die Sprünge helfe, die Sprache fließend übersetzen. Der will mich abdrängen, argwöhnte Schrims in seinem tiefsten Innern. Auch wenn er sich meine Entdeckung nicht allein zuschreiben würde, mich vielleicht lobend erwähnen würde, ich lasse keinen Doktor Hornfogel in meine Sache rein. Als ich an dieses Institut schrieb, wußte ich nicht, was in der Sache steckt, war noch nicht eingestiegen. Jetzt würde ich da nicht mehr hinschreiben. Es widerstrebte ihm, Hornfogel »auf Station« zu führen.

Er tat es mürrisch, weil er der Neugier nicht widerstehen konnte zu hören, was Hornfogel aufgenommen hatte.

Au, rief Hornfogel, Sie haben ein japanisches Gerät.

Japanisch oder botokudisch, das spielt hier keine Rolle, sagte Schrimms.

Hornfogel sagte, großartig, wie Sie hier leben, erfüllt gewissermaßen, wir sollten alle zwei Leben führen, wir tun es noch nicht konsequent genug.

Möchten Sie einen trinken, fragte Schrimms, ich habe Korn da.

Hornfogel dankte, er sei motorisiert.

Schrimms überlegte, ob er ihm Kaffee brühen sollte, doch scheute er sich Hornfogel »auf Station« allein zu lassen, der schnüffelt da herum, er sagte, dann hätte ich noch Brause.

Hornfogel meinte, am besten spielen wir jetzt gleich das Band.

Schrimms nahm ihm die Kassette ab, an seinen Kasten ließ er Hornfogel nicht heran, let us have a good jazztime ...

Jetzt kommt es, Hornfogel streckte sich auf Schrimms verbeulte Couch, als ob er, was da kommen würde, liegend auskosten wollte, das linke Auge schielte weit nach innen, das krause Haar schien sich vor Spannung elektrisch aufzuladen, sträubte sich.

Fogliges Gefieder, dachte benommen Schrimms.

Jetzt, murmelte Hornfogel, seien Sie ganz still. Er nickte zu den Worten und Sätzen, den sprachlichen Gebilden, die vorüberzogen, als höre er sich ein Konzert an, das er auswendig kannte. An machen Stellen nickte er lebhafter, lächelte wie verzückt, und mehrmals legte er den Zeigefinger beschwörend auf den Mund.

Schrimms ließ noch eine zweite, dritte, vierte Sendung laufen, obwohl er schon nach der ersten merkte, daß Hornfogel nicht jene Sprache aufgenommen hatte, um die es Schrimms zu tun war. Es mochte eine dem Instituts-Hornfogel wie dem Privat-Hornfogel-Menschen unbekannte Sprache sein. Schrimms' Sprache war es nicht.

Schrimms setzte ein undurchdringliches Gesicht auf, als Hornfogel einräumte, es seien Zerrungen enthalten, Verunreinigungen, na, eben Schönheitsfehler, er habe technisch nicht das beste Material gehabt.

Das ist nicht wichtig, sagte Schrimms, er zögerte, Hornfogel zu offenbaren: wir haben auf der gleichen Wellenlänge verschiedene Sprachen aufgenommen. Ihre Sprache, Doktor, ist nicht die Sprache, die ich meine. Er konnte sich nicht entschließen, Hornfogel die eigenen Bänder vorzuspielen, er fürchtete, sie würden ebenfalls Hornfogliges aufweisen, ihr von Schrimms Aufgenommenes könnte sich unter gewissen kosmischen Einflüssen verwandelt haben. Er hielt für möglich, daß Hornfogel etwas anderes, na eben

Schrimmsisches, aufgenommen hatte, nur spulte es sich nachher nicht vom Band. Genau so hielt er es für möglich, daß sich das Schrimmsische von seinen eigenen Bändern verwandeln könnte. Am liebsten hätte er Hornfogel rausgescheucht, der strahlt was aus, was hier nicht hergehört.

Hornfogel schielte in Schrimms' Kassettenkiste.

Unwillig wühlte Schrimms das Band heraus, das er dem Institut geschickt hatte. Nach zwei Minuten sagte Hornfogel, das sei die richtige Sprache nicht, was er da höre.

Es ist nicht die von *Ihnen* aufgenommene, erklärte Schrimms. Dann gibt es noch eine.

Schrimms ließ das Band zurücklaufen, speaks Hopeless-Island, ein schwacher Pieps von Jazz, dann fiel die Sprache ein.

Vollkommen anders, sagte Hornfogel, ich höre eine ganz andere Syntax, Grammatik undsoweiter. Spielen Sie Ihre anderen Aufnahmen.

Schrimms sagte, dazu ist es zu spät. Sie müssen jetzt nach Hause.

Wenn ein Hotel hier wäre.

Hier gibt es kein Hotel. Schrimms sah Hornfogel die Couch betrachten, er sagte schnell, hier gibt es keine Übernachtungsmöglichkeit, wir können aber in Verbindung bleiben, es hat mich sehr gefreut, vergessen Sie Ihr Band nicht, stoßen Sie nicht den Kopf, die Maße sind hier klein gehalten. Schrimms brachte Hornfogel ans Auto.

Wenn etwas Neues auftaucht, schreiben Sie, Herr Schrimms, hier ist meine Privatadresse.

Dankeschön, sagte Schrimms. Er blieb so lange vor dem Haus, bis Hornfogels Auto nicht mehr zu sehen und zu hören war. Dann kochte er sich Tee, legte die Schreibutensilien griffbereit, doch fehlte ihm die Ruhe zum Übersetzen. Er mußte nachprüfen, ob alle seine aufgenommenen Texte noch die alten wären. Auch als es sich bestätigte, blieb er unkonzentriert.

7

Hornfogels Besuch, so lästig er ihm gefallen war, bewirkte, daß Schrimms anfing, sich Southern Hopeless Island vorzustellen, hopeless heißt also hoffnungslos, und Island ist nicht das Island da oben, wo auch gleich Grönland kommt, sondern einfach ne Insel, die hoffnungslose Insel, südliche hoffnungslose Insel, und warum hoffnungslos, natürlich, weil da nie jemand hinkam, und warum kam da nie jemand hin, weil da nichts Wichtiges wuchs, da wuchs womöglich trocknes Gras, sonst gab es da nur Steine. Schrimms suchte Southern Hopeless Island auf dem noch gut erhaltenen Schulatlas seines Sohnes. Sie war zu klein, um dort erwähnt zu werden, es schienen da in jener Ecke des Stillen Ozeans zwei winzige Pünktchen eingezeichnet, es konnten auch Schmutzpünktchen sein, Spritzer von Druckfarbe.

Schrimms fiel nicht ein, jemals von einer Southern Hopeless Island gehört zu haben, wie etwa von Bikini. Dies südlich hoffnungslose Eiland wurde demnach nicht einmal zu Atomversuchen ausersehen, es schien dort auch kein Militärstützpunkt zu existieren. Oder gerade, dachte Schrimms. Oder was Unheimlicheres. Vielleicht gab es gar keinen Jazz-Sender auf Hopeless Island, vielleicht befand sich der auf einem Schiff, das in der Nähe hin und her fuhr, ein Schwarzsender, Piraten-Funk. Schrimms meinte, wenn diese Insel derart hoffnungslos ist, steht höchstens eine Blechbaracke drauf, daneben der Mast des Senders. Alle vier Wochen kommt ein Schiff vorbei. Ein Hubschrauber läßt Nahrung fallen. Schrimms fand es einleuchtend, daß Hopeless Island Jazz-Musik (vorwiegend lustige) sendete. Was sollte eine hoffnungslose Insel anderes tun, als Optimismus von sich geben? Vielleicht wuchsen da aber Kokospalmen, es gab Tomaten, Ananas, Zitronen und Bananen. Und trotzdem hopeless? Vielleicht ist das ein überholter Name. Vielleicht war sie mal eine Sträflingsinsel. Schrimms konnte sich nicht vorstellen, daß sie eine normale Insel war. Wenn etwas ausprobiert wird, dachte er, dann meist auf Inseln, auf Hopeless Island wird eine neue Sprache ausprobiert, und vielleicht warten die nur drauf, daß jemand anfragt, was das für eine Sprache sein soll. Am Montag fragte er den

Lehrling Tommi, ob er ein Englisch-Wörterbuch besitze.

Wozu denn, fragte Tommi.

Habt ihr nicht Englisch in der Schule durchgenommen?

Das war freiwillig, sagte Tommi. Ich fahr ja nie nach England. Wozu dann Englisch?

Schrimms ging zum ehemaligen Lehrer seines Sohnes, er war Vereinsbruder im Kleingärtner-Verein. Sie haben sehr viel Unkraut neuerdings, Herr Schrimms, und Fallobst liegt herum, das muß ja wohl nicht sein. Sie waren sonst so vorbildlich. Der Unkrautsame, Sie wissen ja, fliegt weit, gerade Sie sind es gewesen, der in der Jahreshauptversammlung davon gesprochen hat.

Man mußte auch mal etwas äußern, man konnte ja nicht immer stumm dasitzen, sagte Schrimms.

Und wozu brauchen Sie das Wörterbuch?

Ich möchte etwas wissen.

Nennen Sie mir das Wort, dann werde ich für Sie nachschlagen.

Ich hätte gern das Buch für einen Tag geborgt. Ich muß ne ganze Menge wissen.

Sie kriegen es für drei Tage, wenn Sie mir den Gefallen tun und Ihren Garten vom Unkraut reinigen, gut wärs auch, wenn das Fallobst aufgelesen würde, es ist ja nur zu Ihrem Vorteil, man würde Sie in der Versammlung sonst kritisieren, ich könnte Sie da nicht entschuldigen.

Schrimms hatte niemals vorher chemische Krautentferner angewandt, obwohl sein Sohn und seine Frau, die er zum Rupfen ermuntern wollte, ihn als zurückgeblieben bezeichneten, er hatte sogar selbst »manuell gerupft«, es sei dem Boden bekömmlicher. Nun kaufte er ein Unkrautvernichtungsmittel, die wurmstichigen Birnen trug er zur Aufkaufstelle. Das Wörterbuch, das ihm der Lehrer nach gründlicher Besichtigung des Gartens borgte (sehr gut, Herr Schrimms, ich muß Sie loben), war rückenlos, vergilbt und aus dem vorigen Jahrhundert, einen Deutsch-Englisch-Teil enthielt es nicht, so mußte Schrimms für jede einzelne englische Vokabel, die er benötigte, das ganze Buch durchforsten.

Er kaufte eine bunte Karte von Grasleben-Horkenstedt, auf der die Grünanlage des Bahnhofs bläulich abgebildet war und schrieb darauf in Blockschrift:

DEAR GENTLEMEN OR LADIES!
I HEAR ALWAYS AT NIGHT YOUR VERY INTERESTING TRANSMISSION. TRY YOU A NEW WORLD-LANGUAGE? PLEASE GIVE ME ANSWER! YOUR TRUE AUDITOR RICHARD SCHRIMMS.

Er adressierte die Karte an SOUTHERN HOPELESS ISLAND – PACIFIC RADIO STATION, klebte zwei Zwanzig-Pfennig-Marken drauf und warf sie in den Postkasten am Bahnhof.

8

An diesem Tage überstieg die Arbeit in der Gepäckabfertigung das Maß der mittleren Erträglichkeit. Es war das Ende der Saison, die letzten Camper schoben klamme Seesäcke, Beutel mit Zeltgestänge, auch Koffer, mit feuchten Stricken umständlich verschnürt, zu Schrimms herein.

Schrimms fragte, versichern auch, und selbstverständlich gab es keinen, der seinen dreckigen, geflickten Seesack nicht mindestens auf tausend Mark versicherte. Schrimms klebte mit undurchdringlichem Gesicht Versicherungsmarken auf Gepäckscheine, manchmal für fünf, sechstausend Mark.

Son Krempelhaufen ist keine hundert Mark wert, sagte Tommi, da sind vielleicht zwei olle Decken drin, ein ausgefranster Schlafsack, ein rostiger Kocher, käsige Socken, na, vielleicht noch ne Luftmatratze, die's nicht mehr lange macht.

Die Leute, sagte Schrimms, versichern immer hoch, sie haben nicht nur das normale Sicherheitsbedürfnis, sie hoffen beim Verlust was zu gewinnen. Richtiger wäre es, wenn sie den wahren Wert versichern würden, sagte Tommi, na, vielleicht zehn Mark mehr. Sechstausend für den geflickten Trümmerhaufen da, der auch noch stinkt, das ist schon kriminell, und wenn das Zeug verlorengeht, sind wir die Dummen. Reingucken dürfen wir ja nicht, was für ein wahrer Wert drinsteckt. Eigentlich müßte jemand die Stücke untersuchen, im Beisein der Besitzer selbstverständlich.

Der Mensch ist ein Versicherungswesen, sagte Schrimms, wenn er was angibt, was nicht stimmt, gewissermaßen schwindelt, dann nur aus Sicherheitsbedürfnis. Der Mensch will Übersicherheit, weil er der einfachen Sicherheit nicht traut. Darum gibt es bei uns keine Versicherungsmarke unter tausend. Geringere Werte zu versichern wäre lächerlich, da würde mancher sich genieren.

Wir könnten aber Ärger kriegen, wenn so ein alter Lumpensack abhanden kommt, weil er auf tausend Mark versichert ist.

Ja, sagte Schrimms, das ist der eine Sinn der Sache, wir sollen aufpassen. Der zweite Sinn ist der, daß die Versicherung kassiert, und um so mehr, je weniger verlorengeht.

Wenn nichts verlorengeht, sehen die Leute keine Chance, was zu gewinnen. Eines Tages versichern sie nicht mehr.

Denkst du, gab Schrimms zurück, das Sicherheitsbedürfnis des Menschen ist dauerhaft.

Ich warte bloß noch auf den Tag, daß jemand wertloses Gepäck versichern und es von einem Kumpel stehlen läßt, und dann die tausend Mark Versicherung mit ihm teilt.

Lohnt sich nicht, sagte Schrimms, es kann nicht groß betrieben werden, weil es auffallen würde, wenn ausgerechnet immer ein und demselben Mann Gepäck verloren geht.

Es müßte nicht ein und derselbe sein, sagte Tommi, es müßte ein Ringunternehmen sein, am besten international. Dann könnte ein und dasselbe Gepäck mehrmals versichert und mehrmals gestohlen werden. Das wäre rationell, die Leute würden ihren Abfall, den Wegwerfkram verpacken und versichern, sie würden ihn loswerden und außerdem noch Geld kassieren. Die Sache würde bald beliebt sein, sie würde Massenbasis kriegen.

Und wir müßten hier noch mehr schuften, sagte Schrimms, und hätten Polizei hier drin, so was wie Zoll, jedes Stück würde kontrolliert, das kannst du glauben. Wenn wer was wirklich Wertvolles aufzugeben hätte, würde ers nicht versichern und würde so draufhinweisen, daß da was Teures drinsteckt. Damit brauchten wir aber nicht sorgsam umzugehen, weil es ja nicht versichert wäre. Es würde also verschütt gehen. Wertvolles würde nicht mehr aufgegeben werden, das würden die Leute lieber selbst befördern, die haben Autos, und eines Tages müßte uns die Bahn entlassen.

Die Bahn läßt keinen fallen, sagte Tommi.

Denkst du, sagte Schrimms, wenn etwas Massenbasis kriegt, sieht es für den einzelnen finster aus.

Die Lumpensäcke sind jedenfalls zu hoch versichert, da wird was vorgegeben, was nicht an dem ist, beharrte Tommi.

Ja, sagte Schrimms, jaja, willst du's beweisen, und wozu? Vielleicht ist gerade ne alte Decke, ein rostiger Kocher für den Gepäckaufgeber wertvoll, vielleicht sind da Gefühle mit verbunden, Erinnerungen, vielleicht dieser Krempel für ihn nicht zu ersetzen, oder ne scheckige Soldatenzeltbahn, vom ersten Weltkrieg noch, hat schon Museumswert. Ich klebe jedem die Versicherungsmarke drauf, der sie bezahlt. Ich frage jeden, versichern auch? Ich mache eine sorgenvolle Miene, als ob es dringend ratsam wäre. Und dabei weiß ich ganz genau, kein Mensch kann sich in Wirklichkeit versichern, es gibt keine Versicherung.

Schrimms merkte, Tommi kam nicht mehr ganz mit. Vorsilbe ver, die gibts auch bei verfahren, verführen, verlaufen, verdummen, verblenden, es kann etwas verbaut, verkannt, verformt, verbildet sein, statt sich zu sichern kann man sich *ver*sichern, durch übertrieben ängstliches Sichern die Sicherheit ins Gegenteil verkehren. Er brach ab, es kann auch heißen, die Sicherheit vergrößern, dachte er. Schrimms fühlte sich mit einem Mal unsicher, verloren schwebend.

Sie sehen nicht gut aus, Meister, sagte Tommi, gehn Sie nach Hause, ich schmeiße das hier schon.

Nein, sagte Schrimms, das darfst du nicht, er wäre gern gegangen, um damit zu beginnen, die mutmaßliche neue Weltsprache schriftlich zu übersetzen. Ich komme und komme nicht dazu, dachte er.

Immer wenn er die Utensilien vor sich ausgebreitet hatte, das Band schon lief, die ersten Worte hätten geschrieben werden müssen, versagte seine Übersetzungskraft, er konnte kein Wort niederlegen, als er versuchte, den Text phonetisch aufzuzeichnen, um ihn dann ohne Eile ins Deutsche zu übertragen, gelang zwar das Phonetisch-Umgeschriebene, doch ließ es sich nicht übersetzen. Ich muß es hören, dachte er, ich bin ein Hörmensch, aber als Hörmensch scheiterte er auch, es kommt nur bis zum Kopf, es fließt nicht bis zur Hand, ich kann's nicht niederschreiben, ich kann's nicht ausdrücken.

Er meinte dann, er müßte, was bis zum Kopf kam, durch seinen Mund auf Band bringen, er wußte genau, was er sagen wollte. Doch als das Band loslief, konnte er nicht sprechen. Plötzlich merkte er, daß auch in seinem Kopf nichts mehr von jenen Vorstellungen war, die er hatte hinschreiben wollen. Wenn Hornfogel nicht bei ihm eingebrochen wäre, hätte er es längst hingeschrieben oder auch hingesagt, dann hätte er auch jene Karte an Southern Hopeless Island nicht geschrieben, Hornfogel hatte ihn aus dem Konzept gebracht. Es lief alles, bis Hornfogel in Schrimmsens Kassettenkasten schielte.

Was soll der Jazz-Sender mit meiner blöden Karte, dachte Schrimms, die fassen sich da an den Kopf, die antworten mir nie, die wissen nichts von einer Sprache. Schon als er die Karte eingeworfen hatte, war sie ihm unsinnig erschienen. Er überlegte, ob er den Kastenleerer abpassen sollte, um diese Karte aus dem Sack zu wühlen, aber er dachte auch, was einmal losgeschickt ist, muß seinen Lauf machen. Der Postkasten hatte Unerbittliches, Endgültiges für Schrimms. Was einmal durch den Schlitz gefallen ist, kann nicht zurück. Zeitweilig vergaß er seine Karte an Hopeless Island, zumal sie ohne Antwort blieb.

Manchmal erschrak er bei der Vorstellung, er habe Unbekannten von seiner ihnen bisher verborgenen Existenz Nachricht gegeben. Man muß nicht unbedingt auf sich hinweisen wollen, und ihn beschlich das gleiche Unbehagen, das er empfunden hatte, als er von einer metallenen Tafel las, die mit einer Rakete ins All geschickt, eventuellen außerirdischen Lebewesen die äußere Erscheinungsform des Menschen, schematisch dargestellt zwar, doch durch Daten angereichert, klarmachen sollte. Wozu das, dachte Schrimms, wozu noch extra auf uns hinweisen. Es soll uns wurscht sein, ob oben welche etwas von uns wissen. Wir wissen nicht, wer unsere Daten da oben in die Hand kriegt, wir wissen nicht, ob dadurch nicht Wesen auf uns aufmerksam gemacht werden, die uns dann übel mitspielen. Jetzt schien es ihm nicht ausgeschlossen, daß die ihm unbekannte Sprache von Hopeless Island schon eine Reaktion auf jene nach seiner Meinung unüberlegte Informationstafel sein könnte.

Schrimms beschloß, weiter die unheimliche Sprache aufzunehmen, sich aber sonst still zu verhalten. Vielleicht vergaßen »die« seine Existenz.

9

Möglich, dachte Schrimms, daß denen, die die Sprache aussenden, ein technischer Fehler unterläuft, sie soll gar nicht auf der Wellenlänge des Southern Hopeless Island-Senders zu hören sein, es handelt sich um eine Geheimsprache, in der etwas mitgeteilt wird, das nur Eingeweihte erfahren sollen. Aber die Sprache ist auf der Erde unbekannt, sogar im Westen. Es droht ihr keine Gefahr, daß jemand sie verstehen könnte.

Allerdings war *Schrimms* im Begriff gewesen sie zu verstehen, sich in einen Kreis von Leuten reinzudrängen, eine Gemeinde von Auserwählten, vielleicht in eine Gruppe erdfremder Wesen, die heimlich auf der Erde lebten.

Sie sind eventuell schon unter uns, dachte Schrimms, sie haben mich vielleicht schon fest im Griff, sie sind imstande, mir alles aus dem Kopf zu blasen, was ich bereits enträtselt hatte, wieder auszulöschen.

Schrimms zweifelte kaum noch, Hornfogel war ein Abgesandter, ein Überprüfer, war weder Instituts-Hornfogel noch Hornfogel privat gewesen. Sein rostfarbenes Haar sträubte sich elektronisch. Hornfogel sollte recherchieren, was Schrimms für einer wäre und was Schrimms wußte. Und wenn Hornfogel doch von dem Institut war, dann hatten »die« da eben auch schon ihre Leute. Vielleicht auch an dem Institut im Westen schon, obwohl, so dachte Schrimms, dafür der Brief von dort zu freundlich gewesen war, nicht kategorisch ablehnend genug, und sogar Möglichkeiten offenließ.

Daß Schrimms auch an den Westen geschrieben hatte, das mußte »die« gewaltig alarmieren. Weil drüben, dachte Schrimms, vielleicht bald was erfunden wird, um ihre Sprache zu enträtseln. Mein Hinweis hat vielleicht genügt. Schrimms freute sich, Hornfogel im Grunde *nichts* gesagt zu haben.

Ich hatte wieder mal das richtige Gefühl. Ich hab ihn abgehängt.

Wie komisch reagierte er auf meine Hypothesen von einer neuen Weltsprache. Davon, »sie« könnten eines Tages vor unserem Bett stehen, lenkte er sofort ab. Ich sollte sachlich bleiben, sagte er.

Wer sind denn »sie«, so fragte er mit dämlichem Gesicht, als ob er es nicht wüßte. Ja, Schrimms war überprüft worden, das schien ihm sicher. Daß Hornfogel auf seinem Band den falschen Text besaß, war Mache, er wollte Schrimms herauslocken. Aber mit Schrimms gelingt das nicht. Nein, nicht mit Richard Schrimms, da hätte er sich einen Dümmeren suchen sollen. Aber ein Dümmerer wäre nie so weit wie Schrimms gekommen. Ich war ja schon mit einem Fuß bei »denen« drin, und gerade als ichs niederschreiben wollte, erschien Hornfogel. »Sie« haben es erspürt, Hornfogel hat in meinem Kopf die Löschung vorgenommen, Achtung, der Schrimms hört mit. Oder haben »sie« es noch nicht erspürt? Ist es nur eine Sperre, die Hornfogel in meinem Gehirn angebracht hat: wir müssen uns vor diesem Schrimms sichern, ihn aussperren, absperren, weg mit Schrimms?

Zäune, Mauern, Sperranlagen erweckten in Schrimms seit eh und je den Wunsch sie zu übersteigen, hinter sie zu gelangen oder in ihnen zumindest eine Lücke ausfindig zu machen, um das Abgesperrte oder Zugemauerte in Augenschein nehmen zu können.

Nachdem er sich eine Weile still verhalten hatte, (er tat jetzt so, als interessiere ihn die Übersetzung der fremden Sprache überhaupt nicht mehr, schloß das gekaufte Papier weg, schenkte den Kugelschreiber und die anderen Schreibutensilien Tommi) legte er sich eines Abends auf die Couch, ließ das Band mit den ersten Sendungen laufen, und plötzlich hatte er wieder den VERBUS, den VERBULUS, diesen WORTLER, und wenn er sich nicht irrte, saß dieser WORTLER am Fuße eines kegelförmigen Berges. Oder saß er auf diesem Berg, dem PIK Sekundusquartusquintus, was ja vielleicht 245 heißen konnte, und nannte er ihn nicht den PIK der letzten Hoffnung? Und sprach er nicht von einem Feuer, vielleicht von einer Feuerkatastrophe, vor der er sich gerettet hatte? Nein, dieses Feuer kehrte immer wieder. Es schien nicht löschbar. Möglich, daß es das TELEFEUER hieß.

Das ferne Feuer. Schrimms stellte sich ein Haus mit einem kuppelförmigen Dach vor, in dem der Wortler seine Sendung anfing, sobald der erste, noch nicht wahrnehmbare Strahl des TELEFEUERS die Kuppel kurz aufleuchten ließ. Oder war Wortler vor das Haus getreten? Standen die Nebel ihm bis zum Hals, nicht einen Zentimeter höher oder niedriger?

Steht WORTLER nicht das Wasser, sondern der Nebel bis zum

Hals? Wird da etwas vernebelt, sieht er Gefahr im Nebel, fürchtet er Einnebelung? Dann schien es Schrimms, als kröchen Strahlen des TELEFEUERS über jenen Nebel hin. Zunächst sind sie noch dunkelrot, dann hellen sie sich auf, sind schließlich rosafarben. WORTLER spricht von der Wärme, die in Wellen komme, und auch das Licht ströme in Wellen auf ihn zu. WORTLER scheint einen Schutzhelm aufzusetzen.

Schrimms richtete sich auf, um die Enträtselung zu notieren. Er fand nur einen dicken schwarzen wetterfesten Stift, mit dem er Schildchen in seinen Gartenbeeten zu beschriften pflegte (Gurken, Rettiche, Grünkohl) und als er schreiben wollte, fühlte er sich schlapp.

Gut, dachte er, vorläufig keine Spuren setzen, ich muß es so behalten.

Vielleicht war es auch keine Sperre, vielleicht war nur mein Kopf nicht gut durchblutet? Kaugummi fördert die Hirndurchblutung, erklärte Tommi, wenn Schrimms ihn fragte, welchen Nutzen er in dem ständigen Geknatsch von Gummi sehe. Und die Durchblutung regt die Denkprozesse an, Kollege Schrimms.

So viel wie du kaust, müßtest du schon Professor oder Doktor sein.

Die kauen nicht, Kollege Schrimms.

Ja, wenn sie es geworden sind, dann haben sie es nicht mehr nötig, sagte Schrimms. Jetzt meinte er, an Tommis Knatscherei sei vielleicht etwas dran.

Schrimms besaß eine große Schachtel voll Gummistreifen aller Sorten, mit Zucker, ohne Zucker, mit Frucht, mit Pfefferminz, sein Sohn legte sie manchem Päckchen bei, nicht in der Hoffnung, der Vater würde gummikauend das Rauchen einschränken, sondern nur so.

Schrimms nahm den Mund gleich mit drei Streifen voll, er kaute eine Stunde lang, dann zog er seine Zahnprothese raus und kratze den Kitt herunter. Die Schläfenknochen schmerzten ihn vom Kauen. Er drückte noch einmal die Taste für das Band, um an der Stelle mit Übersetzen fortzufahren, wo WORTLER von der Wärme spricht, die er in Wellen kommen fühle, und einen Schutzhelm aufzusetzen scheint.

Schrimms konnte noch enträtseln, daß Wortler in eine Art von Garten geht, dann fühlte er sich müder als zuvor.

Kaugummi habe ich nicht nötig. Er schlief in seiner Eisenbahnerhose noch auf der Couch ein.

Am Tag darauf erhielt er Post vom Zollamt, er möge betreffs einer für ihn bestimmten Auslandssendung zu oben angegebenen Dienststunden persönlich vorsprechen.

10

Schrimms dachte hin und wieder darüber nach, was Wörter veranlaßt haben könnte, sich in bestimmter Reihenfolge anzuordnen. Auch was der Grund sein könnte, daß Wörter überhaupt erschienen. Manchmal kam es ihm vor, als drängten sie sich sinnlos in die Sprache. Nach seiner Ansicht konnte nichts gänzlich sinnlos sein. Es mußte sich auch im Nichtsinn ein Sinn verbergen. Die Einladung des Zolls enthielt für Schrimms nichts, das ihn reizte, nach einem Sinn zu suchen. Persönlich sollte er betreffs einer für ihn bestimmten Auslandssendung vorsprechen. Was, wenn die Sendung nicht für ihn bestimmt wäre?

Sprachlich war dieses Schreiben keine Fundgrube für den anspruchsvollen Schrimms, der sich seit langem bei der Deutschen Reichsbahn sprachlich und sogar fremdsprachlich gebildet hatte: PERRON, STATION, KONDUKTEUR, BILLETT, COUPÉ, BAGAGE, SALON, EXPEDITION, WAGGON, später ein bißchen deutscher: ABTEIL, PLATTFORM, ZUGFÜHRER, BAHNSTEIGKANTE, später dazwischen BAGASCH, WOCSAL, TUALET.

Die Mitteilung: E PERICOLOSO SPORGERSI, HINAUSLEHEN IST GEFÄHRLICH, fand Schrimms phonetisch eleganter, aber auch leichtfertiger als die Anweisung, die deutsch darunter stand: NICHT HINAUSLEHNEN! Die Mitteilung, daß ein Hinauslehnen aus dem Abteilfenster gefährlich sei, ließ jeden frei entscheiden, ob er sich in Gefahr begeben wollte. Dies schien vom Reichsbahnstandpunkt nicht ganz korrekt. Schrimms konnte es sich nur so erklären, daß manche Völker nicht daran gewöhnt sind, aufs Wort zu gehorchen. Sie denken vielleicht mißtrauisch, man solle sich nur deshalb nicht hinauslehnen, weil es da draußen etwas Besonderes zu sehen gibt, vielleicht ein flottes Mädchen mit Stöckelschuhen, das auf dem Bahngelände Unbefugtes treibt. Tatsächlich gibt es Völker, dachte Schrimms, bei denen eine kurze deutliche Belehrung nicht verfängt, sie sind belehrungsscheu, bei denen würde es nicht einmal wirken, wenn das Kommando NICHT HINAUSLEHNEN durch die Erklärung WEIL GEFÄHRLICH erweitert worden wäre. Für solche Leute ist anscheinend schon das NICHT ein Reizwort, das eine gegenteilige Handlung, besonders waghalsiges

Hinauslehnen, auslösen kann, Zwecklos, bei solchen mit einem NICHT zu operieren. Es ist gefährlich. Nun gut. Paß selber auf. Mach was du willst. Schrimms wunderte sich, daß die Deutsche Reichsbahn ein solches Zugeständnis an vielleicht niemals oder selten mit ihr verkehrende fremdsprachige Personen machte: ES IST GEFÄHRLICH, also *dein* Problem.

Im zweiten Weltkrieg, wo Schrimms für jedes Land, das er bekriegen mußte, sich einen Sprachführer anschaffte, so daß er beispielsweise auswendig wußte, wie in verschiedenen Sprachen die Aufforderung HÄNDE HOCH heißt, wendete er sie selbst nie praktisch an, konnte sie aber, als jemand zu ihm RUKI WJERCH sagte, ohne besondere Nachfragen befolgen. Allerdings legte Schrimms nur wenig Wert auf die verschiedenen Grammatiken, er prägte sich hauptsächlich fertig zugeschnittene Redestücke ein. Gesagt sei aber, daß er in seiner Muttersprache, dem Deutschen, eine Fremdsprache entdeckte, die er aus Zeitungen, Ausrufen, amtlichen Verlautbarungen gelegentlich ausschnitt. Erna verbrannte von Zeit zu Zeit den SCHNIPPELKRAM. Die meisten Stücke behielt Schrimms im Kopf. Im Reichsbahnleben traf er auch auf jene Sprache, die er die ANDERE SPRACHE nannte, die DEUTSCHE FREMDSPRACHE. Wirkliche Sprache war für ihn diejenige, aus der hervorging, was jemand machte, herstellte, tat und die genau beschrieb, wie dies geschah, auf fremdsprach-deutsch erfuhr man, daß jemand etwas zur Durchführung brachte. Man tut etwas nicht selber, man führt es auch nicht durch, man bringt es an die zuständige Stelle, die DURCHFÜHRUNG. Dort liefert man es ab und hat damit nichts mehr zu schaffen. Auf fremdsprachdeutsch sieht man sich eine Sache auch nicht an, beguckt, beriecht, befühlt sie nicht. Man zieht sie in Betracht. Man stellt sie unter den Betreff. Man sagt nicht: wegen dieser Sache, sondern bezugnehmend auf oben angeführte in Durchführung entsprechender Beschlüsse in engeren Betracht zu ziehende Beratungsmaterialien. Solche Stücke der deutschen Fremdsprache klangen in Schrimmsens Ohren nicht so melodisch und elegant wie E PERICOLOSO SPORGERSI, dennoch bedeutungsvoll, für einen nur mit der Muttersprache Aufgewachsenen zudem schwer faßbar. Und daher noch bedeutungsvoller.

Schrimms junior lachte über die Sprachstudien seines Vaters. Ist alles überholt, so umständlich drückt man sich heute nicht mehr aus. Heute mußt du auch für den blödesten Idioten verständlich sagen AUF – ZU – REIN – RAUS – AB – AUF, am besten bringst du Pfeile oder primitive Bilder an.

Durchkreuzte Flasche über Fenster ist gleich man möge das Hinauswerfen von Flaschen nicht zur Durchführung bringen beziehungsweise gelangen lassen, auch einfach manuell rauswerfen sollte man sie nicht. Ein Bilderrätsel, dachte Schrimms. Für ihn war das nicht Sprache. Ihm klang eben trotz seiner Fragwürdigkeit der Satz im Ohr E PERICOLOSO SPORGERSI. Schrimms hätte diese Worte singen können, vielleicht nach einer Melodie von Verdi. Schrimms fand die Bildersprache armselig verglichen mit dem Sprachstück WÄHREND DES AUFENTHALTS IN BAHNHÖFEN IST DIE UNTERLASSUNG DES URINIERENS SOWIE DER STUHLGANGBETÄTIGUNG AUF DER ZUGTOILETTE ZUR DURCHFÜHRUNG ZU BRINGEN. Es machte ihm Spaß, solche Sätze zu konstruieren. In Wirklichkeit waren die Anweisungen knapper und kategorischer gefaßt. Schrimms trieb Sprachspiele. ES IST IN BETRACHT ZU ZIEHEN DIE ÜBERSCHREITUNG DES BAHNKÖRPERS DURCH UNBEFUGTE PERSONEN DER STRIKTEN UNTERLASSUNG ANHEIMZUSTELLEN. Oder: REISENDE DER DEUTSCHEN REICHSBAHN HABEN SICH UNVERZÜGLICH DEN BEFÖRDERUNGSBESTIMMUNGEN UNTERZUORDNEN SOWIE DEN ANORDNUNGEN DES KOMMANDIERENDEN ZUGPERSONALS BEI TODESSTRAFE WIDERSTANDSLOS FOLGE ZU LEISTEN! IN DEN TASCHEN DER REISENDEN PERSONEN BEFINDLICHE HÄNDE SIND AUS DENSELBEN ZU ENTFERNEN UND AUF DEN BEFEHL HÄNDE HOCH UNVERZÜGLICH BEIDSEITIG ÜBER KOPFHÖHE IN ANHEBUNG ZU BRINGEN. In seiner wirklichen Sprache hätte Schrimms gesagt, scheiß doch nicht ausgerechnet, wenn der Zug auf dem Bahnhof hält, der stinkt sonst wie die Pest, latsch nicht über die Gleise, bist wohl lebensmüde, mach, was der Kollege sagt, der tut ja auch bloß seine Pflicht.

Die deutsche Fremdsprache war für Leute da, die etwas nicht selbst tun. Für Anweisungserteiler, Aufrufverfasser, Befehlshaber. Für Leute, die über was berichten müssen, das sie nicht selbst getan haben, nicht selbst tun können, wollen oder für Leute, die es vermeiden wollen zu offenbaren, daß sie etwas getan haben, wie sie es getan haben oder daß sie nichts getan haben. Die Durchführung ist jene Institution, wo die Durchführung durchgeführt oder zu einer über- oder untergeordneten Durchführung geschafft wird. Schrimms hatte den Tick, in Schriftlichem nach solchen Feinheiten zu suchen. Beim Zoll sollte er persönlich vorsprechen, nicht telefonieren oder ein Tonband schicken, die Vorsilbe vor besagt, daß Schrimms beim Zoll vor jemand, der vielleicht hinter einer Barriere stehen würde, körperlich stehen sollte, um angehört zu werden. Im Zuge der Durchführung der Höherentwicklung der Technik schien es möglich, in Form eines Gerätes vorzusprechen, einen Film von sich spielen zu lassen oder seine Meinung über walkie-talkie zu äußern. Daher die Betonung des Wortes PERSÖNLICH. Auf die Idee, er hätte den Kollegen Werner schicken können, kam Schrimms nicht.

Zwar neigte Schrimms dazu, sich in der Muttersprache auszudrücken, er wollte immer genau wissen, wie etwas geschah, so daß er es sich genau vorstellen, es beinahe mit den Händen greifen konnte. Manchmal erschien ihm die Verwendung fremdsprachdeutscher Wortgebilde jedoch zweckmäßig. Nie hätte er an sein verschlossenes Schiebefenster vulgär BIN GLEICH WIEDER DA geschrieben. Bei ihm mußte es heißen: KEHRE SOGLEICH ZURÜCK. Er schrieb nicht treuherzig: BIN FRÜHSTÜCKEN oder BEFINDE MICH AUF DEM ABORT, sondern geheimnisvoll AUS DRINGENDEN INNERBETRIEBLICHEN GRÜNDEN VORÜBERGEHEND GESCHLOSSEN! Man mußte eine Fremdsprache clever benutzen können.

Bevor Schrimms die persönliche Vorsprache beim Zoll in Angriff nahm, indem er ihre Durchführung unverzüglich vorantrieb, wusch und rasierte er sich und tupfte sein Gesicht mit einem after-shave-Wasser für gentlemen. Zwar besaß er einen fast neuen Mantel mit Fischgrätenmuster, einen steifen Filzhut, zehn Schlipse, ein neues weißes Hemd, noch in der Klarsichttüte, auch einen Hundertprozentpolyesteranzug, doch weil er damit rechnete, beim Zoll mit Leuten in Uniform zu tun zu haben, nahm er den besseren Eisenbahneranzug aus dem Schrank, die nicht verknautschte Mütze mit neuem goldenen Flügelrad und zog die besseren schwarzen Socken und schwarze Schuhe an. Er meinte, daß man einer Uniform mit einer anderen Uniform begegnen müßte. Er steckte auch eine Nadel an, die ihm für seine langjährige Gepäckabfertigungstätigkeit verliehen worden war, obwohl er sie für weiter nichts als Blech hielt, das man zu etwas Nützlichem, vielleicht zu einem Bastel-Teil hätte verbiegen können.

11

Der flache Karton duftete für Schrimmsens Nase ungewohnt, die rosa Papierseide ließ sich nicht einreißen, aus ihr strömte der Duft benebelnd süß.

Schrimms dachte: Ananas mit überreifen Bananen und Honig, dazwischen Meergewürm, rosa, alles in süßer Sahne. Als er das Gerät, die kleine Dose, zwischen den Fingern drehte, strömte es auch den Geruch aus. Er meinte, beim Zoll hätte der Karton nicht so gerochen, auch war ihm das Papier weniger rosa erschienen. Eigentlich war die Sendung beim Zoll nichts weiter als ein schmuddliges Päckchen gewesen. Was soll das jetzt sein, dachte Schrimms. Er bezweifelte schon, daß es sich um einen technischen Gegenstand handelte, und auch daß er selbst noch normal sei. Er suchte an seinem Radiorecorder die Buchse, in die er das Ende des Kabels stecken könnte. Er war sicher, es würde nicht passen.

Als es haargenau paßte, fühlte er sich noch mehr benommen, er steckte den Auswuchs der kleinen Dose ins rechte, sein »besseres« Ohr, er schaltete auf Radioempfang, und er vernahm nicht den leisesten Ton. Er vermutete, dieses Ding sollte sein Gerät kaputtmachen, »sie« hatten es ihm geschickt, um ihn zu isolieren, ihn wenigstens zeitweilig auszuschalten. Als er das Kabel zog und normal zu empfangen versuchte, schlug harte Rockmusik heraus.

Er wich rasch auf eine andere Welle aus, da sprach eindringlich eine Bierbauchstimme vom Hunger in der Welt.

Alles in Ordnung, dachte Schrimms. Er ärgerte sich, das nutzlose rosa Ding angenommen zu haben, dadurch beim Zoll aktenkundig geworden zu sein, er riß ein Fenster auf, damit der benebelnde süße Duft hinausziehe.

Das Ding war kein Ding, es enthielt ein Gift, das Schrimms außer Aktion setzen sollte. Benebelungswaffe mit Zeitzünder, dachte Schrimms. Beim Zoll hatte sie noch nicht zu wirken angefangen. Oder hatte sie die beleibte Zollfrau auch schon benebelt? Und die Fachleute, die das Ding untersucht hatten?

Er holte einen Schraubenzieher aus seiner Bastelkiste, um diese Dose zu öffnen, indem er beide Hälften auseinanderklemmte.

Eine innere Stimme riet ihm, es nicht zu tun. Verwirrt steckte er den kleinen Auswuchs nochmal ins Ohr, schob nochmals das Kabelende in die Buchse, schaltete auf Bandwiedergabe, ohne genau zu wissen, welche Kassette gerade eingelegt war. Er hatte alle, die die geheimnisvolle Sprache enthielten, fortlaufend mit Zahlen und dem Datum der Aufnahme versehen.

Da klappte es plötzlich. Er vernahm ein Kratzen, dann ein Rauschen, und dann eine Stimme.

Ja, sagte er unwillkürlich, ja, hier ist Schrimms, wie er manchmal, wenn er telefonieren mußte, etwas zu laut, als fürchte er, man könnte ihn nicht verstehen, in die Sprechmuschel rief, hier Schrimms, Gepäckabfertigung Grasleben-Horkenstedt.

Er bemerkte, daß das Fenster noch offenstand, er wollte es schließen, reichte mit dem Arm nicht hin, wollte aufstehen. Ein starker Luftzug, eher ein Luftdruck, hielt ihn auf seinem Platz fest, er hörte ein Fauchen, als sauste etwas, Metallbehältern der Rohrpost ähnlich, durch eine Röhre. Hier Schrimms, sagte er nochmals. Darauf vernahm er eine Antwort.

Fein, Herr Schrimms, ich schicke etwas.

Und wann genau?

Mit der nächsten 73. Röhre, Herr Schrimms. Oder haben Sie dann schon Feierabend?

Ich mache die Nacht durch, sagte Schrimms.

Einen Augenblick lang hatte er geglaubt, seine Frau Erna spräche zu ihm. Erna hatte gequalmt wie ein Schlot, sie war fast immer heiser gewesen. Er drehte sich um, als stünde sie hinter ihm im Wohnzimmer. Er mußte feststellen, daß er sich *nicht* in seinem Wohnzimmer, *nicht* »auf Station« befand, er hatte auch *nicht* den zapfenförmigen Auswuchs seiner gelbrosa Hördose im Ohr, er hielt in der Hand eine oben und unten geschlitzte Kunststoffkeule, aus der eine rauhe weibliche Stimme sprach: Also, bis dann. Worauf eine Kette von Pieptönen folgte.

Schrimms legte die Keule auf einen Halter, der sich auf einer Art Schreibtisch befand, einer Schreibplatte eher, die aus der Wand kam, und die mit Klebzetteln, Frachtbriefen, Expreßgutkarten, einer Liste von abgeschickten Gütern bedeckt war.

Schrimms erkannte in dieser Liste seine eigene unsystematische Handschrift, ein Gemisch von spitzen gotischen und runden lateinischen Buchstaben. Befriedigt stellte er fest, daß der Text in jener ihm eigentlich unbekannten Sprache abgefaßt war. Da stand keine phonetische Umschreibung, sondern die Sprache in ihrer Schreibform. Na, also, dachte Schrimms, es geht alles.

Er steckte ein dünnes rosa Röhrchen zwischen die Lippen, griff in die Tasche (zum Glück war der Flammenwerfer noch da) und fing an, süßduftverbreitend zu rauchen.

Allerdings seine Kleidung war nicht die gewohnte, eine lila Latzhose mit metallic-Schimmer, eine lila Arbeitsbluse, und als er in einen Spiegel blickte, bemerkte er auch seine lila Dienstmütze. Keine Mütze mit Schirm, vielmehr ein Schiffchen, nicht mit Flügelrad, sondern mit einer goldenen Röhre, durch die ein blitzartiges Zeichen fuhr. Am Haken hing sein langer metallicbeschichteter Dienstmantel mit Schulterklappen, auf denen ebenfalls die goldene Röhre angebracht war.

Schrimms fand die neue Aufmachung nicht übel. Ein Stich ins Jugendliche, dachte er. Selbst sah er nicht bedeutend jünger aus, ein goldener Kneifer auf seiner roten, großporigen Nase ließ ihn eher greisenhaft erscheinen.

Immerhin fand sich das alte Taschenmesser (außen echt Hirschhorn) in seiner Hose. Die Aktentasche hatte sich in einen Kunststoff-Schultersack verwandelt. Anstatt der Thermosflasche mit verbeultem Blechschraubbecher enthielt sie eine elegante Kanne mit Direkt-Trink-Anschluß, anstatt des Rettichs eine große weiche Gurke, anstatt des Klappbrots ein gelbes fladenartiges Gebäck, aus dem ein rosa Krem quoll.

Die Gurke war in wasserdichte Folie gewickelt, als Schrimms sie anschnitt, spritzte milchartige Flüssigkeit heraus, die labbrig schmeckte.

Schrimms setzte den Direkt-Trink-Anschluß der Kanne an den Mund, fand das Getränk mild, ähnlich dem Wald- und Wiesentee, hier darf ich mich nicht hei machen, die richtige gute Arbeit schmeißt man im Tran. Arbeit muß man im Schlaf verrichten können.

Er blickte in den nächsten Spiegel, nickte sich selber zu, an allen Wänden hingen Spiegel. Er nickte allen Schrimmsen, die er en face und en profil von rechts und links und auch von hinten frühstückend sitzen sah, wohlwollend zu.

Sie schienen seine einzigen Kollegen hier zu sein.

Und dabei diese Unmassen von Beförderungsgut. Vielfach gespiegelt wirkten sie beängstigend.

Ich bleibe ruhig, dachte Schrimms, nie schreie ich, wenn ein

Gepäckstück mal nicht greifbar ist, verkehrt verladen, kaputtgegangen.

Er fühlte wieder einen Sog, Druck oder Luftzug, ein Seufzen, Japsen. Vakuum-Röhre 73, konstatierte er, mal wieder überpünktlich.

Er hörte wen ans Schiebefenster klopfen, obwohl da deutlich zu lesen stand, daß drei Minuten nach Abgang einer Röhre und auch vor Abgang einer solchen die Vakuum-Röhrenbahn-Gepäckstelle geschlossen sei.

Schrimms, obwohl er sich zurechtfand, als wäre er schon immer bei der Vakuum-Röhrenbahn gewesen, betrachtete seinen neuen Wirkungskreis mit Skepsis, er hatte das Gefühl, es ginge dort unwirklich zu, »nicht den realen Verhältnissen entsprechend«. Als er das Schiebefenster hochdrückte und seinen Kopf raussteckte, stand da im Dunkeln, gebückt und armselig, verschrumpelt und vergraut *er selbst* in seiner alten Uniform und hielt die schäbige Tasche am Schlenkergriff. Ablösung, sagte das Individuum.

Wie bitte, fragte Schrimms, *du* willst mich ablösen, und so, in solchem Aufzug, kommst du hierhergelatscht? Das hier ist etwas anderes als Grasleben-Horkenstedt, hier werden Güter der höheren Dimension befördert, *du* willst mich ablösen, aber hier geht es um entscheidende Probleme, nicht um so kleine Dinge wie ein paar hundert arme weiße Mäuse, und nicht um Campingsäcke, die nach Schimmel riechen, Mann, das hier ist die Stelle, wo alles hin- und hergeleitet wird, ich muß mal gucken, siehst du, die 73. hat ausgespuckt, schon wieder so ein Ballen, der nicht verloren gehen darf, turmhoch versichert, zehntausend Hartbons, in Scheckform zu erstatten, das sind Spezialgüter, Spezialtransporte, und wie sie ankommen, davon hängt alles ab. Was alles? Na, alles auf Kugel 37 a im Bereich 1 des Telefeuers, mich wundert, wie du hier erscheinst, hast du denn keinen Schutzhelm bei dir, meinen kannst du nicht borgen, den brauche ich, wenn ich nach Hause gehe, dann knallt das Telefeuer voll herunter, du bist auch viel zu früh, ich mache ja die Nacht durch.

Schrimms dachte, wieso soll *der* mich ablösen, soll das vielleicht bedeuten, daß hier mein Posten nicht ganz solide ist, daß dieses Institut und diese Röhrenbahn unsichere Systeme sind, die mir noch nicht mal eine Rente zahlen würden?

Entschuldigung, Herr Schrimms, sprach unterwürfig der alte

Schrimms, ich weiß, ich bin hier bei was Höherem gelandet, die Sonneneruptionen, ich selbst kann nicht dafür.

Hier gibt es keine Sonne, sagte Schrimms, und keine Eruptionen, hier gibts das Telefeuer, und keine Diskussion, wer hier arbeitet, der braucht ganz andere Qualifikationen als sowas Angelesenes von Sonneneruptionen, hier kommt nicht jeder her, das ist ne Sonderstellung. Er zeigte auf das blitzartige Zeichen, das durch die goldene Röhre an seiner Mütze fuhr, so etwas wird hier durchgeleitet, er stockte, er wußte nicht genau, was durch die Röhre fuhr, ihm schien, es war ein Zeichen aus jener Schrift, mit der er selbst die Liste vollgeschrieben hatte, so etwas wird hier expediert.

Ja, sagte leise der alte Schrimms, ich seh es ein, ich sehe alles ein.

Na, alles brauchst du auch nicht einzusehen. Schrimms dachte, daß er tatsächlich eine Ablösung gebrauchen könnte, aber nicht diese, nein, diese nicht. Verschwinde, sagte er, ich mach das hier allein, man kann mit diesen Dingen keinen anderen betrauen, und wenn ich Feierabend mache, dann läuft es elektronisch weiter, bis ich zurück bin und das Gelaufne aufarbeite. Machs gut, Kollege. Er ließ das Fenster runtersausen, er spiegelte sich rasch, *ich* bin es, Richard Schrimms.

Er setzte die lila Schiffchenmütze schräg. Hallo, Richard, die Dinge stehen hier nicht zum besten. Die Sendung gängiger Floskeln ist überlagert und dadurch wertgemindert. Begriffs-Kanister 871 ist ausgelaufen, total entleert. Das kleine Bündel Normal-Verbalien ist über Nacht gequollen und geplatzt. Aber Schrimms bringt das schon in Ordnung. Schrimms schreit nicht. Wen sollte er auch anschreien? Sich selber?

Er nahm die Kunststoffkeule, lila, ans Ohr. Hier Schrimms, sind Sie es, Madame Fonforma? Hier liegen noch von meinem Vorgänger ein paar beschädigte beziehungsweise degenerierte Sendungen, ich möchte sie zu meiner Entlastung ...

Gut, Richard, sagte eine rauhe ernahafte Stimme, danke fürs Informieren, ich komme selbst.

12

Schrimms schien es, daß die Dame beinah so fabelhafte Beine hätte wie damals Erna, als sie in rosa Seidenstrümpfen mit ihm zu einer Neger-Jazz-Kapelle tanzte, die Schuhe hochgestöckelt, hinten und vorn mit goldenen Bügeln eingefaßt. Er wagte nicht, der Dame ins Gesicht zu sehen, er blickte auf ihr lila Cape, das aufsprang, er überlegte, ob Ernas Busen nicht doch bedeutender gewesen sei. Nun sah er ihr Gesicht im Spiegel. Clownartig weiß, die Augen klein, als kniffe sie sie oft zusammen, um etwas zu entziffern, sie hatte aber auch einen goldenen Kneifer an einer Kette um den Hals. Ihr Mund erschreckte Schrimms zunächst, er war groß, breit, dehnbar und dunkelrot bemalt. Ein Gummimund, dachte Schrimms, doch zeigte dieser Mund menschliche Zähne, nicht Hauer im Vampir-Stil, wie Schrimms geargwöhnt hatte.

Die Dame lachte für Schrimms' Empfinden etwas zu kameradschaftlich, etwas zu kumpelhaft, doch keineswegs mannweibisch.

Schrimms spürte eine kleine Aufregung, sie »schmeißt sich nicht heran«, ein feines, anständiges Mädchen, gebildet, gut erzogen, und dieser Eindruck verstärkte sich bei Schrimms, als sie aus ihrer Bluse ein lila Kärtchen zog. FONFORMA, Zentrales Institut für Sprachgebildebau und -nutzung, Büro des General-Wortlers, Platten-Allee, Im Tunnel 17. Und alles Golddruck.

Schrimms hielt zwar nichts vom Zeigen eines Ausweises, das Überreichen von Visitenkarten war ihm jedoch seit jeher als eine Handlung von Distinction erschienen, und er bedauerte, nicht selber eine solche Karte hervorziehen zu können.

Ja, sehen Sie, die Sendungen, Madame Fonforma.

Ich sehe schon, da ist nichts mehr zu machen, die gängigen Floskeln, überlagert, die können wir nicht mehr gebrauchen, die nimmt uns keiner ab, und wenn Begriffs-Kanister 871 ausgelaufen ist, dann ist er eben leer. Was solls, das ist die Sache der Versicherung. Aber die aufgequollenen Normal-Verbalien, die müßten neu gebündelt werden, vielleicht hat sich in ihnen durch langes Lagern ein verbal-chemischer Prozeß vollzogen, zumindest wissenshalber wollen wir uns das ansehen, das schick uns bitte so schnell wie möglich zu, Kennzeichen »Kugeltranszendentales Vorhaben«, damit es gleich ins richtige Labor gelangt.

Was ist kugeltranszendental, wollte sich Schrimms erkundigen, doch schwieg er vorsichtshalber. Er zog ein undurchdringliches Gesicht. Jawohl, Madame, wird umgehend erledigt, er suchte, ob er nicht Gesprächsstoff finden könnte, um die Fonforma eine Weile festzuhalten. Ja, sagte er, das kugeltranszendentale Vorhaben ist eine komplizierte Sache, und teuer, wie ich vermuten darf.

Die Kosten sind nicht unsere Angelegenheit, wir arbeiten an der verbalen Vorbereitung. Na, wir errichten eben das verbale Fundament.

Auch dieses wird nicht billig sein, sprach Schrimms, wenn ich bedenke, daß schon zwei Sendungen im Eimer sind.

Das buchen wir als Forschungskosten, irgendwie wird das schon verbucht, man sollte nicht an einem Verblein knausern, wenn man in kugeltranszendentalen Dimensionen rechnet, die Dinger waren ja versichert, was meinst du, wieviel Abfall, wieviel Ausschuß sich bei uns häuft. Die Ausbeute erscheint dagegen klein, doch darauf kommt es überhaupt nicht an, wenn schließlich der Endbegriff kugeltranszendental in adäquater Qualität hervortritt.

Da haben Sie auch wieder recht, die Qualität des Endbegriffs, die ist das Wesentliche, und trotzdem meine ich, Schrimms wagte wieder nicht, Fonforma ins Gesicht zu sehen.

Plötzlich sah er es hinter seiner Schulter, im Spiegel, als spräche die Fonforma ihm ins Ohr.

Mein lieber Richard, mir brauchst du doch nichts vorzumachen, du hast von Kugeltranszendenz und von dem adäquaten Endbegriff, ja nicht mal von den Aufgaben des Instituts für Sprachgebildebau und -nutzung die kleinste Ahnung, das stört mich nicht, ich schätze dich darum nicht weniger, ich wollte keinen Mitarbeiter, der alles bereits kennt, mir lag an einem unvoreingenommenen, mit Bildung nicht bis zum Platzen ausgestopften, vernünftigen reifen Mann, ich wollte keinen Besserwisser, und überhaupt schon keinen, der mir hier dauernd vorhält, wie man die Dinge unten auf der Erde handhabt, natürlich viel geschickter, durchdachter und technisch eleganter, nein, solchen wollte ich hier nicht, ich weiß schon selbst, daß ihr da unten die tollsten Hechte, die schlimmsten Geistesriesen seid, doch davon hab ich nichts, *das* dauernd vorgekaut zu kriegen, hilft uns nicht weiter. Ich möchte dich zu einer Fahrt einladen, Richard, zu einer Exkursion, am besten, du machst gleich Feierabend, dann wirst du unseren kugeltranszendentalen Grundgedanken vielleicht erfassen können, es muß ja nicht in allen Einzelheiten sein, in großen Zügen, das genügt.

Schrimms meinte, wenn schon, dann will ich es genau wissen. Von großen Zügen hielt er nichts. In großen Zügen sieht immer alles einfach aus, und logisch und vernünftig, es leuchtet sofort ein, das erschien Schrimms verdächtig. Die großen Züge, die sausen sturmartig vorbei, festlich erleuchtet. Die kleinen Züge halten auch an verlassenen Orten, man sieht, was drin ist, selbst wenn die Fenster schmutzig sind. Sie klappern, manchmal frißt Rost an ihnen.

Ich möchte *alle* Züge kennenlernen, Madame, wenns recht ist.

Wir fahren erstmal mit der Röhrenbahn, und bitte Richard, die Mitarbeiter duzen sich und nennen sich beim Vornamen, nenne mich Fon.

Muß jetzt ein Kuß sein, dachte Schrimms, ist das hier üblich? Er freute sich, daß es nicht üblich war. Er mochte plötzliches Aufeinanderstoßen bis dahin fremder Lippen aus so formalen Gründen nicht. Er sagte: Also, Fon. Er hätte gern gefragt wie alt sie sei, er schätzte siebenundzwanzig.

Stimmt, Richard, genau so alt bin ich.

13

Auf dem Weg zu Fonformas Behausung zweifelte Schrimms nicht daran, daß er sich dort als Mann erweisen sollte, nicht als der unvoreingenommene, vernünftige, nicht mit Bildung vollgestopfte reife Mann, als den ihn Fonforma bezeichnet hatte, sondern als Bio-Existenz.

Es lag für Schrimms ganz deutlich auf der Hand, daß Fonforma auch von dieser Daseinsform des Richard Schrimms Ungewöhnliches, wenn nicht Einmaliges erwartete.

Obwohl er nach seiner plötzlichen Versetzung zur Vakuum-Röhrenbahn alles für möglich hielt, war er besorgt, ob er als Bio-Schrimms was Überzeugendes würde vorweisen können. Zumindest befand er sich nicht in der Kondition der späten zwanziger, ja leider nicht einmal der dreißiger Jahre, er konnte es nicht leugnen, aus der Übung geraten zu sein, und dies nicht erst, seit Erna eines Morgens tot neben ihm im Bett gelegen hatte. Schon lange vorher hatte er sich lieber »auf Station« begeben, taub für Ernas Gemuffel, das sich anhörte wie BASTELWICHT, SPINNTROTTEL. Wenn er es wahrheitsgemäß betrachtete, hatte sein Umsteigen in mehr geistige Formen begonnen, seit Erna als Zugschaffnerin zum Familienunterhalt zuzuverdienen zu müssen glaubte, womit sie durchaus recht hatte, wie Schrimms zugab. Sie war häufig gerade dann nicht zu Haus gewesen, wenn Schrimms Lust hatte, mehr biologisch zu existieren. Hatte sie Lust, allerdings sprach sie nie davon, war Schrimms nicht da gewesen. Als Erna zu rauchen anfing wie ein Schlot, die Wohnung in dem reichsbahneigenen Häuschen nach kaltem billigen Tabak und verbranntem Papier stank, sich Erna in Form von Rauch entäußerte, als ob der ihre Seele wäre und in den Rauchwolken die Worte BASTELWICHT, SPINNTROTTEL, BETTNIETE zu lesen wären, verlor sich Schrimmsens Lust noch mehr. Er stänkerte mit 30-Pfennig-Zigarillos gegen die Groschenstäbchen von Erna an. Darin bestand zuletzt ihr kommunikativer Austausch: zwei rauchumwölkte Existenzen, die sicher ihren Pfad im Nebel trotteten, ohne sich anzurempeln.

Es waren die Jazz-Archäologen von Hopeless-Island, die

Schrimms zu der Erkenntnis verholfen hatten, daß er noch nicht ganz eingetrocknet sei, sie gruben bei Schrimms Gefühle der letzten zwanziger Jahre aus, als er mit einer rosabeinigen Erna tanzte. Nein, Schrimmsens biologische Funktionen waren nicht völlig stillgelegt, sie waren nur vereinsamt. Schrimms zweifelte, ob sie auch ohne Hopeless-Island-Jazz noch je zustandekommen würden, denn seit sein Sender von jener merkwürdigen Sprache verschlungen worden war und er sich alte Bänder vorspielen mußte, um zu erfahren, daß er sich noch als Bio-Mann betrachten konnte, hatte er das Gefühl, sich immer mehr in geistige Dimensionen zu verflüchtigen. Es trieb ihn nicht mehr so stark wie früher, die alten Bänder abzuhören. Das Phänomen der unbekannten Sprache nahm ihn in Anspruch.

Als er mit Fonforma dem Loch zuschwebte, in das sie steigen mußten, um in der Tunnelstraße mit ihren labyrinthhaften Verzweigungen Fonformas Wohnung aufzusuchen, hoffte er dringend, sie würde dort ein Band mit Hopeless-Island-Jazz abspielen, »damit ich meinen erstmal hochkriege«, das weitere würde sich dann finden, ich kann es nur noch solo, fürchtete Schrimms. Vielleicht gelingt es mir bei ihr im Stil der Vakuum-Röhrenbahn, mehr sausend, rohrpostähnlich und auch mit Röhrenbahn-Gefauch verbunden. Er meinte, den technischen Kontakt, den würde er noch hinkriegen. Zum Glück bin ich nicht hei, ich könnte es zur Not im Tran vollziehen. Im Tran ging es mit Erna früher wunderbar, nicht im besoffenen Zustand, nein, halb im Schlaf und ohne geistig fit zu sein. Er meinte, es muß sich bei der Fonforma, bei dieser kleinen Fon, ganz einfach so ergeben, traumwandelnd, gleitend.

Schrimms, der sich erstaunlich schnell in die Verhältnisse seines neuen Arbeitsfeldes gefunden hatte, sogar die Schriftzeichen der ihm bis noch vor kurzem unbekannten Sprache lesen und schreiben konnte, fühlte sich schwer beklemmt, als er mit Fonforma in die Vakuum-Röhre stieg.

Eigentlich hatte er nicht das Gefühl des Einsteigens, sondern des Eingesogenwerdens, ein passives Gefühl. Als hinter ihm die schaumumrandete Dichtungsklappe fauchend zuschnappte, befiel ihn Atemnot, als er sich in der spiegelnden runden Innenfläche der Röhre sah, stellte er fest, daß sein Gesicht rotbläulich angelaufen und seine Augen hervorgequollen waren. Seine Gestalt hatte der Sog auf einen pilzförmigen Hocker festgebannt, einen

Hocker mit Saugoberfläche, die Schrimms ansaugte, so daß er nicht hinunterkippen konnte, wenn sich die Röhre, um Steigungen zu überwinden, hochstellte oder vornübersenkte, Schrimms saß gekrümmt, sein Kinn wurde vom Polster eines Halters angesaugt, damit er sich den Kopf nicht stoßen konnte, zumal die Röhre auch für untersetzte Figuren wie Schrimmsens Figur zu niedrig war.

Schrimms sah sich an den spiegelnden Wänden und auf der spiegelnden Inneneinrichtung, den Haltern, Knöpfen, Schaltern der Vakuum-Röhre vervielfältigt, und er fragte die Fonforma, warum, wie auch an seinem Arbeitsplatz, in dieser Röhre die Wände Spiegel seien.

Ganz einfach, sagte Fonforma, um das Gefühl der Einsamkeit, der Fremdheit, der Verlorenheit, des Abgeschiedenseins zu überwinden, du findest dich in einer Menge deinesgleichen, das ist doch ein beruhigendes Gefühl.

Für mich nicht, sagte Schrimms, ich möchte nicht, daß es mich öfter gibt, es gibt nur einmal einen einzigen Richard Schrimms, mit meinen äußeren und inneren Teilen, mit meinen sichtbaren und unsichtbaren Eigenschaften.

Du mußt bedenken, daß in der Röhre auch Leute fahren, die nicht so eigenartbewußt sind, die Angst bekommen, besonders durch den Einstiegssog, dann durch das Angesaugtsein, und auf der Arbeitsstelle, da fühlen sie sich deprimiert, denn bei den meisten Arbeiten sind sie allein.

Schrimms meinte, nach der Vervielfältigungsmethode zu urteilen, gibt es auf dieser Kugel nicht allzuviele Einwohner.

Sehr dicht besiedelt sind wir nicht, das stimmt, und eben dadurch könnte Begünstigung eintreten. Wir sind hier biologisch nicht sehr produktiv. Es schien schon einmal so, als ob wir aussterben müßten.

Schrimms, der sich langsam an seinen Röhrenaufenthalt gewöhnte, bemerkte, obwohl er nur nach vorne blicken konnte, daß andere Fahrgäste, zwei oder drei, wie er ins Zehn- bis Zwanzigfache vervielfältigt in Ansaugstellung hockten, und als ein Mann zustieg, beziehungsweise eingesogen wurde, schien es, als stürzte eine Rotte von seiner Art herein. Bei dieser Gelegenheit bemerkte Schrimms, wie großräumig die an sich enge Röhre wirkte. Natürlich auch, so schloß er, um Ängste zu vermeiden, die sich leicht einstellen würden, wenn einem zu Bewußtsein käme, daß man in einer Kapsel durch eine luftentleerte total geschlossene Röhre geschossen wird, aus der man eigenmächtig nicht heraus kann. Ihm schien es merkwürdig, daß die Fonforma gleichgültig auf dem Hocker saß, sogar in eleganter Haltung, die Beine überkreuz, und plötzlich merkte er, *sie* saß *einmalig* da, Fonforma wurde *nicht* gespiegelt, sie schien von der Methode ausgenommen.

Fon, funktioniert es bei dir nicht?

Nein, sagte sie, ich kann es abweisen, ich brauch das nicht, aber wenn du es willst, dann spiegle ich mich auch. Es ist schon besser, wenn man sich öffentlichen Fortbewegungsmitteln anvertraut, sich auch zu spiegeln, man fällt sonst zu sehr auf, es gibt bei uns nur außerordentlich Wenige, die die Vervielfachung nicht nötig haben, das könnte Neid erregen, es heißt dann gleich, aha, privilegiert.

Stimmt, sagte Schrimms, ich möchte auch die Spiegelung abweisen können, ich sehe gar nicht ein, warum ich das nicht soll.

Er sah mit einmal zwanzig Fonformas, en face und en profil.

Schrimms fragte, wie lange sie noch fahren müßten. Zwar hatte sein Gesicht die bläulichrote Farbe aufgegeben, auch die Beklemmung hatte nachgelassen, nun aber langweilte er sich.

Bald kommt eine sehr schöne Strecke, sagte Fonforma, da zeige ich dir unsere Landschaft. Es seien in die Vakuum-Röhre, den Mantel, Sichtstrecken eingelassen. Sie zog den Vorhang des Rundfensters zurück, gleich werden wir die Sicht erreichen.

Schrimms fiel es schwer, den Unterschied der Schwärze des Innern der Mantelröhre zwischen der Schwärze der sogenannten Landschaft zu erkennen. Er merkte zunächst nicht, daß sie an einer Sichtstrecke vorübersausten.

Das ist die neue Siedlung der Milchgurkenzüchter, sagte Fonforma, und Schrimms sah nichts. Du siehst nichts, aber genau dort liegt sie. Bemerkst du die hüglige Oberflächenaufwerfung, die dunkleren Konturen?

Dunkler als dunkel gibt es nicht, ich sehe alles schwarz.

Gleich hinter dieser Siedlung siehst du die Gurkenfelder, natürlich abgedeckt, es ist ja alles unteroberflächlich, weil unsere klimatischen Bedingungen es so verlangen. Nachts würden sonst die Gurken steinhart frieren, tags würden sie verschmoren. Aber erblickst du diesen Kegel jetzt? Wir nähern uns der Berglandschaft, den höheren Lagen. Wir liegen jetzt sehr schräg.

Ich sehe keinen Kegel, sagte Schrimms.

Doch, sagte sie, du siehst einen.

Ja, wirklich, ich sehe ihn, verbesserte sich Schrimms, obwohl er nichts erkannte, er ist gewaltig hoch. Schrimms dachte, und ich erkenne *nichts,* obwohl ich es behaupte. Er kam sich albern vor, wenn da nichts ist, dann ist da nichts, dann soll man es auch sagen. Er stierte in die Schwärze, um nachträglich die Wahrheitsgrundlage für sein Gesagtes zu beschaffen. Kurz erblickte er tatsächlich ein kegelartiges Gebilde von einiger Höhe, zumindest *glaubte* er, er hätte eins erblickt. Um das prüfen zu können, fuhr er zu schnell vorbei. Ich *könnte* es erblickt haben, die Möglichkeit besteht. Doch fühlte er sich unbehaglich. Schrimms pflegte sonst nur Aussagen zu machen, wenn er etwas mit mindestens einem seiner Sinne wahrgenommen hatte, er sagte manchmal auch, er habe etwas im Gefühl, er ahne etwas, aber von diesem Kegel hatte er keine sinnliche Wahrnehmung gehabt, hatte er nichts gefühlt und nichts geahnt, und trotzdem hatte er ihn zu sehen angegeben und ihn sogar, wenn auch nur unbestimmt, beschrieben. Er blickte die Fonforma an, ob sie ihn seiner Fehlaussage überführen würde.

Fonforma nickte ihm liebenswürdig zu, jetzt werden wir bald Nebel haben, und diesen Nebel erkannte Schrimms tatsächlich. Doch weil er sich nicht sicher war, ob sein Blick nur vernebelt war, schwieg er.

Das da sind Scheinwerfer, erklärte Fonforma, darum leuchtet der Nebel so, hier leuchtet er türkis, in Gurkenfarbe, hier liegt ein ungeheures Gurkenfeld, das zeigt der Nebel an, er soll aber auch zeigen, daß sie die Produktion in Höhe der gegebenen Zahlen ausgestoßen haben. Im Gegenfall würde er farblos sein, ja, nicht einmal beleuchtet.

Habt ihr denn weiter nichts als Gurken, fragte Schrimms.

Sie sind das Grundnahrungsmittel, eine Polyfrucht, in ihr ist alles, was wir zum Überleben brauchen.

Naja, zum Überleben, sagte Schrimms, aber man will auch leben. Schrimms sah plötzlich den Nebel in rosenfarbenem Licht.

Das Telefeuer, sagte Fonforma. Setz deinen Helm auf, Richard.

Die Aussaugklappe schlug zurück, wie aufgebrochen. Schrimms fühlte sich herausgesogen, er schwankte auf den Füßen und stand noch eine Weile mit geknickten Knien, das Telefeuer blendete ihn schon.

Laß deine Lichtfolie herunter, sagte Fonforma. In milder scheinender Beleuchtung folgte er ihr zu einem Kuppelbau. Ich habe mein Magnet-Schwebezeug hier stehen, ja, das metallicfarbene, es hält die Telefeuer-Strahlen zuverlässig ab, da kann uns nichts passieren, und du sitzt sehr bequem, nicht eingedrückt wie in der Röhre, du kannst da drin den Helm abnehmen.

Fonformas Schwebezeug, leicht wellenförmig, wobei der Ausläufer der Welle vorwärts zeigte, konnte sich fortbewegen, ohne den Boden zu berühren, doch hielt es sich in ständig gleichem Bodenabstand, naja, wir nutzen da magnetische Gesetze aus, genau weiß ich es auch nicht, sagte sie, es ist ja nicht mein Fach. Sieh mal die Landschaft, ist sie nicht wundervoll?

Dies konnte Schrimms nicht finden. Ich möchte sagen, eindrucksvoll. Die nackte Landschaft war vollgestellt mit nackten Kegeln, dazwischen konnte Schrimms die Abdeckplatten von unteroberflächlichen Fabrikanlagen, Verwaltungen, gesellschaftlichen Einrichtungen und Gärten sehen. Sie waren klimafest beschildert.

Soweit es möglich ist, erklärte Fonforma, die Farbe muß oft erneuert werden, weil sonst Entstellungen geschehen, die wilde Wortbildungen möglich machen.

Da könnte durch Fehlen eines Zeichens auch mal was Brauchbares entstehen, sagte Schrimms.

Es wäre aber eine Zufallsbildung.

Na, und?

Es wäre keine echte Bildung.

Was *da* ist, ist auch echt.

Nein, Richard, da bin ich anderer Ansicht, und auch der General denkt so.

Der General?

Unser ranghöchster Wortler, der GENERAL-WORTLER.

Müssen bei dem die Wörter strammstehen?

Ach, Richard, sei nicht albern, jetzt kommen wir an eine wesentliche Stelle, *die* Stelle, um die es geht.

Sie näherten sich einem Kegel, der alle anderen Kegel überragte und einen scharfen schwarzen Schatten warf.

Schrimms sagte, wenn mich nicht alles täuscht, ist das der PIK 245, der Pik der letzten Hoffnung, soviel ich weiß.

Schrimms sah den Pik an seinem Fuß umstellt von klimafesten Stangen und Gerüsten.

Fonforma erklärte ihm, dies seien Plakat- und Transparentehalter, noch leer. Dieser, der höchste Pik der ganzen Kugel, sei ausersehen, das Kugeltranszendentale Vorhaben zu tragen, er solle ihm gewissermaßen als Sockel dienen, und diese Halter sollten die Bezeichnung, das Wort, den Namen des Vorhabens auf klimafesten Schildern halten, auch Daten selbstverständlich über Art und Bedeutung des Vorhabens.

Aber vielleicht verwittern sie, bis dieses Wort gefunden ist, wir haben es noch nicht, wir werden um Verlängerung des Auftrags ersuchen müssen, und dabei ist er schon sehr langfristig, weil die Bedeutung des Vorhabens eine zu hastige Behandlung nicht erfahren darf. Wir schämen uns, aber wir wollen andererseits nichts Hingeschludertes abliefern, obwohl ich manchmal denke, es würde niemand merken. Der General ist aber eisern, er ist sehr sorgfältig, penibel, gewissenhaft. Schließlich soll die Bezeichnung für die Dauer sein. Das ideale Wort, das alles einschließt, ja, es entnervt uns einigermaßen.

Fonforma erschien Schrimms bleicher als vorher, der große, dunkelrote Mund wirkte wie eine aufgeklebte optimistische Schablone, doch da er äußerst dehnbar war, bogen sich beide Winkel tief herunter.

Am besten, sagte Schrimms, man wartet ab, bis dieses Vorhaben, dies Ding, das Kugel-Transzendentale, erst einmal da ist und man daran vorbeispazieren oder -fahren beziehungsweise -schweben kann, bis es handgreiflich existiert. Wenn es vorhanden ist, wird sich der Name schon einstellen. Bei uns, da unten, wo ich herkomme . . .

Sag das nie wieder, Richard, das darfst du mir *nie* sagen, du darfst hier viel, nur *das* nicht, das wollen wir nicht hören, das ist hier überhaupt nicht angebracht, das irritiert hier unsere Entwicklung. Sag es nie wieder, sonst könnte es geschehen, daß wir uns trennen müssen.

Schrimms stand mit offenem Mund.

Hab keine Angst, ich kümmere mich schon darum, daß es dir niemals wieder rausrutscht. Fonforma blickte mitleidig auf den verlegenen Schrimms, schon gut, schon gut.

Schrimms sagte, ich darf doch fragen, was das für ein gewaltiges Ding sein soll, wozu es dient und welchen Nutzen ihr euch von ihm versprecht? Oder ist das geheim? Oder zu kompliziert?

Es ist sehr einfach, aber es ist zu bedeutend, als daß ich es dir hier in diesem Schwebezeug so im Vorüberschweben erklären möchte. Auf der Rückseite des Pik der letzten Hoffnung wohne ich. Kommst du mit?

Was anderes würde mir in dieser einsamen Kegelwüste, weitab von jeder Vakuum-Röhrenbahn-Station ja gar nicht möglich sein. Schrimms überlegte, ob sich die Kegellandschaft durch eine Spiegelung vielfachen ließe: gleichzeitig eine Gegend voller Schrimmse, die wie die Gartenzwerge, alle aus einer Form, Belebungszwecken dienen.

14

Es fiel Schrimms schwer, mit der Fonforma Schritt zu halten. Die lange Unteroberflächenstraße glänzte feucht, war trüb beleuchtet. Da und dort dehnte sich die Straße zu einem Platz, auf dem farblose Kuppelbauten standen, die alle aus der gleichen Backform zu stammen schienen. Sie unterschieden sich nur dadurch, daß jeder Bau auf eine individuelle Art mißraten war. Die Kuppeln schief errichtet, halb eingesunken, eingebeult, auch mittendurchgerissen. Schrimms hörte gelegentlich von einem Bauwerk und von der hohen Tunneldecke Tropfen fallen.

Plötzlich hielt die Fonforma an, jetzt stehen wir genau unter der Kegelspitze des Pik der letzten Hoffnung. Wenn man von dort das Lot fällen würde, müßte es uns treffen. Ich schätze, es würde zwischen uns herunterkommen, aber vielleicht träfe es auch den einen oder anderen Kopf.

Schrimms blickte unwillkürlich in die Höhe, wo er die Decke nicht erkennen konnte. Er fröstelte vor Unbehagen, obwohl es in dem Tunnel mulmig warm war.

Fonforma sagte, hier ist der Platten-Allee-Platz. Im Tunnel 17. Wir stehen vor dem Institut für Sprachgebildebau und -nutzung.

Das Kuppelbauwerk schien Schrimms gewaltiger als der Berliner Dom. Ich dachte, du wolltest mich zu dir nach Hause bringen?

Ich bin da drin zu Hause, ich arbeite und wohne da, es ist ein mächtiger Komplex.

Als Schrimms, geschoben von Fonforma, eintrat, war er wie vor den Kopf geschlagen. Er hatte nicht damit gerechnet, daß es im Institut so trüb und ungepflegt aussehen würde wie in der Tunnelstraße. Ein bißchen Vornehmheit mit Lackfußboden und Bottichpflanzen und vielleicht einer künstlerisch bemalten Wand, auch etwas Teppichmoos, das beim Betreten wippt, hatte Schrimms schon erwartet. Aber daß eine solche Helle, ein solcher Hochglanz und eine solche totale Spiegelung auf den Besucher losgelassen würde, darauf war er nun nicht gefaßt gewesen. Er kniff geblendet die Augen zu. Als er sie vorsichtig wieder öffnete, erblickte er an allen Wänden des Foyers sich selbst vielfach gespiegelt, auch von der Decke her, so daß er seine runde Glatze sehen konnte, denn anstandshalber hatte er die Schiffchenmütze abgenommen.

Fonforma war nicht mehr zu sehen. Fon, fragte Schrimms gedämpft, wo bist du?

Er fuhr zusammen, als eine außerordentlich wohltönende Stimme ihn hinterrücks ansprach, Herr Schrimms, wie schön, dann können wir ja losgehen.

Schrimms drehte sich verstohlen um, ich bin mit Madame Fonforma gekommen, ich warte hier auf sie, ich bin ihr Gast.

Dabei erblickte er betroffen ein jugendliches Mondgesicht, umrahmt von goldenen gesträubten Haaren, und einen dicken in weiße Hochglanzkleidung verpackten Körper.

Schon recht, Herr Schrimms, wir sind im Bilde, ich habe Ihre Führungsmappe, ich habe eine von den besseren für Sie ausgesucht, und hier ist Ihre Führungsmarke.

Der jugendliche Vollmond gab Schrimms ein tellerförmiges Stück Metall mit eingestanzten verschieden größen Löchern.

Schrimms kam es vor, als sollte er ersticken, als er in einer engen Röhre dicht an den hochglanzweißen Dickleib des Mondgesichts gepreßt stand. Laboratorium I. Ging das nicht schnell? Nun schön die Führungsmarke in den Schlitz gesteckt. Probieren, welches Loch hier paßt. Das klappt ja wunderbar. Nun weiter viel Erfolg, Herr Schrimms.

Schrimms fühlte hinterrücks ein weiches Schieben. So, da nun bitte rein, Herr Schrimms.

Der Raum hieß Vorsprach-Schleuse I. Die Tür, durch die Schrimms reingekommen war, schloß sich sofort. Sie hatte keine Klinke.

Ah, der Herr Schrimms. Ich habe Ihre Führungsmappe durchgesehen. Wirklich, Herr Schrimms, an Ihren Daten könnte sich mancher Jüngere ein Beispiel nehmen. Ein blendendweißer Mann besah sich Schrimms durch einen weißumrahmten Kneifer. Würden Sie Ihren werten Mund ein wenig öffnen. Sehr gut. Da kann etwas heraus, es ist *die* Sperrweite, die wir hier brauchen. Und fühlen Sie sich sonst gesund?

Schrimms sagte, total gesund, ich lebe aber auch danach, ich mache mich nicht hei, wenn es nicht unbedingt sein muß.

Sehr gut, Herr Schrimms, es geht um folgendes, hier melden sich sehr viele, wir können aber nicht jeden nehmen. Er blickte Schrimms durchdringend aus weißlichblauen Augen an. Nicht *jeden,* wohlgemerkt, obwohl wir leider, ich muß es offen sagen, manchmal auf Material zurückzugreifen gezwungen sind, das besser nicht Verwendung finden sollte, darum sind wir sehr froh, daß gerade *Sie* uns helfen wollen. Nun, mit Verbalien kommt jeder hier zusammen, aber ob er für sie das richtige Gefühl entwickelt, ob er geistig so strukturiert ist, daß er mit ihnen umzugehen weiß, ob er den inneren Magnetismus hat, der die Verbalien anzieht, das bleibt die Frage. Viele hilfswillige Personen sind in verbaler Hinsicht schwach. Sie haben einfach nicht genügend Worte. Die Bandbreite, die ist zu schmal. Es kommen immer die gleichen Auslassungen. Von verbal-schöpferischer Produktion ist nicht zu reden. Bei *Ihnen* mache ich mir keine Sorgen.

Schrimms wollte sagen, hier liegt ein Irrtum vor, ich wollte zur Fonforma, ich bin mit ihr hereingekommen, doch andererseits hielt er es nicht für abwegig, daß man in diesem Institut auf *ihn* gewartet hatte. *Schrimms* war ein Name. Schrimms brauchte nur wo einzutreten, schon bat man ihn um seine Mitarbeit. Wäre er sonst zur Vakuum-Röhrenbahn-Expedition berufen worden? Hätte ihm sonst Alfonso Schrimms, Neuseeland, Wellington, das gelblichrosa Hördings zugesandt?

Der junge Mann gab Schrimms die Hand, nun stecken Sie mal rasch die Marke in diesen Schlitz.

Die kahle weiße Wand glitt so weit auf, daß Schrimms genau durchpaßte. Sie schloß sich hinter ihm sofort.

Schrimms stand, laut Wandbeschriftung, im Wartezimmer I. Er fand es seltsam, daß an den Türen nie darauf hingewiesen wurde, was hinter ihnen sei. Er konnte es sich nur mit der enormen Wichtigkeit erklären, die Sprachgebildebau und -nutzung hier beigemessen wurde. Er selber fühlte sich, weil hinter ihm die klinkenlosen Türen sofort hermetisch schlossen, in seinem Wert gehoben. Die rechnen hier mit der Gefahr, Schrimms könnte ihnen abhanden kommen. Die sind hier dringend auf Schrimmsens Hilfe angewiesen.

Es irritierte Schrimms nicht, daß Wartezimmer I einer weiß auslackierten Kiste glich und daß die Luft durch eine Gitterdecke einund ausfuhr, von der auch eine flimmernde Ausleuchtung des Raums betrieben wurde. Eher verstörte ihn ein Individuum auf der Wartebank. Es saß in krummer Haltung in einem viel zu weiten grauen Anzug, aus dem statt eines Hemdes weiße Lackhaut mit angeschweißtem Schlips sah, und seine Magerkeit und Blutleere erschreckten Schrimms. Er spürte Widerwillen, sich neben die elende Gestalt zu setzen. Er stapfte in der weißen Kiste auf und ab.

Ich würde mich ausruhen, sagte der Magere, es kann noch lange dauern, bis wir dran sind. Bei mir wird sich die Abgabe diesmal besonders hinziehen. Von Mal zu Mal zieht sie sich länger hin. Am Anfang geht es ja noch wie geschmiert. Da plumpst es nur so raus. Aber je länger man hier abgibt, desto mühseliger und langwieriger wird die Prozedur. Man muß froh sein, wenn überhaupt noch was aus einem rauskommt.

Schrimms fragte, und was soll rauskommen?

Der andere nickte traurig, was soll wohl rauskommen, da kommt nichts mehr, und heute fühle ich mich besonders leer.

In welcher Hinsicht?

Ja, lieber Freund, am Anfang kann man das noch nicht verstehen. So strotzend wie Sie aussehen, sind Sie bestimmt das erste Mal hier. Und vielleicht halten Sie es länger durch. Das ist Veranlagung. Für manche soll die Sache sogar bekömmlich sein, sie fühlen sich nach jeder Abgabe erleichtert und erfrischt. Für mich ist Abgabe sehr ungesund.

Schrimms hatte das unbehagliche Gefühl, daß sich im nächsten Raum etwas wie eine Abzapfung vollziehen sollte. Er tastete sich vorsichtig heran: wird denn Ihr Blutbild ständig kontrolliert, und der Urin? Werden Sie ab und zu gewogen?

Mein Blutbild ist einwandfrei, und der Urin ist Klasse. Daß ich so abgemagert bin, liegt an der Anstrengung. Ich habe nicht genügend Abgabematerial in mir, es ist nicht da. Man muß das auch genetisch sehen. Manch einer fängt schon an, unaufgefordert abzugeben, wenn er zehn Tage alt ist, natürlich vorerst unbrauchbares Material, aber er gibt es ab, und andere wieder quälen sich, zehn- oder zwanzigjährig, die Dinger Stück für Stück heraus. Manchen müssen sie mechanisch aus dem Mund gezogen werden. Manchen gelingt es, sich einen schönen Vorrat anzulegen, aber er geht einmal zu Ende, und so ist das bei mir.

Und welche Art von Materialien geben Sie hier ab?

Ja, meinen Grundstock habe ich nun aufgezehrt, jetzt bringe ich, was ich von Fall zu Fall einsammeln kann.

Wie aufgezehrt?

Im wahrsten Sinn des Wortes, ich habe meinen Vorrat an Verbalien in Lebensmitteln umgesetzt.

Verfressen, sagte Schrimms.

Ich würde es so hart nicht ausdrücken. Von meiner Arbeit in der Gurkenbude kann ich nicht existieren. Jetzt krieg ich schon den Mindestlohn, weil ich so schwach geworden bin.

Sie hätten nicht anfangen sollen abzugeben, man soll nichts machen, was einem nicht liegt, es bringt nichts ein.

Die haben früher gut gezahlt, die schimpfen ja auch nicht, die bleiben freundlich, die klopfen mir den Rücken, aber ich merke es an der Vergütung. Sie ist jetzt auf zwei Hartbons abgesunken. Und diesmal kriege ich womöglich gar nichts. Es gibt zwar nette Leute, die mir ne kleine Spende zukommen lassen. Aber das Neueste geben sie mir nicht. Wirklich gute Verbalien behalten sie für sich.

Der Abgeber blickte jämmerlich auf Schrimms. Wenn Sie ne kleine Verbalie für mich übrig hätten? Dadurch verkürzen Sie Ihre eigne Wartezeit. Wenn ich nicht abgeben kann, versuchen die mich anzuregen. Sie stecken mir was rein, sie rufen, na, wunderbar, gleich kommts, nein, nicht so pressen, es will *natürlich* kommen, nicht ängstlich sein. Und wenn bei mir nur Luft ausfährt, dann fangen die von vorne an.

Schrimms griff sich unwillkürlich in die Tasche, er fragte, Verbalien? Wörter? Er nannte, was ihm auf Anhieb einfiel. Wie wärs mit Dezimalwaage, Schiebefenster, Stempel, Versicherungsbeleg?

Sie müssen mir das deutlich reinsprechen. Der Almosenempfänger sperrte Mund weit auf.

Schrimms sah drei Stockzähne, der Mund roch fad nach Gurke. Schrimms hielt sich in Entfernung, als er die Worte wiederholte. Nach jedem Wort ließ der Empfänger den Mund zuschnappen.

Mehr hab ich jetzt nicht flüssig, sagte Schrimms. Hauptsache, Sie behalten die paar Dinger. Soll ich sie Ihnen nochmal abhören?

Auf keinen Fall, die laß ich in mir, bis ich dran bin. Ich hab ja deshalb so kräftig mit dem Mund geschnappt, um nachher um so besser das Umgekehrte ausführen zu können. Mund auf und raus mit der Verbalie. Es war das Vortraining, verstehen Sie.

Ein dünnes Pfeifen unterbrach ihn, er raffte seinen Anzug, tappte zur Gegenwand und wollte seine Marke in einen plötzlich aufgetretenen Schlitz einführen. Sie rastete nicht ein, obwohl er, wie er sagte, das richtige Loch hinschob.

Schrimms steckte mit undurchdringlichem Gesicht die eigene Marke in den Schlitz. Die Wand glitt schrimmsbereit auseinander. Beim einen gehts nicht. Aber beim anderen gehts.

15

Er blickte nun nicht mehr hinter sich, als sich die Wand hermetisch schloß, und er nahm ruhig auf einem weißen Hochglanzhokker Platz, als man ihn bat, noch einen Augenblick zu warten, die Führungsmappe sei schon da.

Er las die Wandschrift VORBEREITUNG und dachte, die meiste Zeit im Leben bringt man mit Vorbereitung zu.

Ihm schien, die nächste Tür war weniger hermetisch schließbar als die vorigen, die Wand auch dünner. Er glaubte hinter ihr verschiedene Stimmen wahrzunehmen. Nun mal ganz lieb. Nein, schämen Sie sich nicht. Spucken Sie unbekümmert. Das macht nichts. Hier hatten wir schon schlimmere Verbalien. Ich halte Ihren Kopf. Ganz lieb sein, ja?

Das Wesen, das lieb sein sollte, schien zu fluchen, zuerst stückweise, als wollte es probieren, wie weit es gehen könnte. Wabbliger Nebel-Arsch.

Das hatten wir schon mal.

Verklemmter Tunnelpisser.

Ja. Ja.

Du alter Röhrenscheißer. Du Röhrenläufer. Ein alter harter Röhrenläufer ist besser als ein angesaugter Vakuum-Arsch.

Und weiter, weiter.

Transzendental-Arsch.

Bekugelter Transzendental-Puper. Vakuum-Röhren-Ficker. Transzendental-Bonze. Transzendentale Knall-Gurke. Transzendental-Nutte. Beseichte Tunnelratte. Entschuldigung, ich bin heut nicht in Form.

Lassen wir es genug sein. Waschen Sie sich jetzt fein.

Es dauert noch, Herr Schrimms. Ich binde Ihnen schon Ihr Lätzchen um, zur Sicherheit, manchmal geht doch etwas vorbei.

Schrimms dachte, wie kann es denn so schwer sein, Worte abzulassen, man spricht sie einfach, dann sind sie da. Solche, die unter »nicht wiederzugeben« laufen, lasse ich nicht ab, ich sage normale vernünftige Worte.

Es wäre lieb, Herr Schrimms, wenn Sie drüben im Abgaberaum uns Material abgeben würden, das Ihnen persönlich wichtig erscheint, also Verbalien, die für Ihr Leben typisch sind, für Ihre Umwelt, Ihren Beruf. Wir möchten nicht so gerne von Ihnen Worte hören, die auch der Durchschnittsmensch benutzt. Wir wünschen uns Schrimmsisches. Bitte, Herr Schrimms.

Schrimms erblickte den hochglanzweißen Ohrenstuhl, den stelzbeinigen Abgabesessel, er zögerte ihn zu besteigen. Ihn schauderte, als er im Fußboden Abflußrinnen bemerkte, und an der Rückenlehne und den Ohrenpolstern des Stuhls ein Geflecht von Kabeln. Wieder kam ihm die Vorstellung des Abzapfens, er sah das leergezapfte Individuum, den Verbalien-Bettler im Warteraum I vor seinem inneren Auge.

Ganz einfach, Herr Schrimms, Sie sind so nett und geben uns ein paar Verbalien. Und Sie erhalten ein Honorar dafür, und selbstverständlich wird in Ihrer Führungsmappe vermerkt, welche Verbalien Sie uns gegeben haben. Also, Ihr Urheberrecht wird gewahrt.

Das mag schon sein, sagte Schrimms, aber die einmal abgegebenen Verbalien kann ich nie wieder selbst besitzen, ich entäußere mich ihrer für immer, ich bin sie los.

Wer hat Ihnen denn das erzählt? *Sie* behalten Ihren Verbalienschatz, Sie können ihn reproduzieren, nur für *uns* sind Verbalien, die Sie schon einmal abgegeben haben, nicht mehr so interessant. Wir möchten dann lieber etwas neues Schrimmsisches. Es ist vollkommen freiwillig. Der Stuhl, genauer der Abgabesessel, führt eine leichte Elektro-Massage durch. Sie regt ganz leicht die Wortabgabe an. Manchmal möchte man etwas aussprechen, es liegt einem förmlich auf der Zunge, aber man bringt es nicht heraus. Da hilft die Massage. Nun legen Sie schön die Füße hoch, die Arme entspannt zur Seite, die klemmen wir jetzt nur ganz leicht an, damit sie bei der Abgabe nicht verrutschen. Es stört nämlich sehr den Abgabevorgang, wenn der Abgeber beim Abgeben mit den Händen gestikuliert. Deshalb klemmen wir auch die Füße ganz leicht an, auch mit den Füßen gestikulieren manche Abgeber. Und den Kopf klemmen wir auch leicht an, mit dem Kopf wird nämlich häufiger gestikuliert, als der Laie denkt. Nur ein bißchen, Herr Schrimms, Elektromassage, zur Einstimmung, und wenn Ihnen eine schöne Verbalie kommt, dann machen Sie den Mund weit auf und geben sie ab. Es scheint eine zu kommen, Herr Schrimms, machen Sie schon den Mund auf, gleich ist sie da.

Schrimms hatte das Gefühl zu schwitzen, sein Rachen würgte an etwas Langem.

Plötzlich sagte Schrimms laut und deutlich

VAKUUM – RÖHRENBAHN – SPEZIAL – BEFÖRDERUNGSBEDINGUNGEN.

Er fühlte das Lange aus seinem Rachen fahren. Er vernahm hölzernes Scheppern.

Schnell, ein Auffangkissen. Sie zerbricht uns sonst. Sie ist wunderschön. Sehen Sie mal, Herr Schrimms, zart lila, aber sehr sperrig. Man muß sie spezialverpacken, herzlichen Glückwunsch, Herr Schrimms. Das haben Sie sehr gut gekonnt, dafür erhalten Sie einen Sonderpunkt.

VAKUUM, dachte Schrimms, das ist erst etwas mager und gradlinig, dann rundet es sich ballonartig, die RÖHRENBAHN fügt sich erst möhrenförmig, dann etwas breiter an, SPEZIAL ist zackig, man könnte dran hängenbleiben, BEFÖRDERUNG wirkt etwas ungestaltet, die BEDINGUNGEN erscheinen dagegen schlank und geradezu elegant. Schrimms meinte, bei seinem Verbal-Produkt könnte es sich um ein abstraktes Kunstwerk handeln.

Am Abgabesessel zuckte ein lila Lämpchen. Es kommt eine, Herr Schrimms, öffnen Sie bitte den Mund.

Schrimms würde nie leugnen, daß er trotz des zeitweiligen Würgens beim Austritt der jeweiligen Verbalie aus der Abgabeprozedur Befriedigung gewann. Mochten andere Abgeber jammern, Schrimms meinte, die spielten sich nur auf, die müßten dauernd hervorkehren, wie schwer und kraftzehrend Abgabe sei, weil sie nichts Vernünftiges abgeben konnten, weil sie unbegabte Nieten waren, die sich unter Krämpfen herausquetschen mußten, was Schrimms elegant hinlegte, und Schrimms legte saubere Sachen hin.

Zum Beispiel

SYSTEMGERECHTE VAKUUM-RÖHREN-HIN- UND RÜCKLAUF-DURCHFÜHRUNGSORDNUNG,

VAKUUM-RÖHRENBAHNVERKEHRSTEILNAHMEPFLICHT,

aber auch

VERANTWORTUNGSABSCHIEBUNGSTENDENZ AUF NACHGEORDNETE VAKUUM-RÖHREN-BAHN-ZUSTÄNDIGKEITSEBENE.

Sie haben eine ausgesprochene Begabung für die Langverbalie, Herr Schrimms, aber er konnte auch kurze und lieferte die volkstümlichen Umschreibungen gleich mit:

VAKUUM-RÖHRENBAHNPERSONENZUG

Normalröhrer
VAKUUM-RÖHRENBAHNSCHNELLZUG
Eilröhrer
VAKUUM-RÖHRENBAHNBLITZZUG
Röhrenblitzer
VAKUUM-RÖHRENBAHN-SPEZIALOBJEKT-BEFÖRDERER
Spezi-Röhren-Plumpser
VAKUUM-RÖHRENBAHN-FRACHTZUG
Röhrenfrachter,
und Schrimms gerieten die Verbalien Normal- und Eilröhrer wie zierliche Porzellanhirsche zum Aufstellen in Schrankwänden.

Schrimms hatte allerdings wenig Gelegenheit, seine Produkte zu begutachten. Das Institut packte sie sofort in Watte, legte Schutzfolie herum, band einen beschrifteten Anhänger dran und schob sie hinter eine Wandklappe. Als ob sie in einen Backofen kämen, sagte Schrimms.

Das *ist* ein Backofen, sie werden darin kurz erhitzt, dadurch sind sie haltbarer, auch hygienischer, und laufen weiter.

Was geschieht dann mit ihnen?

Das können wir Ihnen nicht sagen, Herr Schrimms, das ist nicht unser Ressort.

Das lila Lämpchen meldete sich.

INSTITUTIONELLE VERANTWORTUNGSVERLAGERUNG AUF NÄCHST HÖHERE ZUSTÄNDIGKEITSEBENE gab Schrimms unwillkürlich ab.

Diese ist nicht so gelungen, die nehmen wir nicht, wir haben schon soviel Sperrgut, die wird aufgelöst.

Schrimms hörte es zischen, durch die Abflußrinne lief farblose gallertartige Soße.

Sie erhalten trotzdem die höchste Punktzahl, Herr Schrimms. Und sehen Sie mal, Ihr Lätzchen ist vollkommen sauber geblieben, trotzdem bitten wir Sie jetzt in die Waschzelle zu gehen. Nötig wäre es nicht, aber die Laufordnung läuft so. Herzlichen Dank, Herr Schrimms. Bis zum Wiedersehen.

Während Schrimms duschte, die Schnelltrockenröhre ihn durchsog, Oberkleidung und Schuhe aus einer Düse auf ihn zuflogen, beschlich ihn das Gefühl, er hätte dort auf dem Abgabesessel überhaupt nichts Besonderes von sich gegeben. Er argwöhnte, das Institut hätte ihn, um ihn nicht zu frustrieren, psychologisch beschmust. So ein doller Verbalienhecht war er gar nicht gewesen. Die wirklichen Klasse-Verbalien, die ruhten noch in ihm, die waren noch gar nicht heraufgestiegen, er meinte, was er da produziert hatte, wäre nur erster Schaum gewesen, den man wegwerfen müßte, um endlich das reine Produkt zu erhalten. Ein unangenehmes Völlegefühl begann Schrimmsens Inneres aufzublähen. Ich stecke voller Verbalien, dachte Schrimms. Er wünschte dringend, jetzt noch einmal auf dem Abgabesessel zu sitzen und die richtigen Verbalien auszustoßen.

Bitte, Herr Schrimms, hörte er die wohlklingende Institutsstimme, treten Sie in den Nachgesprächsraum, und er krackelte mit seiner inzwischen schon etwas verbogenen Marke im einladenden Führschlitz. Wie fühlen Sie sich, Herr Schrimms, haben Sie Blähungen, Abgabedrang, Schuldgefühle?

Ich bin bis oben hin voll, sagte Schrimms, jetzt könnte ich erst richtig loslegen.

Schlucken Sie diese Kapsel.

Und wozu ist die?

Sie beseitigt Abgabedrang und verhindert unzeitige Abgabe, sie hält die Abgabe auf bis zum nächsten Termin. Es wäre doch schade, wenn Sie einen plötzlichen Verbaliensturz bekämen, vielleicht auf der Straße, an Ihrem Arbeitsplatz oder in der Röhrenbahn, wo kein Spezialist in der Nähe ist, der den Auffang tätigen kann. Die Verbalien, die sturzartig kommen, sind meist unentwickelt, nicht zu gebrauchen. Sie, Herr Schrimms, reagieren extrem sensibel auf Abgabemassage, daher der starke Abgabenachdrang, wie wir es nennen, oder populärer, der Abgabekater. Bitte die Kapsel schnell schlucken und drei Sekunden die Luft anhalten.

Nun dürfen Sie weitergehen, Herr Schrimms.

16

Im Vorgesprächsraum des Laboratoriums II hatte Schrimms sich wieder »voll im Griff«. Mit einem Blick erfaßte er, daß seine hochglanzweiße Führungsmappe voluminöser geworden war. Das erfüllte ihn mit Selbstbewußtsein.

Die zweite Stufe schafft nicht jeder, um im L II zu arbeiten, ist eine hohe verbal-sinnliche Sensibilität vonnöten.

Ganz logisch, daß keines von den Individuen, die Schrimms im Laboratorium I (Abgabe) gesehen und gehört hatte, bis hierher vorgedrungen war.

Schrimms fühlte sich derart in Hochform, daß er sich nicht die Frage stellte, *wie* dieses Institut zu jenen positiven lobenswerten Daten in seiner Führungsmappe kam, und worin diese Daten genau bestanden. »Die« hatten Schrimms schon lange durchgeprüft, als er noch in Grasleben-Horkenstedt sich nächtlich »auf Station« begab, »die« wußten eben von Schrimms alles, soweit das datenmäßig möglich ist.

In der Abteilung II stand nur ein Bett in Kastenform und an der Wand das Wort BESCHUSS. Dies Wort erzeugte bei Schrimms eine Handlung, die er danach als lächerlich empfand, er warf sich flach bäuchlings zu Boden und zog den Kopf ein. Erst als er lag, dachte er: DECKUNG.

Na, auf den Boden wollen wir uns nicht gerade legen, Herr Schrimms, das Bett ist weicher.

Schrimms sagte, es steckt so in mir drin, ich war im Krieg.

Im kriegerischen Sinne wird hier nicht geschossen, Herr Schrimms, das ist hier eine wissenschaftliche Beschuß-Anlage. *Sie* geben hier nicht ab, *die Anlage* gibt Schüsse ab, und zwar auf Sie, Herr Schrimms. Und das besonders Unkriegerische an der Sache: Sie dürfen nicht in Deckung gehen, das würde unsere Forschungsarbeit empfindlich stören, sie hätte dadurch einen Nulleffekt.

Sie werden doch nichts Schädliches, nichts Unbekömmliches mit mir durchführen, fragte Schrimms.

Ganz ruhig, hier ist ein Gurkenschnäpschen. Wir binden Sie ein bißchen ab, damit Sie vom Beschuß nicht runterfallen.

Schrimms sah verstört auf die Gestalten, die beim BESCHUSS das

Institut darstellten. Das Institut trug einen Schutzhelm mit dunkelgrau getöntem Sichtglas, er ging in einen plumpen metallicgrauen Anzug über, der die Gestalt mitsamt den Fingerspitzen und sonstigen Anhängen umschloß und auf der Brust ein Panzerkissen aufgebunden trug.

Schrimms sagte, ich bin zu allem gern bereit, womit ich wissenschaftlich Nutzen stiften kann, aber ganz ohne Garantien kann ich das nicht leisten. Ich muß Gefahrenzulage verlangen, denn daß es hier gefährlich wird, sieht auch ein Laie. Ich stelle mich freiwillig zur Verfügung, was aber nicht bedeutet, daß ich ein Trottel bin, ein Wicht, mit dem man *alles* machen kann.

Herr Schrimms, wir kennen Ihre wunderbare Führungsmappe, Sie dürfen es uns glauben: es geschieht nichts Bedrohliches mit Ihnen. Da ist auch nicht der Hauch einer Bedrohlichkeit zu registrieren. Die Schutzanzüge tragen wir nicht wegen der Gefahr, verletzt zu werden, sondern um nicht auf den BESCHUSS zu reagieren. Der BESCHUSS ist für *Sie* bestimmt. Nicht unsere Reaktionen sollen aufgezeichnet werden, sondern die von Richard Schrimms. Die sind uns wertvoll.

Schrimms reagierte darauf, daß etwas *Wertvolles* von ihm erwartet wurde, nicht mit der Forderung nach Honorarzulage. Er sprach nicht mehr von möglicher Gefahr. Wertvolles erhofft die Wissenschaft von Schrimms nicht nur, sie ist sich sogar sicher, er wird es liefern. Ja, Schrimms gibt Wertvolles. Damit sah er sich hoch genug bezahlt.

Seinen Kopf stützte ein Keilkissen, so konnte er beobachten, wie die Wand gegenüber dem Bett transparent wurde, er erkannte Umrisse eines Rohrs auf einem Ständer, die Verbalienkanone. Das Rohr bewegte sich so lange suchend auf und ab, bis seine Öffnung genau auf Schrimms gerichtet war. Es gab ein Tönchen als platze eine Kaugummiblase, das Rohr hatte die dünne Wand durchstoßen.

Achtung, Herr Schrimms, wir bitten um Ihre Konzentration.

Schrimms erfaßte sofort, daß die Verbalie (vorne mit einem kleinen geflügelten Pfeil und hinten mit einem Fischschwanzsteuer versehen) eine supersperrige war. Er schätzte es ab, daß sie, wenn sie ihn nicht durchbohrte, immerhin so dicht über ihm wegfegen würde, daß er sie nicht identifizieren könnte. Deshalb versuchte er, noch bevor die Verbalie heran war, ihre Funktion zu erkennen, indem er den Kopf schräglegte. Vorn erschien ihm die

Verbalie mehrfüßig elegant, eher grau als lila: VERANTWORTUNGS

Dann verdunkelte sich das Grau, ein bröcklig trocken staubiger Teil hängte sich an: ZUTEILUNGS

Es folgte etwas Dichtes, Glattes, Kompaktes, Hellgelbliches: SICHERHEITS

Die Verbalie endete zungenförmig, lilagrün: SCHLÜSSEL.

Das Erfassen der Verbalie, die Einstellung zur Flugrichtung der Verbalie, das Umsetzen oder Übersetzen der Verbalie in eine phonetische Aussage sowie die Aussage selbst, erfolgten durch Schrimms derart schnell, daß er selbst die verschiedenen Phasen des Vorgangs nicht als voneinander getrennt empfand, sondern das Gefühl eines einzigen Vorgangs hatte. Er irrte sich nicht in der Vermutung, daß es länger dauerte, bis seine phonetische Aussage

VERANTWORTUNGSZUTEILUNGSSICHERHEITSSCHLÜSSEL

auf der Wand in Form von Zeichen erschien, als er gebraucht hatte, um auf die Verbalie zu reagieren, die übrigens mit ihrem hinteren Steuer seinen Kopf noch streifte, aber keinen Schaden hervorrief. Sie fiel hinter dem Bett leise rasselnd zu Boden. Schrimms' Übersetzung blieb an der Wand stehen.

Er dachte, wenn es weiter nichts ist, dann übersetze ich denen die Wände voll. Es machte ihm Spaß, die Verbalie.

GENERALVERBALREPARATIONSABTEILUNGSINSPEKTOR

an die Wand zu sprechen, oder hieß es, an die Wand reagieren?

Er erlaubte sich die Zwischenbemerkung, daß er jetzt endlich die Mathematik der Sprache begriffen habe. Sprache sei weiter nichts als Mathematik, das seien aufgezeichnete Formeln. Die *richtige* Sprache sei die Verbalie, nur der Handlichkeit halber benutze man Zeichen. Diese Bemerkung von Schrimms erschien ebenfalls an der Wand und blieb stehen.

Die Verbalie

ALLKUGELTRANSZENDENTALMASSSTAB flog allerdings so ungünstig, daß Schrimms sie zwar erfassen, umsetzen und an die Wand reagieren konnte, doch zerbrach sie über seinem Bett. Die Teile regneten schrotkugelartig auf Schrimms. An den betroffenen Körperstellen zeigten sich kleine hellrote Eindrücke.

Schrimms achtete nicht darauf, der Anblick der von ihm vollreagierten Wände fesselte ihn mehr.

Als es hieß, die 1. Versuchsphase sei beendet, fragte er, wie seine körperlichen und stummen Reaktionen gewesen seien.

Mit eminenter Kongruenz. Sie haben ausgezeichnet vorbildlich reagiert, Kollege Schrimms. Die Phase 2 wird etwas schwieriger. Wir hatten hier noch keinen, der sie total bestehen konnte. Wer eine Phase nicht besteht, muß ausscheiden.

Und was passiert mit ihm?

Sein guter Wille wird honoriert, er bekommt den Rang und das Gehalt eines Vize-Wortlers, aber aufsteigen kann er nicht, beim Vize-Wortler endet die Karriere.

Schrimms fragte sich, ob er überhaupt aufsteigen wolle. Wie hoch denn nun noch steigen. Und die VERANTWORTUNGSZUTEILUNGSRATION steigt mit.

Nie hat jemand die Phase 2 bestanden?

Gänzlich noch nie, Kollege Schrimms.

Was habe ich zu tun?

Erstens, auf die Verbalgeschosse reagieren wie bisher.

Zweitens, auswerfen, welche Emotionen das Verbalgeschoß bei Ihnen provoziert, dabei rückhaltlos offen sein, auch Reaktionen, die wünschensunwert erscheinen könnten, freien Lauf lassen, sie sind an diesem Ort nicht strafbar.

Drittens, die körperlichen stummen Reaktionen mit den verbalen Reaktionen in Einklang bringen.

Schrimms fragte, ob es auch umgekehrt geschehen dürfe.

Zur Not auch umgekehrt, der dritte Teil der Aufgabe scheint übrigens der schwierigste zu sein. Bisher sind alle Versuchspersonen an ihm gescheitert.

Schrimms dachte, bin ich ein Streber, der alles richtig, ausgezeichnet, lobenswert durchführen muß, der sich durch Ehrgeiz hei macht und der zusammenbricht, wenn er nicht Note EINS mit Auszeichnung sondern nur eine schäbige EINS erringt? Schrimms konnte sich an keine einzige Note EINS erinnern, die er jemals erhalten hätte. Auch ZWEIEN tauchten nicht aus dem Gedächtnis auf. Schrimms war als Schüler nicht »auf Zack« gewesen, er war mit Note DREI vollauf zufrieden, weil sie ihm Ruhe und Sicherheit verschaffte. Schrimms dachte: der DREIER-Mensch lebt glücklich, weil unbemerkt. Die lehrenden Institutionen starren verbiestert auf die ganz schlecht und ganz hervorragend Benoteten. Hat einer dauernd EINS, mahnen sie ihn, die EINS zu halten. Hat einer dauernd FÜNF, mahnen sie ihn, sich auf die VIER zu quälen, und hat er endlich VIER, nun bitte auch auf DREI zu kommen. Einen, der friedlich seine ZWEI bringt, entnerven sie damit, er könne, wenn er sich anstrenge, die EINS erreichen. Nur den, der unerschütterlich auf seiner DREI zu bleiben fähig ist, den lassen sie in Ruhe, weil sie annehmen, er habe nicht die Kraft, er sei der ewige Durchschnitt, von dem man NICHTS erwarten darf. Und das ist ihr gewaltiger Irrtum. Es gehört mehr Charakterkraft zu einer Dauer-DREI als zu einer Dauer-EINS. Die Dauer-DREIER, die allen Anfechtungen des Lobes und des Tadels widerstehen, entwickeln häufig die umwerfendsten Ideen. Auch Einstein hatte DREI, und niemand achtete zuerst auf ihn. Es sind wir DREIER, dachte Schrimms, denen die Menschheit es verdanken muß, daß sie noch exisitert. Wir DREIER sind es aber auch, vor denen sie auf ihrer Hut sein sollte. Wir DREIER legen still ein Ei, und manchmal ein hochexplosives.

Das Institut für Sprachgebildebau und -nutzung erschien Schrimms clever, weil es auf seine Mitarbeit scharf war, es hat ermittelt, daß ich ein DREIER bin, und darauf ist es eingesprungen. Darum brauch ich mich nicht als Streber prostituieren, sondern nur so zu reagieren, wie es mir kommt und wie *ich* es für richtig halte.

Das erste Verbalgeschoß war zweiteilig, es schickte das Element FREIWILLIG VOR. FREIWILLIGE KUGELTRANSZENDENTALBAU-SELBSTVERPFLICHTUNG.

Schrimms schwankte kurz, ob er das hastig heranschnellende Element FREIWILLIG, Stromlinienkopf nach vorn, mit

FREIWILD übersetzen sollte. Wer auch noch freiwillig ne Sache übernimmt, auf solchen Dussel darf jeder schießen. Doch schien ihm FREIWILD nicht zu passen, weil eine moralisch wertvolle VERBALIE folgte, unförmig zwar, doch hochglanzausgestattet. FREIWILLIG mochte also hingehen. Aber das kurze, straffe, gespannte beigefarbene SELBST hielt Schrimms für deplaciert. Es wirkte wie eine Geschwulst im ohnehin Schrimms nicht harmonisch vorkommenden Körper der Verbalie,

SELBST könnte abgeschnitten werden, wegfallen, in den Müll, den Wortmüll, oder FREIWILLIG müßte dahin wandern. Einer ist hier zuviel an Bord.

Schrimms fühlte seinen eigenen Körper sich versteifen, als die Verbalie auf ihn zuschoß. Die Muskeln härteten und streckten sich, Ober- und Unterkiefer preßten sich aufeinander, er fühlte,

wie seine Stirnhaut sich senkrecht zusammenzog. Indem Schrimms
FREIWILLIGE KUGELTRANSZENDENTALBAUSELBSTVERPFLICHTUNG an die Wand reagierte, warf er gleichzeitig die Emotion aus.

Ich spüre einen starken Widerwillen, der instinktiv und ohne mein Zutun auftritt. Ich fürchte, daß ich von der Verbalie geschlagen werden soll, zuerst auf meinen Mund. Mir ist, als ob ich von jemand Fremdem veranlaßt werden soll, die Glieder zu bewegen, das Denkorgan, na, eben den Hampelmann zu spielen, auch Freiwild zu sein, für wen, das weiß ich nicht, vielleicht soll mir ein Mechanismus eingebaut und ich soll aufgezogen werden, ich soll abschnurren, und meine körperlichen Reaktionen sind steif. Es scheint, der Schlüssel zum Aufziehen könnte bei mir abbrechen. Zumindest ist das ein instinktiver Wunsch, doch könnte auch *ich* zerbrechen. Jetzt wird mein Körper schlaff, die Muskeln entkrampfen sich. Ich denke, schnurrst eben ab, und Feierabend.

Fertig, Kollege Schrimms?

Bis auf die körperlichen stummen Reaktionen, die ich mit den verbalen in Einklang bringen soll.

Das haben Sie ja schon getan, das hat hervorragend geklappt, der Einklang war perfekt, da gab es nicht die kleinste Differenz. Glückwunsch, Kollege Schrimms.

Ich hätte noch den Vorschlag, Verbalienteile oder -elemente einzusparen, zum Beispiel SELBST. Ich habe das Gefühl, hier hat man eine unnötige Sicherung angebracht. Freiwillig verpflichtet man sich logischerweise *selbst.* Man braucht also nur freiwillige Kugeltranszendentalbauverpflichtung zu verwenden. Man hat sich freiwillig zum Bau verpflichtet. Wozu noch sagen, daß man sich *selbst* freiwillig verpflichtet hat? Man hat sich selbst verpflichtet, also kann angenommen werden, daß man es *freiwillig* getan hat. Wird dies natürlich angezweifelt, muß FREIWILLIG davorgehängt werden. Ich sage nur, man *könnte* sparen, es wäre auch verpackungsmäßig begrüßenswert. Wie diese Verbalie nämlich aussieht, wird sie zu denen gehören, die häufig expediert werden. Es läßt sich leicht berechnen, wieviel Verpackungsmaterial, wieviel Transportenergie, wieviel Transport- und Lagerraum, Beförderungs- und Versicherungsgebühren entfallen würden. Schrimms sah, wie seine Vorschläge sich zeichenmäßig an den Wänden niederschlugen und langsam Wort für Wort davonzogen.

Wo wandern die jetzt hin?

Zur Prüfungsstelle, Kollege Schrimms. Vielleicht sogar zum GENERAL-WORTLER. Wären Sie jetzt so freundlich, und fühlen Sie sich stark genug, auf weitere Beschüsse zu reagieren?

Schrimms fand, ein bißchen mehr Vertrauen könnte das Institut mir schenken.

Die dritte Aufgabe, das Reaktionen-in-Einklang-bringen, ist keinem anderen bisher gelungen, weil keiner mutig genug war, die wahren Emotionen verbal auszuwerfen. Wirft man die wahren aus, entfällt Aufgabe drei. Jetzt müßte einer clever genug sein, die unwahren Emotionen verbal auszuwerfen und dazu die passenden unwahren körperlichen stummen Emotionen abzugeben. Oder sollte man erst die unwahre Emotion zuerst körperlich stumm erleben und danach diese unwahre Emotion verbal auswerfen? Wie ich es machte, war es kein Kunststück.

Als die Verbalienkombination

IMPOTENTER TRANSZENDENTALRÖHRENSTRAMPLER auf Schrimms zusteuerte, fühlte er sich eigentlich auf Lustigkeit angesprochen, aber bildete sich ein, nicht über diese Verbalien lachen zu dürfen, sondern eine Falschemotion abgeben zu müssen. Die Wut, von der er sich einbildete, sie müsse ihn deswegen ergreifen, leitete er sofort aus der Lustigkeit ab, die seine inneren Emotionsorgane noch nicht erreicht hatte, so daß ein inneres Zittern entstand, der Blutdruck anstieg, und als er (für seinen wahren Geschmack zu übertrieben) auswarf: ich empfinde diese Verbalie als schändlich und niederziehend, ein aktiver Mann, der Tag für Tag im Dienste der Kugeltranszendentalaufgabe die Röhren zu durchfahren gezwungen ist und dabei sich des rationelleren Röhrenvelozipeds bedient, wird als impotent diffamiert, denunziert und diskriminiert, wodurch in seiner Person gleichzeitig das große Transzendentale Kugelunternehmen mit Kübeln von widerwärtigem Schmutz übergossen wird.

Als Schrimms sich so in seiner verbalen Empörung steigerte, bemerkte er nicht skeptische, bedauernde, verächtliche Mienen des schutzbehelmten Instituts, aber er rechnete damit, daß es diesmal einen Widerspruch und keinen Einklang der Emotionen erwartete. Diesmal hat Schrimms sich bestimmt verfahren.

Schrimms glaubte durch die Schutzanzüge des Instituts die Unlust zu fühlen, mit der es sich anschickte, die elektronischen

Messungen über seine körperlichen stummen Emotionen abzulesen. Und obwohl er überzeugt war, den Einklang, die Übereinstimmung der Emotionen hundertprozentig hingekriegt zu haben, er zitterte noch vor Empörung, die Zähne klapperten sogar echt, und etwas Spucke lief schräg nach links unten auf sein Kinn, erschrak er über den Freudenausbruch, die Heftigkeit der Glückwünsche, den lärmenden Jubel des Instituts, als es das wissenschaftliche Ergebnis feststellte. Mit harten schutzbekleideten Händen rüttelten und schüttelten sie Schrimms, so gut es bei dessen Festgebundensein ging. Das war nun wirklich Spitze, Kollege Schrimms, das hatten wir noch nie.

Schrimms war enttäuscht. Er hatte eigentlich lachen wollen, die Wut in die ursprüngliche Lustigkeit zurückfunktionieren, aber er fand das Verhalten des Instituts so dumm, daß es ihm plötzlich widerwärtig schien, für eine solche Einrichtung überhaupt zu arbeiten, die nicht mal merkte, daß Schrimms ihr eine dicke, schwülstige, speicheltriefende, zähneklappernde Lüge hingeworfen hatte, und die sich sklavisch auf Kontrollanlagen stützte, deren Ergebnisse sie als Beweis für die Wahrheit der verbalen Emotion gelten ließ.

Überprüfen Sie es bitte genau, sagte Schrimms, ich möchte auf keinen Fall zu unrecht gelobt werden, manchmal funktionieren solche Kontrolldinger nicht, möchten Sie den Beschuß nicht sicherheitshalber wiederholen?

Wozu, Herr Schrimms, alles stimmt haargenau. Noch nie hatten wir eine derartige Übereinstimmung. Diese hier ist noch genauer als die erste, die Sie uns lieferten. Und sie hat noch einen besonderen Wert, durch sie wird es möglich sein, auch Ihre anderen Äußerungen, Ihre Vorschläge und Bemerkungen, im entsprechend bedeutenden Licht zu sehen. Wir sagen es offen, ohne diese letzte hervorragende Leistung würden sie einen Anflug von zwar objektiv ehrlichem, aber undiszipliniertem Auswurf haben, der nahe der destruktiven Nörgelei aufgefaßt werden könnte, nicht von uns, aber von den entscheidenden Stellen. Und natürlich auch von uns, wenngleich Straffreiheit garantiert ist. Aber nun stehen sie in der richtigen Proportion, wir sind sehr glücklich über Ihre hohe wissenschaftliche Leistung, lieber Kollege Schrimms, und vor allem über Ihre eminente, dezente, emotionale Cleverness. Sollten Sie einen Wunsch haben, den wir Ihnen erfüllen können, so würden wir es gerne tun.

Schrimms fragte, ob er den Ort besichtigen dürfe, wohin die Verbalien aus dem Abgabelabor gelangten. Besonders interessiere ihn dabei der Vorgang der Verpackung. An der Verpackung gebe es noch viel zu verbessern. Vielleicht könne er dem Verantwortlichen ein paar Tips geben, dies sei ein Wunsch, ein wunderbarer, bescheidener, typisch Schrimmsischer Wunsch, wie das Institut sogleich feststellte.

Aber wollen Sie nicht noch ein paar Bilder sehen, bis wir die Besichtigung arrangiert haben?

Als die Bilder über die Wand zu wandern begannen, dachte Schrimms, es ist eben eine Beschußabteilung. Sie können nur Beschuß bieten.

Die Bilder ließen ihn kalt, es waren Frauen-Ganz-Porträts, »saubere Püppis«. Aber was soll das? Eine fand er aufregend, sie ähnelte der Fonforma, aber er sagte nichts. Als die Nächste gezeigt wurde, die ihm mißfiel, äußerte er sein Mißfallen unwillkürlich übertrieben, der Busen sei ihm zu euterhaft, die Augen der Frau glotzten zu kuhartig, das Haar sei zu brötchenfarben, und, er sagte es unverblümt: sie wirkt im Ganzen zu trampelig, eine Heulsuse, die einem die Stullen mit sentimentalen Tränen salzt. Er entschuldigte sich rasch, es sei nur sein erster Eindruck, vielleicht sei sie eine sehr anständige Frau, gute Mutter und alles, ich möchte ihr nicht zu nahetreten.

Das brauchen Sie ja auch nicht, sagte das Institut. Und jetzt schieben Sie Ihre Führungsmarke in diesen Schlitz. Das geht bei Ihnen schon wie im Schlaf. Sie begeben sich in die Heil-Schaum-Abteilung, eventuelle Schrammen und kleine Einschüsse von Verbaliensplittern werden dort untersucht und behandelt. Keine Sorge, Herr Schrimms, es bleibt nichts zurück. Und nochmals herzlichen Dank.

17

Schrimms, schaumrenoviert, glaubte, die falsche Röhre hätte ihn angesaugt. Nichts erblickte er von einer Verbalien-Packerei, wo er praktische Hinweise hätte anbringen können. Er landete unversehens, aber sanft, auf einem gläsernen Parkett. Es war mit Blitzmotiven blumenhaft gemustert, es leuchtete von unten durch Schrimmsens Hosen, so daß, wie Schrimms en face und en profil in Spiegeln sah, Umrisse kenntlich wurden. Das gefiel ihm nicht sonderlich, Die Spiegelwände reflektierten Schrimms zwischen Kübelpflanzen im Südsee-Palmen-Stil und zwischen lila Orchideengehängen (Kunst) und zwischen Saxophonen, Trompeten, Jazzbesen und Klavieren. Das gefiel ihm schon eher.

Endlich mal wieder unter Schrimmsen, dachte er. Und hallo, Richard, nicht so schüchtern, du bist ja nicht allein hier, OPEN THE DOOR, RICHARD.

Plötzlich legte die Kapelle los. Schrimms ahnte, es sollte eine Neger-Band sein, aber »die können hier nicht wissen, wie richtige Jazz-Musiker sein müssen, sie haben zwar den guten Willen, kennen die äußeren Merkmale, aber das KNOW HOW fehlt.«

Das Zimmer, die Spiegel dehnten es saalweit aus, saß voller schwarzer Musiker mit lilaseidenem Zylinderhut und lila Chrysantheme am Revers, doch Schrimms entging nicht, daß schwarzer Schweiß von den Gesichtern triefte und auf den Instrumenten schwarze Fingerspuren blieben.

Der richtige echte alte Jazz schien es auch nicht zu sein. Was die da spielten: ein bißchen zu militärmarschartig, zu preußisch, zu abgezirkelt, und wenn ein Saxophon aufsteht, denkt man, es hätte seinen Chorus wochenlang mit größter Anstrengung gebimst. Genau so muß er kommen, nicht anders. Improvisieren ist nicht. Und diese dicke Jazz-Mama singt ganz und gar vom Blatt, als wäre sie auf einem Podium in einem gebildeten Konzert, wo man nicht husten darf.

Trotzdem war Schrimms gerührt, er meinte an der Unvollkommenheit der Darbietung zu sehen, daß man ihm hier ein Fest bereiten wollte, ein Fenst nach Schrimmsens persönlichem Geschmack. Plötzlich erblickte er im Kübelpalmendickicht und zwischen Orchideengerank uralte Rumpelsachen aus seiner Jugendzeit. Den Leierkasten, der schnaufend sagte: Ich küsse Ihre Hand, Madame. Das Grammophon mit Lotos-Trichter, vor dem ein kleiner ausgestopfter schwarzweißgefleckter Terrier mit schiefem Kopf der Stimme seines Herrn lauschte. So viele Platten mit rundem aufgeklebten kleinen Terrierbild hatte Schrimms sich herumdrehen sehen: der Terrier hatte auf dem Bild vor einem Trichtergrammophon der STIMME SEINES HERRN gelauscht. Wessen Stimme da rauskam, der war so lange, wie sie krächzte, sein Herr gewesen.

Schrimms hatte sich vorgesponnen, auf jedem auf dem runden Aufkleber dargestellten Grammophon säße wieder ein kleiner Terrier und lausche der Stimme seines Herrn, HIS MASTER'S VOICE, und blicke dabei auf ein Grammophon, auf dem schon wieder, für Menschenauge nicht mehr sichtbar eine Platte läge, auf der ein kleiner Terrier der Stimme seines Herrn lauscht, die von der Platte krächzt, auf der ein weiterer kleiner Terrier der Stimme seines Herrn unweigerlich zu lauschen verurteilt ist.

Schrimms hatte sich damals gebremst, noch weiter in die unsichtbare Welt der kleinen Terrier und ihrer jeweiligen Herren einzudringen, das wird schon Mikrokosmos, das lassen wir mal lieber.

Hier freute er sich, seinen alten Terrier wieder zu erblicken, der ihn von allen Seiten en face und en profil treuherzig mit schiefgelegtem Kopf ansah.

Ein altes Kanapee entdeckte Schrimms, ein grünliches, mit Plüsch bezogen und einer Spitzendecke an der Rückenlehne, und Schrimms konnte nicht widerstehen, sich draufzusetzen, um nachzuprüfen, ob es so knarrte, wie Polstermöbel in Jugendzeiten knarren.

Gab es auch nur schwächliche Töne von sich, so dachte Schrimms, man muß hier über vieles hinwegsehen, aller Ehren wert ist schon, daß sie das Feingefühl besessen haben, derartige Musealien hierherzuschaffen. In denen steckt noch alte Erdverbundenheit, wenn sie auf sowas kommen. Natürlich können sie die Knarrtöne nicht erdecht nachbilden, aber daß sie es wenigstens versuchen.

Fast stiegen Schrimms Tränen in die Augen, als unvermutet der Leierkasten UNRASIERT UND FERN DER HEIMAT spielte und als die sogenannte Neger-Band das Ding sofort verjazzte, und als die

Jazz-Mama dem Unrasiertsein immer neue Fransen anzuhängen suchte.

Ein Bart von Tönen filzte sich durch den Saal. Schrimms dachte, »die« schrecken auch vor nichts zurück. Er lachte, schlug sich auf die Schenkel, und als mehr als ein Dutzend Kellner hereingeschaukelt kam, um jedem reflektierten Schrimms ein silbernes Tablett mit einer eisgekühlten Flasche Gurkenwein zu bringen, hatte er keine Wünsche mehr.

Aber er konnte die dicke Sängerin, die ihn so heftig anjazzte, und die schweißtriefend plötzlich zu ihm kam, nicht abweisen. Er bot ihr an, sich neben ihn aufs grüne Kanapee zu setzen. Sie lachte breitmündig, und Schrimms meinte, er müsse ihr vom Wein anbieten, auch etwas sagen müsse er natürlich, und er erzählte, wie er in Berlin mit Erna zu einer echten Neger-Jazz-Kapelle tanzen war. Ja, sagte er gefühlvoll, Erna, die war scharf.

Er hatte das eigentlich nicht sagen wollen. Bei uns da unten, das war ne *echte* Jazz-Kapelle, das waren *echte* Neger, und *Erna,* die war im Gegensatz zu Ihnen, liebe Dame, *scharf*. Das ist mir blöde rausgekommen. Ihm schien, die Saxophone wiederholten es von allen Ecken, ein bißchen meckernd, sich lustig machend, dagegen die Trompeten, mit gestopftem Maul, gaben es freudlos wieder.

Die Sängerin brach ein Südsee-Palm-Blatt ab und fächelte sich Luft, Schrimms sah die weiße Rinne, die Schweiß vom Busen zum Bauchnabel zog.

Schrimms murmelte, Sie haben es so gut mit mir gemeint, wie soll ich Ihnen danken. Dann ärgerte er sich, die Saxophone plapperten ihn nach, ich rede hier unsinniges Zeug. Ich meine, kunsthistorisch ist es eindrucksvoll, Sie sind sehr nett zu mir, Sie alle.

Er sah die grünen Kanapees mit Schrimmsen und dicken schwarzen Sängerinnen, die sich entfärbten. Er glaubte, er hörte seine innere Stimme sagen, SHUT UP, RICHARD, halt die Klappe.

Gestatten Sie, daß ich mich frisch mache. Die Sängerin sprang hoch und übergoß sich mit dem Gurkenwein, sie schüttelte sich, schwarze Tropfen spritzten aufs Kanapee. Sie saß mit einem Mal erschreckend neu vor Schrimms. Ihr rosa Busen erschien ihm euterhaft, die dunkelbläulichbraunen Augen kuhartig doof, die Haare brötchenfarben, mit festgebackenen Wellen.

Ein Trampel, dachte er, ne Heulsuse, die einem jeden Tag die

Stullen mit sentimentalen Tränen einsalzt. Kein bißchen scharfer Rettich, kein bißchen Pfeffer. Nur Salz, Salz, Salz, und das in wässerigem Zustand. So war auch ihr Geplärr, als sie hier vorgab, eine Jazz-Mama zu sein.

Sie sah ihn »typisch lieb« an, was Schrimms noch mehr verärgerte. Der sogenannte liebe Schmelzblick, der einem harten Mann das Herz erweichen soll. Und man wird die nicht los, ihr Hintern hat ein Schwergewicht, das klebt magnetisch auf jedem Kanapee und jeder Couch.

Schrimms konnte aber, er war auch unrasiert und fern der Heimat immer ein gentleman, die Frau nicht einfach sitzenlassen, nicht einfach stumm werden.

Fakt war, daß sie ihn abstieß. Sie war genaudieselbe Frau, die ihm zum Schluß in der BESCHUSS-Abteilung als Ganz-Porträt gezeigt wurde, und wieder fühlte Schrimms sich angehalten, sich wegen seines Urteils zu entschuldigen. So zwang er sich zu denken, daß diese brötchenfarbne Suse eine sehr gute Mutter wäre, anständige Frau, und schließlich *auch* ein Mensch, und vielleicht hätte sie verborgene Qualitäten, seelische und auch welche an einer Stelle, die ihr spitz ausgeschnittenes Kleid gerade noch versteckte.

Er sagte, plötzlich kam seine Stimme aus dem Saxophon, jetzt sehen Sie viel netter aus. Natürlicher. So ist Ihr wahrer Typ. Man sollte seinen wahren Typ nie übermalen. Man sollte ihn betonen.

Als Schrimms dies aus dem Mund ging, fand er, daß ihre rosa Brüste nicht simpel sauber, sondern wie mit Gurkenmilch hochglanzgescheuert wirkten. Sie sprangen aus dem Kleid. Schrimms rutschte die Bezeichnung DIREKT-TRINK-ANSCHLUSS in den Kopf. Er dachte, daß die Frau phantastische Erotik vorzuweisen hätte. Dann erinnerte er sich, als die Fonforma sagte, draußen gäbe es Gurkenfelder und Kegel, hätte er auch geglaubt, er sähe welche, und dabei sah er nicht einen einzigen Kegel, nicht mal den Umriß konnte er erkennen, doch plötzlich hatte er gesagt, er sähe ihn genau, beschrieb ihn noch, und als er ihn beschrieben hatte, da konnte er ihn sehen, und dabei könnte ich *jetzt* schwören, daß ich ihn *nicht* gesehen habe. Andererseits bin ich sicher, ich habe ihn gesehen, nur was den Zeitpunkt des Sehens angeht . . .

Schrimms sah die treuherzigen kleinen Terrier an, sie hielten ihre Tütenohren schräg, um ihm zu lauschen. Kam seine Stimme jetzt nicht aus dem Grammophon, dem Lotostrichter?

Es wäre gut, wenn hier ein Vorhang hinge, sagte die Frau, es wär diskreter, dezenter, intimer, hühühü.

Schrimms mochte kichernde und juchende Frauen nicht, dann sollten sie schon lieber singen. Aber die konnte eben nichts dafür, sie haben hier das richtige KNOW HOW nicht, die richtige Frau, die hier sein müßte, wäre die kleine Fon. Ja, Fon, die müßte kommen, mit ihren schicken Beinen und hochgestöckelt und vorn und hinten Goldbeschläge.

Er stand mit großer Mühe auf, tat ein paar Schritte auf dem gläsernen Parkett, vielleicht suchte ihn Fon, schwebte im Augenblick herunter, OPEN THE DOOR, FON.

Schrimms sah sich von unten durchgeleuchtet in den Spiegeln, und was er dabei feststellte, erschreckte und benebelte ihn, Gewehr über, dachte Schrimms.

Die brötchenfarbene Stimme kicherte, jetzt ist endlich ein Vorhang da. Das grüne Kanapee empfand Schrimms nun lila umschleiert, er konnte die Saxophone, Trompeten, Jazzbesen, Klaviere, die kleinen Terrier und die Schrimmse lilagetönt noch erkennen. Er hörte sich sagen, Ehrenwort, Süße, ich bin heilfroh, daß ich auf dich gestoßen bin, na.

Dann stoß man weiter, Richard, bist n toller Stoßer, Stoßtrupp, wa, alte Schule.

Nein, ich war Funker, sagte Schrimms.

Da hat es bei dir hoffentlich immer gefunkt.

Bei mir funkt es immer, hörte er seinen Mund todernst sagen. Er kaute die Worte, als ob er Radiergummi äße, der Mund schmeckt mir nach Ratzefummel, alles Gummi, er meinte, sein Gaumen klemmte, die Saxophone plapperten gaumig nach. Plötzlich war ihm so, als läge er in einer Pfütze eigenen Blutes, ihm wurde es schwarz vor Augen. Ein schöner Tod, dachte Schrimms, so einen soll sich GOETHE immer gewünscht haben, nach wild durchrastem Tanz, in etwa, zu einer echten Neger-Jazz-Band, in eines Mädchens Arm, in etwa.

Hallo, Herr Schrimms, wie geht es Ihnen, tief atmen, ein Gurkenschnäpschen, hallo, da sind wir wieder. Wir waren große Klasse, Kollege Schrimms.

Wir, fragte Schrimms benommen.

Natürlich *Sie*.

Schrimms blickte schwer benommen in ein kahles Zimmer.

Am Glasparkett (jetzt stumpf und grau) lag etwas Knisterwolle, vielleicht aus einem kleinen ausgestopften Terrierbauch. Die Spiegelwände vervielfachten ein schiefgerutschtes Schild, darunter Schrimms auf seinem Kanapee,

VERSUCHS-FONFORMEN – UNBEFUGTE HABEN KEINEN ZUTRITT.

Ihm sei das äußerst peinlich, sagte Schrimms, es sei nicht seine Absicht gewesen. Ich muß da Sachen losgelassen haben, die ich normalerweise nicht von mir geben würde. Woraus dann etwas folgte, was ich bedaure, weil ich es eigentlich nicht wollte, im Gegenteil. Eins wisse Schrimms ganz sicher, besoffen war er nicht, er habe von dem Gurkenwein nicht einen einzigen Schluck getrunken. Ich war stocknüchtern, meine Herren, in keiner Weise hei.

Das wissen wir, Herr Schrimms, das war die Vorbedingung für den Versuch, das wäre kein fachgerechtes FONFORMEN, wenn man das fonzuformende Objekt vorpräparierte, es dopte. Erlaubt sind kleine Einstimmer wie Grammophone, Andenken, nun, Emotionsvehikel individueller Art, doch werden sie in ihrer Wirkung dadurch aufgehoben, daß wir dem fonzuformenden Objekt Aufgaben stellen, die es *nicht fongeformt* nicht einmal widerstrebend übernehmen würde, die es grundsätzlich und total ablehnt, weil sie seinen Gefühlen entgegenlaufen.

Schrimms dämmerte, er sei auf seinem Kanapee ein fonzuformendes Objekt gewesen. Mir wurde etwas in den Mund gefonformt.

Was hab ich denn gesagt?

Sehr schöne Sachen, zum Beispiel: ich liebe, seit ich kann, Frauen mit großförmigem Busen, mit solchem, wie du hast, ich mag die dünnen eleganten Klapperziegen nicht, ich steh auf Kuh.

Das ist nicht möglich, Schrimms wußte aber alles noch. Er ließ es sich nur vorspielen, um sich zu vergewissern.

Und nicht nur das, Herr Schrimms, nicht nur verbal sind Sie gefonformt worden. Sie haben hier als Erster den zweiten Schritt gemacht. *Von der verbalen fongeformten Aussage zur fongeformten Tat.* Das ist ein großer Augenblick in unserer Forschung. Ja, Leuten etwas in den Mund fonformen, was sie dann verbal auswerfen und doch nicht tun, was nützt das schon? Das Äußerste, was wir bis jetzt fonformativ erreichen konnten, war, fongeformte Personen Schriftstücke unterzeichnen, Verträge, Aufrufe, schriftliche Stellungnahmen zu wichtigen politischen Ereignissen abgeben zu lassen, aber sie handelten nicht dementsprechend. Bei Ihnen wurde heute die fonforme Einheit SAGEN – TUN erreicht.

Aber das Denken fehlte, ich dachte immer nur das Gegenteil, ich war total dagegen. Schrimms hütete sich, das dem Institut zu sagen. Wenn sie nicht selbst drauf kommen, von mir erfahren sie es nicht. Ich sage denen nichts mehr. Ich weiß genau, ich dachte, als ich den Blödsinn sprach, das Gegenteil. Ich sagte Klapperziege und dachte, kleine flotte Fon, aber das sage ich *euch nicht*. Von jetzt an geb ich nichts mehr ab, ich reagiere nicht mehr für euch. Ich bin für euch gestorben. Ich hätte euch mit Tips gedient, wie ihr die Packerei verbessern könntet. Ich wollt es gratis machen. Aus Sympathie für euch in einer höheren Dimension mit euch zusammenarbeiten, nicht als Versuchs-Maus zu etwas herhalten, was meinem Schrimmsischen Charakter widerstrebt. Nein, keinen Gurkenschnaps mehr, meine Herren.

Sie formen also Worte, die Leute sagen wollen, um, sie legen ihnen andere in den Mund, und dies Verfahren ist schon weit gediehen. Schrimms mutmaßte, daß die Versuche mit den Verbalien und die Verbalien-Expedition der Vakuum-Röhren-Bahn mit dem FONFORMEN direkt zusammenhingen. Hier werden ungeheure Summen für die Fonformerei verschleudert, aber Schrimms sagt nichts mehr. Schrimms möchte jetzt nach Hause.

Schrimms fragte sich, wo sein zu Hause auf dieser Kugel sei, wo wohne ich, wo gehe ich hier »auf Station«, wenn Feierabend ist? Er knöpfte sich korrekt. Schrimms haut jetzt ab, geht stiften, verdünnisiert sich.

Aber Herr Schrimms, das Beste kommt noch: der GENERALWORTLER will Sie empfangen.

Schrimms möchte es nun einmal nicht, zu etwas kommandiert zu werden, Schrimms hatte sich, so weit er sich erinnern konnte, ununterbrochen kommandieren lassen müssen, hab mich in Tran gebracht, hab abgezogen, was die da oben wollten, die Vorschriften, die hab ich abgezogen, was die da oben wollten, die Vorschriften, die hab ich abgezogen, die Funkvorschriften, die Gewehrreinigungsvorschriften, die Marschiervorschriften, die Grußvorschriften, die Eisenbahn- und Röhrenbahnvorschriften, Beförderungs- und Lagerungsvorschriften, die Zollvorschriften, immer im Tran, Kollege, Kamerad, aber zum Puff abkommandiert zu werden, hatte Schrimms als erniedrigend empfunden.

Nicht wegen Erna. Soldat Schrimms ging im Krieg mit ruhigem Gewissen fremd, aber er ging privat. In mein Privatleben laß ich mir nicht fonformen.

Schrimms wollte voller Wut erklären, der GENERAL-WORTLER müsse auf ihn verzichten, Schrimms denke nicht daran, dort anzutanzen, damit die hohe Persönlichkeit Empfangsgelüste an ihm abhampeln könne. Er sagte aber wörtlich, die Einladung des General-Wortlers ehrt mich sehr.

Er dachte, sie ehrt mich überhaupt nicht. Er wiederholte, ich fühle mich geehrt. Er schmeckte Radiergummi in seinem Mund, der Gaumen schien zu klemmen, die fonen mich schon wieder form. Na, wenn sie es nicht lassen können. Die werden sehen, was sie davon haben.

18

Nachher hieß es im Hauskurier des Instituts für Sprachgebildebau und -nutzung, der General-Wortler habe Herrn Richard Schrimms zu einem persönlichen Gespräch empfangen, das eine halbe Stunde dauern sollte, sich dann aber auf drei ausdehnte. Es habe in einer warmen, herzlichen, offnen Atmosphäre stattgefunden, es seien Themen von beiderseitigem Interesse behandelt und neue Gesichtspunkte anvisiert worden.

Schrimms, dem der Hauskurier per Vakuum-Röhrenpost zuging, konnte auf einem metallic-Folien-Bild sich und den General-Wortler lieb zähnefletschend auf einem Sofa sitzen sehen.

Schrimms schnitt sich den Artikel aus und steckte ihn in seine Brieftasche. Belege kann man immer brauchen, auch wenn sie nicht ganz stimmen. Zum Beispiel war die Atmosphäre beim General-Wortler nicht warm gewesen, es zog in dem Empfangsraum, und herzlich ging es auch nicht zu.

Schrimms hatte keine herzlichen Empfindungen, als er auf dem geschwollenen Sofa saß, und offen ging es schon erst recht nicht zu.

Schrimms wußte, daß er bei dem Gespräch ununterbrochen gefonformt worden war, er dachte aber, ich kann belegen, daß der Herr General-Wortler unser Gespräch so wünschte, wie es laut Hauskurier gelaufen sein soll, und wenn es ihm auch nicht gefallen hat, ich habe den Beleg. Also bin ich beim General-Wortler gut dran, belegmäßig.

Schrimms fühlte sich erleichtert, als er feststellte, daß er gefonformt wurde. Er hatte vorher die Empfangsbeamten nach den Anredebräuchen beim General-Wortler befragt. Wie sind die Zeremonien, Kollegen?

Man hatte ihn beruhigt. Das funktioniert schon, Sie brauchen nur ein bißchen freundlich auszusehen, das Übrige läuft.

So konnte sich Schrimms aufs Beobachten und Schlüsseziehen konzentrieren, anstatt sich dauernd selbst zu kontrollieren, ob er nichts Unerwünschtes sage. Er dachte, insofern ist das Fonformen ganz brauchbar. Den Schaden hat dabei der General-Wortler, der nicht erfährt, was Schrimms beobachtet und schließt und wirklich denkt.

Ganz sicher war Schrimms nicht, ob sich der General-Wortler, um nichts Verkehrtes loszulassen, gleichfalls fonformen ließ oder sich selbst fonformte. So mußte Schrimms bei dem Gespräch nicht nur die erdenfremde Sprache (die konnte er nun schon im Schlaf) sondern die fongeformte erdenfremde Sprache übersetzen. Zumindest mußte er jeden Satz sofort auf dessen Fonformität hin prüfen.

Der General-Wortler sagte zum Beispiel in liebenswürdigem Ton, Sie arbeiten bei der Vakuum-Röhrenbahn-Expedition, das ist hochinteressant.

Schrimms meinte, er müßte übersetzen, ein Glück, *Sie* arbeiten da, und nicht *ich,* es muß da stinklangweilig sein.

Für nicht gefonformt hielt Schrimms den Satz: ich freue mich, weil Sie dem großen Ruf gefolgt sind und sich für unser Kugeltranszendentales Vorhaben zur Verfügung stellen.

Doch fand er es makaber, daß gerade dieser vom General-Wortler offen und ungefonformt ausgedrückten Meinung ein Irrtum zugrundelag.

Schrimms wollte sich keineswegs dem Kugeltranszendentalen Vorhaben (kurz KTV genannt) zur Verfügung stellen, er war keinerlei Ruf gefolgt, er war einfach zur VAKUUM-RÖHREN-BAHN versetzt worden, aber selbst wenn er während des Gesprächs mit dem GW (so kürzten die Empfangsbeamten den General-Wortler) nicht fongeformt gewesen wäre, hätte er diesen Irrtum nicht berichtigt.

Schrimms meinte immer schon, zu detailliertes Aufklären der Vorgesetzten schade, zumal sie allzu großer Genauigkeit nervlich nicht standhielten und alles durcheinanderbrächten.

Immerhin führte sich der General-Wortler taktvoll auf, indem er Schrimms bei dessen Eintritt in den Empfangssaal von der Vervielfachung befreite. Jetzt mal die blöden Spiegel weg, sprach er, als Schrimms in hoher Auflage im Saal herumstand, er aber als edles Einzelstück auf seinem Sofa saß, ich spreche hier zu keiner Volksversammlung.

Schrimms kapierte gleich, der GW wollte andeuten, er sei »nicht so«, und »auch nicht mit allem einverstanden«.

Der GW meckerte sodann am Essen, das zwischen ihn und Schrimms gefahren wurde. Das Röhren-Ferkel, igelhaft gespickt, war ihm nicht knusperig genug. Das können wir Herrn Schrimms nicht anbieten, und sollen diese zähen Pappdeckel etwa Schlangenmedaillons darstellen, die sind wohl noch vom vorigen Jahr. Und auf dem Gurkencocktail entdeckte er eine Schicht von Staub.

Schrimms fragte sich, ob diese Sätze zum ständigen Zeremoniell gehörten, zumindest sah er durch den Türspalt bereits den neuen Eßwagen, austauschbereit.

Beim Essen legte der GW Schrimms selber vor. Ja, lieber Freund, wir werden eines Tages davon abkommen, so große sperrige Verbalien zu verschicken, sie werden immer kleiner, die neueste Verbaliengeneration nimmt bereits Mikro-Formen an, aber auf Ihre Hilfe werden wir trotzdem nicht verzichten wollen, es geht dann eben um diffizile, höchst subtile Spezialtransporte, Fonform-Spezial-Transporte, wir werden dann das durchgängige Fonform-System besitzen, an dessen Anfang wir erst stehen und das die wesentliche Voraussetzung für unser großes KTV bedeutet, das wiederum aufs engste mit den Gegebenheiten des Lebens auf dieser Kugel verbunden ist. Und die Gegebenheiten, Sie werden das bemerkt haben, sind außergewöhnlich und kompliziert. Wozu darum herumreden, wir müssen unter der Kugeloberfläche leben, verwalten, lernen und notgedrungen auch produzieren, weil unsere Temperaturen nicht nur extreme Gegensätze zeigen, sondern auch selbst extrem sind. Nachts müßten wir erfrieren, tags zerschmelzen, wenn wir die Tunnelexistenz aufgeben wollten. Aber Tunnel- und Röhrendasein, das ständige Unter-Platten-Hausen, das Helmtragen, die Schutzanstriche, Schutzanzüge sind lästig und deprimierend. Ein Wesen, das sich dauernd in Höhlen aufhalten muß, kann sich nur schwer zu einem höheren Lebenssinn aufschwingen. Das Selbstbewußtsein leidet. Schließlich glaubt man, nichts weiter als ein Höhlenwurm zu sein. Wir können aber die realen klimatischen Verhältnisse nicht ändern, sie sind nun einmal so, und unser Leben wird sich auch weiter unteroberflächlich vollziehen müssen. Da wollen wir uns gar nichts vormachen. Wenn man von diesen besonderen Bedingungen ausgeht, haben wir uns hier proportional höher hinaufentwickelt, als beispielsweise, entschuldigen Sie, die Erdbewohner mit ihren günstigen Bedingungen. Ich greife sicher nicht zu hoch, wenn ich unserer Entwicklung Beispielcharakter beimesse. Eine solche Entwicklung wie bei uns könnten die führenden Persönlichkeiten der Erde ruhig anvisieren. Aber sie bringen weder das Interesse noch die Energie auf, es geht der Erde real-klimatisch noch zu gut. Aber sehen Sie, es hat sich hier bei einigen Leuten ein Bild der Erde in den Köpfen festgesetzt, als ob dort tüchtigere, intelligentere Lebewesen wohnten als bei uns. *Wir* seien nichts, *wir* brächten nichts. Das kann man immer wieder hören. Ja, unser Durchschnittsselbstbewußtsein befindet sich auf einem niederen Stand. Neuerdings stellen wir pessimistische Tendenzen hinsichtlich unserer Perspektive fest. Es wird geunkt, wir könnten bald nicht mehr das unteroberflächliche Wurmdasein sichern. Dies sind natürlich gezielte Emissionen, wir wissen wohl, woher die kommen. Und sie sind leicht zu widerlegen. Mit wurmartigen Existenzen kann man uns wirklich nicht vergleichen, schon biologisch-strukturell nicht. Wir zählen wissenschaftlich nachgewiesen zur großen Säuger-Gruppe der sogenannten Menschler, Familie intelligente Unteroberflächensiedler. Unsere wissenschaftlich-technische Entwicklung ist kosmisch zwar nicht absolute Spitze, aber solide Vorderklasse, und unsere Fonformentwicklung sucht kosmisch ihresgleichen. Aber es wird im Kosmos-Maßstab nicht von uns gesprochen. Erwähnt wird Kugel 38, manchmal auch Kugel 37, wir sind die Kugel 37 a. Uns übergeht man. Auswärtige Gäste landen auf Kugel 38. Dort spielt das öffentlich bekannte Leben, dort wird Raumpolitik gemacht, und wenn ein Schiff vorbeirauscht und etwas Nennenswertes abwirft, dann selbstverständlich auf die Achtunddreißig, und eines Tages, man hat schon probeweise damit begonnen, wollen die Achtunddreißiger uns als Müllabladeplatz benutzen, einfach den Abfall auf uns schießen, damit der hier verbrennt. Müllstern, die Perspektive hat man uns zugedacht. Oder man will uns aus verkehrstechnischen Gründen aus unserer Bahn lösen und uns auf einen anderen, abgelegeneren Kurs schicken. Denn niemand hat an unserer Höherentwicklung ein Interesse. Wir stören nur. Man findet uns auf keiner Kosmos-Karte. Wir laufen unter Kugel-38-Gruppe, ohne speziell genannt zu werden. Mancher fragt sich, ob wir in seinem Kosmos-Atlas ein kleiner Dreckpunkt sind, und er versucht uns abzukratzen, abzuradieren. Wenn das nicht geht, vermutet er, wir wären ein Spritzer Druckerfarbe. Aber wir stören. Und da liegt unsere Stärke. Das ist der Ausgangspunkt. Jawohl, wir stören. Und müssen noch viel mehr stören. Wir waren bisher zu bescheiden, wir haben still gearbeitet, jetzt muß man von uns reden. Wir stören jetzt bewußt. Das ist kein destruktives Stören, Herr Schrimms, und darum wollen wir es Aufstören nennen, *aufstören,* das ist aufrüttelnd, positiv vorantreibend, wir sind wer, wir machen uns bemerkbar, wir senden unsere Sprache in den Raum, wir haben eine eigene Sprache der Kugel 37a entwickelt, die mit den Sprachen der übrigen Achtunddreißiger Gruppe nichts zu tun hat. Sie, Herr Schrimms, sind das erste vernunftbegabte Wesen im Kosmos-Maßstab, das auf die Sprache reagiert hat und das sie übersetzen konnte.

Ja, dachte Schrimms, und ihr habt mir mein schönes Jazz-Programm von Southern Hopeless Island kaputtgemacht. Er sagte aber, es war mir eine Freude, Herr General-Wortler. Es war hochinteressant. Wenn ich mir aber einen Vorschlag erlauben dürfte, ich würde der hochverehrten Kugel 37 a einen würdigen Namen geben, keine Nummer, einen wohltönenden, beflügelnden, nun einen aufstörenden Namen, sonst klingt es ja wie ferner liefen. Schrimms war sich nicht bewußt, daß dies sein eigener Vorschlag sei. Gefonformt, dachte er, das sollte hier so kommen, die brauchten eine Stimme aus dem Volk.

Ihm fiel auf, daß ihn der General-Wortler nicht zuende sprechen ließ, sondern ihm lobend übern Mund fuhr. Ausgezeichnet, Herr Schrimms, eine ausgezeichnete Anregung, wir werden sie sogleich befolgen.

Schrimms dachte, ihr habt den Namen ja schon in der Schublade.

Der General-Wortler geriet in Fahrt. Wir könnten hier ganz ruhig und unauffällig vor uns hin leben, gewissermaßen glücklich, und es gibt Meinungen, das sei das Beste, Bekanntsein bringe uns nichts ein. Aber kann man hier überhaupt in Ruhe vor sich hinleben, und ist das unser Stil? Von Anfang an war unser Dasein auf dieser Kugel ein harter Kampf, wenn nicht sogar manchmal ein Krampf. Wir wissen nicht, wie unsere Vorfahren auf diese Kugel geraten sind. Vielleicht sind sie von einer Kosmos-Straße abgekommen. Während die anderen sich auf der Achtunddreißig niederließen, wurden unsere Ahnen auf dieses klimatisch unwirtliche und an sich nicht besiedelbare Ding versprengt. Wir wissen es nicht zuverlässig. Eins aber ist gewiß, von allen Siedlern hatten sie die schlechtesten Voraussetzungen. Sie mußten mühselig die Tunnel graben. Sie mußten Material für Schutzplatten aus den vorhandenen inneren Kugelreserven fördern. Und fast zwei Drittel aller Pioniere des ersten Jahrtausends kamen beim Bau der Tunnel um. Und dauernd mußten unsere Vorväter den Leuten von der Achtunddreißig, die sich ihre Beschützer nannten, hohe Abgaben zahlen. Teuer mußten sie Samen für Milchgurken und Zuchttiere für Röhrenferkel und Hornschlangen kaufen. Da wurde ihnen nichts erlassen, und viele, die nicht umkamen, verschwanden mit selbstgebauten Raumgondeln. Die wahren Pioniere im Achtunddreißiger Gebiet sind wir, Herr Schrimms, die wahren Leistungen, weil *unmenschlerisch*, wurden *uns* abverlangt. Das müssen wir historisch manifestieren. Jetzt gehen wir endlich daran, unseren Platz in der Kosmosgeschichte deutlich herauszumeißeln.

Schrimms hob in diesem Augenblick das Glas, er wollte prost sagen. Gefonformt kam heraus, das große Kugeltranszendentale Vorhaben, es lebe hoch.

Ich danke Ihnen, für Ihre vornehme Gesinnung.

Schrimms hatte das Stichwort für weitere Ausführungen des GW gegeben. Der Tisch war abgegessen. Die beiden Herren nahmen auf dem Sofa legere Haltung ein.

Schrimms schätzte den General-Wortler auf fünfundsiebzig, er hatte einen langgezogenen Schädel in Eiformat, vollkommen haarlos, mit rosa Kopfhautlack bestrichen. Sein Kneifer, randlos, funkelte auf einer krummen Vogelnase, und alle seine Zähne strahlten wie frisch aus der Zahnboutique geholt. Der hagere Körper des General-Wortlers war klapprig-elegant, kein Bauch, kein Buckel, alle Knochen und Sehnen ordentlich sortierbar, was Schrimms durch das Gewand, die Kutte, den Kimono, na, eben diesen Intelligenz-Schlafrock, in den der General-Wortler sein körperliches Sperrgut hüllte, erahnen konnte.

Das Kugeltranszendentale Vorhaben, mein lieber Schrimms, ist dazu angetan, über unsere kleine Kugel unübersehbar in den Kosmos hinauszuweisen. Fort mit dem Wurmbewußtsein. Immer höher steigen. Das KTV stellt unsere materiell gewordene Höherentwicklung dar, zunächst abstrakt, es soll für alle Kugel-37-a-Bewohner ein geistiges Höchstbauwerk darstellen, in dem sich Stolzgefühle manifestieren können.

Schrimms hätte gern gewußt, wie dieses Bauwerk aussehen sollte, wozu man es benutzen könnte, ob man drin wohnen wolle, drin produzieren oder nur registrieren, ob es vergleichbar mit dem Turm zu Babel sei, er sagte aber, auch er sei jetzt schon stolz, denn seine Wahlheimat sei ja die Kugel 37 a, die bald schon einen würdigeren Namen tragen solle. Er dachte, du meine Güte, Wahlheimat, ich bin hierher versetzt, Wahlheimat, darauf wäre ich nie gekommen. Ganz gut, wenn man gefonformt wird.

Er hatte das Gefühl, vom General-Wortler, so sehr der sich am KTV begeisterte, wobei der Kneifer auf seiner Vogelnase wippte, ging Kälte aus, gruftartig. So dachte Schrimms. Und der GW ist ganz mit einem Anti-Korrosions-Lack überzogen, der hält sich so noch hundert Jahre. Nicht alle unsere Einwohner, erklärte der GW, verstehen heute schon, was KTV bedeutet, und darum müssen wir bei ihnen verbale innige Beziehungen zu dieser großen Sache wecken. Das KTV-Bewußtsein. Sie können, was sie für das KTV empfinden, natürlich nicht in vollem Umfang artikulieren. Oder sie artikulieren ohne Sachkenntnis. Oder sie quatschen einfach dummes Zeug. Und da, Herr Schrimms, setzt unsere Fonform-Methode ein. Das Fonformen gibt unseren Tunnelmenschlern die nötige Artikulationshilfe. Es ist eine soziale Einrichtung, Herr Schrimms, und weist gleichzeitig, kugeltranszendental . . .

Ja, sagte Schrimms, sehr wahr. Er merkte, er war zu früh gefonformt worden. Die Leute hier beim General-Wortler, die wollen Feierabend machen, die kürzen uns jetzt ab. Die werfen uns schnell was in die Münder, was nach ihrer Meinung paßt. Die greifen einfach Mikro-Verbalien oder was sie für Dinger da in ihrer Kiste haben, die wir schon mal im Munde hatten. Das große Kugeltranszendentale. Es lebe. Die wahren Pioniere, sind wir, Herr Schrimms. Unmenschlerische Leistungen. Fort mit dem Wurmbewußtsein. Ich bin auch stolz. Es ist mir eine Freude. Ich danke Ihnen. Ein geistiges Höchstbauwerk. Es lebe hoch.

Am Ausgang des Institus fiel Schrimms zu spät ein, nach der Fonforma zu fragen. Todmüde, fühlte er sich innen hohl. Immerhin war der General-Wortler so aufmerksam, ein Schwebzeug für Schrimms bereitzustellen, das ihn zur Vakuum-Röhrenbahn-Station beförderte. Das Telefeuer versank gerade in einem Nebelhaufen.

19

Die Arbeitsstelle bei der Röhrenbahn ist eleganter und technisch raffinierter, die Atmosphäre elektronisch. Meine Kollegen hier, die bin ich selbst. Aber wo gehe ich nach Feierabend hin, und woher kriege ich die scharfen schwarzen und weißen Rettiche, die scharfen Eiszapfen, wo ist mein Garten? Mit meinem Feierabend stimmt etwas nicht, der Feierabend ist ein Loch, ein Nichts, wenn hier die Klappe für Feierabend runterrutscht, ist Schrimms als Arbeitswesen nicht vorhanden. Die Arbeit ist auch nicht vorhanden. Aber wo hält sich Schrimms inzwischen auf? Wer weg ist, muß woanders sein. Hier gibt es kein Woanders.

Das einzige Mal bin ich in ein Woanders eingestiegen, als ich mit Fonforma zum Pik der letzten Hoffnung fuhr und in das INSTITUT geraten bin. Das war kein wirkliches Woanders. Vom Institut will Schrimms auch Feierabend haben, er will in eine andere Dimension entschwinden, wie früher »auf Station«, wo er den ekelhaften Vorfall vergessen kann, die Vergewaltigung, bei der die kleinen Terrier Pate standen, und Schrimms in seinem eigenen Blut zu schwimmen glaubte. AUSSAGE – TAT, jawohl, und das bedeutet, daß Schrimms erklärt: der Arbeits- und Abgabe-Schrimms soll nicht der wahre Schrimms sein, Schrimms' wahres Leben soll extra laufen, und Schrimms betreibt das jetzt.

Und wenn ich keinen Garten habe, wo ich nach Feierabend Rettiche und Mohrrüben zum Beispiel ernten kann, bin ich in dieser Vakuum-Röhrenbahn-Gepäck-Expedition nicht wirklich. Ich bin nicht da, wenn ich nicht weg sein kann. Und diese schlappen Gurken in wasserdichter Folie, die mich an meinem Arbeitsplatz zur Frühstückszeit heimsuchen, kommen für mich von nirgendwo. Es würde vielleicht einen anderen als Richard Schrimms beruhigen, daß sie einfach geliefert werden, er würde unbedenklich Scheiben von ihnen runtersäbeln. Aber sind es auch richtige Gurken? Milchgurken, labbrig, meinetwegen. Aber richtige? Zumindest solche, die Schrimms selbst eingepackt, selbst ausgesucht hat? Und woher kommt der Saft in die pompöse Kanne mit Direkt-Trink-Anschluß?

Zunächst muß mal ein Garten sein. Schrimms hatten immer

Leute leid getan, die keinen Garten ihr eigen nannten und auch nicht nennen wollten. Er meinte, sie wären vom Leben abgetrennt, in ihnen ströme weder Saft noch Kraft. Vorwürfe, Schrimms weiche als Kleingärtner den gesellschaftlichen Problemen aus, flüchte vor ihnen hinter seinen Zaun, und seine geistige Welt sei die der Gartenzwerge, ja, er sei beinah asozial, derartige Vorwürfe belächelte Schrimms nur, er diskutierte gegen sie nicht an, er schnitt sich eine Rettichscheibe ab und kaute sie genüßlich.

Ich müßte hier einen Antrag auf einen Garten stellen. Er wußte aber nicht an wen. Da unten hatte ich das Eisenbahnerblättchen, da hätt ich eine Anzeige aufgeben können.

Suche Kleingarten mit ausbaufähiger Laube.

Wahrscheinlich hätte ich dadurch den Garten nicht erhalten, es hätte aber ein Kollege sterben können, umziehen, nach drüben gehen, und dessen Garten hätte ich übernehmen können.

Schrimms fand es unerträglich, daß bei der Vakuum-Röhrenbahn kein alter oder kränklicher Kollege vorhanden war. Es wurde zwar von Schrimmsens Vorgänger geredet, doch hatte Schrimms ihn nie gesehen.

Jemand, zum Beispiel in der Röhrenbahn, ganz einfach anzusprechen, getraute Schrimms sich nicht, zumal er sich nicht sofort sicher war, ob er den originalen Mann ansprach oder eins seiner Spiegelbilder. Die Gesellschaft scheint hier so zu sein, daß man Anträge stellen muß, entschied er, aber man sollte dann auch wissen, an wen und wo. Er überlegte noch, ob er sich bei dem Mann erkundigen sollte, der ihn nach Feierabend ablöste, er hatte ihn noch nie gesehen. Hier löst mich keiner ab, ich habe hier keinen richtigen Feierabend, weil ich ja auch nicht wirklich da bin.

Als sich das Schiebefenster schloß, die Uhr formal auf Feierabend zeigte, hatte Schrimms das Gefühl, er löse sich in Nebel auf, in einen lila Nebel mit etwas Goldstaub.

Ich habe Feierabend, sagte er mit schwacher Stimme, ich will jetzt gehen. Er tastete nach seinem Schultersack, er tastete und konnte nichts Greifbares in seine Hand bekommen.

Die Klappe hob sich wieder, und wieder stand vor Schrimms ein Stau Gepäckabgabewilliger, und wieder dachte Schrimms, wenn ich hier einen Garten und eine Laube hätte, wenn ich mir mein Gemüse selber bauen könnte, würde ich es nicht zu sehr gießen, ich würde festere Gurken züchten mit herzhaftem Geschmack. Vor allem aber Rettiche, weiße, längliche, schwarze, kegelförmige, deren Saft auf der Zunge brennt.

Als die Rohrpost den Hauskurier des INSTITUTS mit dem Bericht von Schrimmsens Empfang beim General-Wortler ausspuckte, den Schrimms sich ausschnitt und später über seinem Arbeitsplatz anpinnte, überlegte Schrimms, ob er, der beim GW so glänzend angeschrieben zu sein schien, nicht einen Brief an diese führende Persönlichkeit abschicken sollte.

Hochverehrtester Herr General-Wortler, das ist zu schwach, das klingt nach nichts.

Ihre general-wortlerische Superkapazität, das kam Schrimms zu gewagt vor. Der GW könnte denken, er wolle ihn verscheißern.

Schrimms fühlte sich gehemmt, mußte er doch annehmen, daß der GW kostbare Verbaliensammlungen besaß, wie sollte Schrimms da brieflich (ungefonformt) Eindruck machen? Im ordinären Normalton das Ding beim Namen nennen, schien Schrimms bei dem GW nicht möglich, und ihn mit Exzellenz anreden schien auch verfehlt, es klänge klapprig, es würde scheppern wie ein Dutzend metallic-Orden. Der General-Wortler trug aber keinen einzigen Orden auf der Brust. War ihm der Schrimms-Empfang nicht ordenswürdig? Schätzte er Orden nicht? Oder war das metallic-Material auf Kugel 37 a verknappt? Sollte es nur dem Kugeltranszendentalen Vorhaben zur Verfügung stehen?

Schrimms dachte, schon mit der Anrede kann man den ganzen Brief verderben, und manche Leute sind so piesepamplig, daß sie nicht weiterlesen, wenn ihnen eine Anrede mißfällt. Manche sind so empfindlich, daß sie das Ausrufezeichen nach der Anrede nicht ertragen können, fühlen sich angeschrien, ankommandiert: stillgestanden! herhören! Andere finden ein Ausrufezeichen besonders menschlich, es könnte einen Hilferuf bedeuten, ein armes kleines Würstchen wendet sich hilfeflehend an eine führende Persönlichkeit, manche mögen hinter der Anrede lieber ein Komma, sie behaupten: es liest sich leiser, es wirkt wie einfach hingeredet, man spricht da jemand im Vorübergehen an, ach, lieber Freund, was ich noch sagen wollte . . .

Nein, dachte Schrimms, so hingenuschelt geht das nicht. Ausrufezeichen muß schon sein, sonst hat das Schreiben von Anfang an nicht Saft noch Kraft. Da er nicht darauf kam, wie er den General-Wortler anreden sollte, beschloß er, darauf zu verzichten.

Nehmen wir einfach das *Betrifft*, stimmt immer. Aber *was* sollte sein Schreiben denn betreffen, welche Be-inhaltung war dem *Betreff* wohl zuzuweisen?

Na, einfach, dachte Schrimms, daß ich mich zu meiner Arbeit nicht gerüstet fühle, wenn ich nach Feierabend mich nicht in einem eigenen Garten erholen kann. Was heißt erholen? Ich will im Garten ja nicht faulenzen, wie der GW beim Wort »erholen« denken könnte, ich schreibe lieber: *aktiv* erholen und einen Teil zu der Versorgung der Bevölkerung von Kugel 37 a beitragen kann, indem ich *Nutzgemüse* züchte, wobei ich mich zu hohen Erträgen im Sinne des Kugeltranszendentalen Vorhabens verpflichte. Kugeltranszendentales Vorhaben *muß* rein. Wenn was der Dollpunkt von *denen* ist, dann muß es überall erwähnt werden, auch wenn es mit der Sache nichts zu tun hat, die Sache, hier der Garten, scheint denen sonst bedeutungslos, sogar verdächtig, kugeltranszendentalesvorhabenfeindlich, KTV darf nicht fehlen. Aber wenn ich hier schreibe, einen Teil zur Versorgung der Bevölkerung beitragen, indem ich Nutzgemüse züchte, was übernehme ich mir da, wozu verpflichte ich mich leichtsinnigerweise? Ich muß es so ausdrücken, daß dieser Teilbeitrag zu der Versorgung der Bevölkerung sich nur auf Richard Schrimms bezieht. Ich müßte klarstellen, der Schrimms versorgt sich selbst, aber wie kriege ich das alles in den *Betreff*? Denn der muß kurz und bündig sein und gleich ins Auge springen. Ich müßte ausdrücken: ich brauche einen Garten, Gartenaktivität fördert bei mir die Qualität der Arbeit, und wenn ich keinen Garten habe, kommt mir verbalienmäßig nichts von der Zunge. Das klingt erpresserisch. Ich schreibe also an das Büro des General-Wortlers

Betreff: Antrag auf Erteilung der Genehmigung auf Zuweisung eines Gartens von ca 100m² zwecks Restaurierung der Arbeitsabgabekraft des Antragstellers und zur Entlastung der öffentlichen Milchgurkenproduktion zur Abdeckung des Bevölkerungsbedarfs mit Nutzgemüse.

(Hier etwa Gurken, Rettiche und Möhren aufzuzählen, hielt Schrimms für einen Antrag zu weitschweifig und zu genau und für zu wenig bedeutungsschwer. Die Frage, ob es auch Nichtnutzgemüse gab, verdrängte er, es würde das schon geben; zum

Beispiel Blumen, die waren Ziergemüse).

Das einzige Wort, das Schrimms noch unpassend erschien, war die Bezeichnung *Garten,* darunter können die sich im GW-Büro nichts vorstellen. Garten, so etwas kennen die hier nicht; selbst angenommen, die ahnen, was ein Garten sein könnte, dann sagt der Ausdruck Garten nicht genug, so einfach *Garten* zwischen bedeutungsklare Wörter setzen wie Abdeckung des Bevölkerungsbedarfs, Arbeitsabgabekraft, Entlastung der öffentlichen Milchgurkenproduktion (vielleicht sagt man verständlicher biologisch begründete Nahrungsgüterproduktion in Gurkenform mit Emulsionsinhalt), aber bei einem simplen Wort wie Garten wüßten *die* nicht, was Schrimms ausdrücken will. Näher würde der Sache kommen: eine rechteckige oder quadratische Kugel-37-a-Bodenfläche von etwa 100 m^2 zur kultivierenden persönlichen Bearbeitung mit Orientierung auf Erzielung von Naturalerträgen, in Klammern Nutzgemüse.

Ja, dachte Schrimms, so wäre es begreiflicher für die.

Als er den Briefinhalt, den der BETREFF kennzeichnen sollte, hinschreiben wollte, blieb ihm nichts übrig, als den BETREFF zu wiederholen. Da stand nach seiner Ansicht schon alles drin. So schrieb er:

Bezugnehmend auf Vorstehendes stellt Unterzeichneter den Antrag auf Erteilung der Genehmigung auf Zuweisung einer rechteckigen oder quadratischen Bodenfläche von etwa 100 m^2.

Als er den ganzen BETREFF abgeschrieben hatte, bemerkte er, daß er die Laube nicht erwähnt hatte.

Schon richtig, alles nach und nach, und immer sachte, nicht gleich so happig, man muß sich was für einen neuen Antrag aufsparen. Der Mensch muß immer was zu beantragen im Kasten haben. Er präzisierte noch: eine rechteckige oder quadratische *umzäunte* bzw. *umgrenzte* Bodenfläche.

Als er den Brief der Rohrpost übergeben hatte, fiel ihm ein, daß er, falls seinem Antrag entsprochen würde, verpflichtet wäre, wieder zur Abgabe von Verbalien zu erscheinen. Die geben mir den Garten, und später halten sie mir vor, was sie für mich getan haben. Nanu, Herr Schrimms, was kommt denn da für eine verkümmerte Verbalie, die ist ja total holzig, und dabei haben Sie vom Institut für Sprachgebildebau und -nutzung ein wunderbares umgrenztes Bodenrechteck geschenkt erhalten, um Ihre Abgabepotenz zu steigern.

Schrimms' einzige Hoffnung blieb, der Antrag würde sich antragsgemäß verhalten und unaufhörlich laufen. Solange seinem Antrag nicht stattgegeben wäre, brauchte Schrimms vielleicht nicht zur Abgabe, er könnte immer sagen, ich habe meinen Antrag laufen, da ist was in der Schwebe.

20

Der Hauskurier des Zentralen Instituts für Sprachgebildebau und -nutzung, dem Schrimms das Bild und den Bericht von seinem würdigen Empfang beim General-Wortler entschnitten hatte, schien nicht nur dieses einen Berichtes wegen an Schrimms geschickt worden zu sein. Periodisch schoß die Rohrpost Kurier-Rollen auf Schrimmsens Pult. Soviel er darin blätterte, er fand kein einziges Mal mehr seinen Namen, weder allein noch in Beziehung zum General-Wortler gesetzt, noch entdeckte er ein Zitat, das von Schrimms stammen konnte.

Der Kurier atmete schläfrige Wissenschaftlichkeit. Ab und zu unterbrach ein lila Wortband das Grau in Grau der Text-Kolonnen: ES LEBE DAS KUGELTRANSZENDENTALE VORHABEN. Manchmal lockerte graphische Darstellung das Grau durch Numeriertes, Schraffiertes, Schematisiertes ein bißchen auf.

Schrimms, der in Ermangelung eines anderen Mediums reinsah, rollte die Blätter jedesmal enttäuscht zusammen. Er übergab sie anfangs seufzend und schließlich nur noch tonlos der Abfallabsaugröhre, die praktischerweise neben der Rohrpoströhre stand.

Zunächst hatte Schrimms gemutmaßt, man wolle ihn, da er einmal beim General-Wortler glänzend empfangen worden war, und auch aufgrund der beispielhaften Abgabeleistungen, die er hervorgebracht hatte, in einen höheren Kreis aufnehmen, den Kreis der Hauskurierempfangsberechtigten, doch da sich nichts in dem Kurier auf ihn bezog, nichts drinstand, was er praktisch hätte anwenden können, und nur auf Sachen angespielt wurde, die jemand kennen mußte, wenn er verstehen wollte, worum es ging, die Schrimms jedoch nicht kennen konnte, zum Beispiel »gewisse Emissionen gewisser Existenzen«, die nie genannt, aber mit langen grauen Zeichenbändern behandelt und in sie eingewickelt wurden, weil also Schrimmsens Meinung nach in dem Kurier NICHTS drinstand, sagte er sich, daß er in einen gewöhnlichen Mechanismus geraten sei.

Er blickte jedesmal trübsinnig und mitleidig die Marschblöcke der grauen Zeichen an, aus denen selten größere, fettere, dunklere Zeichen ragten.

Einmal las er

KURZER LEHRGANG DES FONFORMISMUS (A), er mutmaßte, A bedeute: für Anfänger. Er hoffte, Praktisches zu entnehmen, aber es schien erst eine philosophisch-moralische Grundlage zu sein, es wurden da gesellschaftliche Notwendigkeiten, ethische Forderungen und die Verdienste des General-Wortlers um den modernen Fonformismus beschworen.

Trotz der Schläfrigkeit, die ihn nach diesem Studium befiel, nahm er sich vor, auch noch die Fortsetzung des KURZEN LEHRGANGS DES FONFORMISMUS (A) durchzuforsten.

Da fiel sein Blick auf eine zeichnerische Darstellung, die ihn vom Text ablenkte. Sie war stromlinienförmig, kurvig.

Schrimms dachte gleich, obwohl dafür kein Anhaltspunkt vorlag, an die geschwungenen Kurven eines Frauenkörpers, vielleicht sogar des Körpers der kleinen flotten Fon, wenn die ihr Cape ablegte. Doch war der Körper nur ein Torso, armlos, beinlos und kopflos. Oben befanden sich statt eines Halses zwei ziemlich schmale Röhren, unten lief er schwanzähnlich aus. Schrimms las, der Vorgang des ursprünglichen Fonformens sei mittels wissenschaftlicher Projizierung auf labortechnischer Basis synthetisiert worden. Die Methode habe in einer Struktur-Übertragung der magneto-fonformistischen Mikro-Zellen, des Speichers, der Saug- und Strahlkanäle, siehe Abb. 1, bestanden.

Bei dem kurvigen Körper handle es sich um eine Nachbildung des ursprünglichen in der Natur vorkommenden Fonformismus.

Der dünne Doppelhals bestehe

a) aus dem Absauger (Saugmagnetismus) und

b) aus dem Einstrahlkanal (Strahlsender).

Der Autor des KURZEN LEHRGANGS empfahl, sich diese Details fest einzuprägen. In der nächsten Fortsetzung müsse er mit Riesenschritten vorwärtsgehen.

Die Fortsetzung führte graphisch einen sogenannten ursprünglichen Fonformismusträger vor. Er besaß Umrisse eines Menschen bzw. Menschlers, wie es in dem Artikel hieß. Schrimms dachte, einer Menschlerin, womöglich sind es die Umrisse von Madame Fonforma, Fonforma-Querschnitt im Profil.

Innen befand sich der kurvenförmige Fonformismus, dessen Nachbildung Schrimms schon kannte, er war dicht angefüllt mit wasserflohartigen Existenzen, die als Mikro-Verbalien, mit herkömmlichen Elektronenmikroskopen nicht erkennbar, bezeichnet wurden. Es sei der Mikro-Fonformismus nativus. Die Doppelhälse führten

a) zur Saugöffnung, kurz Mund genannt, und
b) zum Strahlausender, als Auge kenntlich.

Der graphisch dargestellte Fonformismus-Träger befand sich, wie es hieß, in Ruhestellung.

Hals a) war lila, Hals b) hellrosa eingerandet. Die Mikro-Verbalien im Fonformismuskörper (auch Speicher genannt) bildeten eine lilarosa Mischung.

Schrimms prägte sich den Anblick des Fonformismus nativus in Ruhestellung (I) so fest wie möglich ein.

Zum Frühstück nahm er sich Kapitel II, Fonformismus nativus in Aktion, vor. Die Saugöffnung, kurz Mund genannt, war auf der Zeichnung rund wie ein Kannen-Trink-Anschluß hervorgetreten, und lila Wasserflöhe (Mikro-Verbalien) strömten durch ihn in den Absaugkanal, von wo sie in den Speicher traten und sich mit der vorhandenen Verbalienmasse mischten, wie es Schrimms schien.

Wo kamen aber diese lila Verbalien her? Sollte der runde Kahlkopf mit Gurkennase, der glotzäugig dem Fonformismusträger nativus (in Aktion) gegenüberstand, Schrimms, Richard sein?

Nein, dieser Kopf war das OBJEKT, aus dessen Stirnhöhle die lila Flöhe abgesogen wurden, so daß sie durch die nun porös scheinende Stirnwand, die Nasenlöcher, Backenknochen, doch nur nicht durch den Mund, nach außen drangen und sich zum Einmarsch in den Absaugschlund formierten.

Dieser Vorgang wurde bezeichnet als das Absaugen der vom Objekt beabsichtigten Aussage, nunmehr Verbalien, mikro. Gleichzeitig stiegen aus dem rosa Hals rosa Verbalien in die Augenöffnung, strahlten auf Stirnwand, Nase, Kiefer des Objekts, durchdrangen sie, ohne die lila Verbalien etwa anzurempeln (Einstrahlen der fonformen Aussage, Mikro-Verbalien) und traten fonform-rosa als dessen wörtliche Rede aus dem Mund des Objekts.

Die Fortsetzung verteidigte den Fonformismus des General-Wortlers gegen den Vorwurf der Umständlichkeit, der Unfähigkeit sich selbst zu regenerieren, des ständigen Verbalienmangels. Und die Verbalien verteidigte der Artikel gegen den Vorwurf der

Sperrigkeit. Gewiß, einige dieser Vorwürfe bestünden teilweise noch zu recht, doch sei dies eine Übergangserscheinung, es werde unermüdlich und mit allen Mitteln daran gearbeitet, die noch vorhandenen Mängel zu beseitigen, es seien großartige Erfolge zu verzeichnen.

Schrimms pickte rasch die Vorteile des wissenschaftlichen Fonformismus auf, Fernfonformismus, Massenfonformismus, Kontrollierbarkeit, gezielte Anwendbarkeit, Aussortierbarkeit der Verbalien, Einplanbarkeit. Er hielt die Finger zum Abzählen hoch, als die kleine Fon durch sein Schiebefenster gestiegen kam.

Wie gehts dir, Richard?

Schrimms starrte in den KURZEN LEHRGANG, schlecht geht es mir.

Kann wohl nicht sein, Richard, wir werden eine kleine Ausfahrt machen, wie neulich, möchtest du?

Das ist doch eine Frechheit, dache Schrimms, wie neulich, anstatt sich zu entschuldigen, sagt sie, wie neulich. Nein, nicht wie neulich, wollte er entgegnen.

Er sah Fonforma, die, ohne Cape, in einem schwarzen Strumpfkleid schräg am Fenster lehnte, wütend an, er konnte sich genau den Querschnitt oder Längsschnitt durch ihr Profil vorstellen, den kurvenförmigen Fonformismus, die Doppelhälse.

Ich weiß genau, wies in dir aussieht, Mädchen, und wie du funktionierst. Nun konnte er sogar erkennen, wie sich ihr breiter roter Mund verengte, zusammenschob, trinkanschluß- oder babysaugerhaft verlängerte, die Lippen angeschwollen, straff. Genau erkannte er, wie ihre Punktaugen sich weiteten und die Pupillen elektronisch zu leuchten anfingen.

Schrimms trug die graphische Darstellung fest eingeprägt im Kopf, Einstrahler und Ansauger in Ruhestellung I und in Aktion II.

Nein, nicht wie neulich, sagte er es nicht?

Fon, sagte er, ich mach die Bude zu, ich komme mit. Ich brauche dringend einen Garten, Fon, eine umzäunte Bodenfläche, ich habe einen Antrag laufen. Sagte Schrimms das?

Er schob den Kopf dicht an Fonformas Mund heran, er fühlte Kribbeln an der Stirnwand, den Backenknochen, in der Nase, blickte er jetzt so dumm wie das OBJEKT, als er den Atem der Fonforma spürte und seinem offnen Mund die unbeabsichtigte

Aussage entwich: Ich möchte mir dir einen großen Ausflug machen, mit Schwebzeug wieder, das war Klasse, zum Pik der letzten Hoffnung?

Er hätte genau zeichnen können, wie sich die Reste seiner Aussage im Saugkanal der Fonforma verloren, wie deren Auge sich verkleinerte, schließlich die Ruhestellung (1) eintrat. Ich weiß das alles, dachte er, ich bin geschult.

Komm, Richard..

Schrimms wollte sagen, nicht dorthin, ich brauche einen Garten, er fühlte ihren Sog so stark, daß er befürchtete, entleert zu werden, im Kopf entstand ein Hohlschmerz. Ich komme schon. Vakuum-Röhre 73 fährt gerade ein. Schrimms setzte seine Schiffchenmütze schräg.

21

Wieder erschreckte Schrimms die totale Spiegelung des Hochglanzes im Foyer des INSTITUTS. Er kniff geblendet die Augen zu, er ahnte schon, wenn er sie öffnen würde, wäre die kleine Fon nicht mehr zu sehen.

Trotzdem fragte er leise, wo bist du, Fon, läßt du mich auch heute im Stich?

Als er argwöhnisch die Augen öffnete, blickte er in das jugendliche Mondgesicht vom ersten Mal. Ich habe Ihre Führungsmappe, Richard. Die ist schwer, Mann, und hier ist Ihre Führungsmarke.

Schrimms verzichtete darauf zu fragen, wo die Madame Fonforma sei.

Aber *abgeben* wollte Schrimms nicht wieder. Keine Verbalie mehr von Schrimms, das war sein fester Vorsatz, zumindest sein innerer Wunsch. Schrimms streikt. Alle Wörter stehen still, wenn es Schrimmsens Mund so will.

Ah, der Herr Schrimms, das freut uns aber sehr. Der blendendweiße Mann, der Schrimms beim ersten Mal den Mund aufreißen ließ, hielt das nicht mehr für nötig. Wir kennen Ihre fabelhafte Sperrweite, Herr Schrimms. Und fühlen Sie sich gut? Hatten Sie in der Zwischenzeit spontane Abgabe-Emmissionen, die sogenannten Verbalienstürze?

Nein, überhaupt nicht, sagte Schrimms, der eigentlich nichts sagen wollte. Er überlegte, ob es geraten sei auf krank zu machen, doch war er sich nicht sicher, was man ihm dann eingeben würde. Ich hätte sagen sollen: ich habe einen gewaltigen Verbaliensturz gehabt, alle Verbalien in Trümmer. Er dachte aber, wer weiß, was sie dann mit dir machen, die röntgen dich womöglich, und Röntgen, das konnte Schrimms nicht leiden, nicht wegen der Radioaktivität, sondern weil er den Einblick Fremder in seine Innenräume ungern duldete.

Schrimms sagte also, er sei total gesund.

Plötzlich stand er, laut Wandbeschriftung, im Wartezimmer I. Diesmal fühlte er sich dadurch, daß hinter ihm die klinkenlosen Türen sofort zuglitten, nicht sonderlich gehoben. Das großartige

Jetzt-kommt-Schrimms-Gefühl ging ihm nun völlig ab, und der Gedanke, das Institut befürchte, der hochwertvolle Schrimms könnte abhanden kommen, stärkte sein Selbstbewußtsein nicht. Im Gegenteil, er deprimierte ihn, es war ein KNAST-Gedanke.

Schrimms hockte sich diesmal auf die weiße Wartebank, anstatt im Raum herumzustapfen. Er saß gekrümmt, er igelte sich ein, wie er es nannte, er probte Abwehr. In dieser weißen Wartekiste saß niemand sonst, auch nicht das jämmerliche Individuum, das Schrimms beim ersten Mal ein paar Verbalien abgebettelt hatte. Ein dünnes Pfeifen tönte. War Schrimms jetzt dran? Schrimms rührte sich nicht.

Herr Schrimms, Sie sind wohl eingeschlafen. Hallo, Kollege, aber dalli.

Den Ton nun bitte nicht, nein, den Ton keinesfalls, womöglich noch: hopp, hopp, sprung auf, marsch, marsch. Nein, darauf reagierte Schrimms nicht mehr. Er war zu oft gezwungen worden auf so etwas zu reagieren. Mal sehen, was geschieht, wenn ich hier stocksteif sitzen bleibe.

Ein Weilchen herrschte Stille, noch einmal tönte Pfeifen, ein bißchen kläglich, so schien es Schrimms, und wieder die ratlose Stille.

Dann schob sich unter Knarren und Gekreisch die Wand mühselig auf, rutschte zurück, knarrte ein Stückchen vorwärts.

Nun kommen Sie doch bitte, Kollege Schrimms, was ist mit Ihnen, fühlen Sie sich schlecht, haben Sie Ihre Marke nicht zur Hand, die Tür geht noch entzwei, so darf sie sich doch überhaupt nicht öffnen, die Automatic ist hochempfindlich, haben Sie denn das Pfeifen nicht gehört, weshalb sind Sie nicht reingekommen, sind Sie krank?

Schrimms sagte, ich bin total gesund, ich habe mich nur konzentriert, ich habe die Verbalien in mir aufbereitet.

Das ist sehr lieb von Ihnen, aber wir mußten dadurch diese Tür gewaltsam öffnen, entgegen dem Programm. Hier hat doch alles seinen festen Ablauf, der darf nicht durcheinanderkommen. Ja, sehen Sie, jetzt kriegen wir die Tür nicht wieder zu, und wie soll jetzt das Abgabegeheimnis eingehalten werden? Es ist Ihr eigener Schade, Kollege Schrimms. Bitte, beschweren Sie sich nachher nicht, daß wir Sie nicht gesetzmäßig behandelt haben, weil wir das Ihnen garantierte Abgabegeheimnis nicht sichern konnten.

Draußen sitzt keiner, sagte Schrimms, und was ich abgebe, kann jeder hören. Ich gebe keine Sauereien ab, das wissen Sie.

Na, schön, Herr Schrimms, dann binden wir schon mal Ihr Lätzchen um, nur einen Augenblick Geduld.

Schrimms meinte hinter der dünneren Wand die Stimme des Verbalienbettlers zu vernehmen.

Nur einmal noch, es tut mir leid, ich muß mich stärken, man ist nicht immer gleich.

Nun, Sie sind immer gleich. Gleich miserabel. Sie kann sich unser Institut nicht leisten. Die Zeit, die wir mit nutzlosem Gedrücke und Gedrängel bei Ihnen aufwenden, die stehlen Sie uns praktisch. Ja, das ist Diebstahl, Mann. Die teuren Abgabeanreizmittel, die Sie seit Wochen hier verschlingen. Nein, nicht noch einmal. Sie sind vollkommen hohl. Das hat das Durchsichtsbild ergeben, und das war teuer. Nein, Prämie gibt es nicht. Nicht einen einzigen Hartbon mehr. Im Gegenteil, Sie haben Schulden. Sie haben ungeheure Mittel dem Kugeltranszendentalen Vorhaben entzogen. Nein, nicht noch einmal, Sie gehen jetzt dahin, wohin wir Sie befördern. Nein, nicht durch diese Wand.

Schrimms schien es, daß die stockdünne Silhouette des Verbalienbettlers hinter der Wand zusammensackte, ja, daß sie in den Boden sank, als würde sie gesaugt. Schrimms hörte einen trocknen Klapp.

Herr Schrimms, Sie wissen ja, es ist vollkommen freiwillig, wenn Sie uns jetzt ein paar von Ihren Verbalien freundlicherweise zur Verfügung stellen. Und diesmal möchten wir von Ihnen welche, die in besonderem Grade unserem Kugeltranszendentalen Vorhaben zugutekommen, und zwar dermaßen, daß sie das KTV mit anderen Worten ausdrücken, also den Sinn des KTV klarmachen, es so darstellen, daß unsere Menschler hier auf Kugel 37 a verstehen, was KTV im weitesten und engsten Sinne für sie bedeuten soll, daß sie also sinnfällig den Inhalt des KTV so faßbar machen, daß auch der primitivste Tunnelmenschler und auch der geistig raffinierteste sofort empfindet, KTV geht mich direkt an, es ist gewissermaßen ein Stück von mir, ich selber bin das KTV. Ich stimme mit ihm überein. Ohne es möchte ich nicht leben. Es müßten also, Kollege Schrimms, von den Verbalien, um die wir Sie sehr herzlich bitten, emotionale Wirkungen ausgehen. Wir alle wissen, besonders unser hochverehrter Herr General-Wortler schätzt es so ein, daß die Bezeichnung Kugeltranszendentales Vorhaben zwar wissenschaftlich richtig ist, aber auf weite Teile der Bevölkerung nur schwach emotional signalisierend wirkt. Also, Herr Schrimms, es wäre lieb.

Schrimms zögerte, den hochglanzweißen Abgabesessel zu besteigen. Zwar kannte er die Prozedur, doch gruselte ihn wieder, als er im Fußboden die Abflußrinnen sah und an der Rückenlehne sowie den Ohrenpolstern des Stuhls Geflecht von Kabeln. Außerdem wollte er *aus Prinzip* nicht mehr abgeben.

Sie würden diesmal ein ungewöhnlich hohes Honorar erhalten, auch wenn die Kosten für die zerstörte Tür verrechnet werden. Den Kopf klemmen wir wieder ganz leicht an, Sie wissen ja, daß mit dem Kopf viel häufiger gestikuliert wird, als der Laie denkt, bißchen Elektroeinstimmungsmassage, nicht wahr.

Schrimms fühlte, wie er in Schweiß geriet, Kugeltranszendentales Vorhaben, die Groß-Verbalie würgte in seinem Rachen. Für KUGEL könnte man freundlicherweise BALL abgeben, dann der dentale Schluß, DENTAL, da ließe sich ein riesiges rundes kugelförmiges Dental-Depot vorstellen, ein Lager, wo falsche Zähne liegen, Gebisse grinsen aus Regalen, und da sind Zangen, Hebel, Spritzen, Bohrmaschinen, na, eben alle dentalen Folterutensilien, alle in dieser Kugel aufbewahrt, sowas verstehen die Leute, »die Zähne unserer Tunnelmenschler sind noch nicht auf der Höhe des Kugeltranszendentalen Vorhabens«.

Ich will ja gar nicht abgeben, dachte er, ich gebe nicht mehr ab. Es hätte Schrimmsens Selbstbewußtsein sehr verletzt, wenn er jetzt, weil er keinen Ausweg sah, brav abgegeben hätte. Sollte er durch die kaputtgemachte Tür entweichen? Er war schon festgeklemmt. Der offene Türspalt mit einem Riegel zugesperrt. Auch ohne Riegel lohnte ein Ausbruch nicht. Weiter als bis in den weißen Wartekasten hätte Schrimms doch nicht flüchten können. Ich gebe notgedrungen ab, aber ich gebe nicht mit Lust und Liebe ab, und nicht mit Leidenschaft, nicht mit dem richtigen Abgabebewußtsein, ich schmeiße denen einen Verbalienhaufen hin, einen gewaltigen Berg, von dem sie fast erdrückt sein werden. Ich kotze Verbalien, als ob ich von Verbalien-Schnaps betrunken wäre. Verbalienschnaps müßte es geben. Ich habe seit drei Wochen nicht verbalisiert, da wird es massenhaft aus mir herauskommen, drei Wochen absoluter Verbalienstau! Und dann her mit der Prämie. Die sollte diesmal anders aussehen. Die wollte Schrimms bestimmen.

Hilfe, Kettenabgabe, den Mund zu, bitte anhalten, Herr

Schrimms, wenn es auch wehtut, wir fangen die Verbalien nicht ab, auf Ketten sind wir noch nicht eingerichtet.

Die Kette der Verbalien, die seinen Mund passierte, schmeckte scharf säuerlich, sie ätzte seinen Rachen wie Erbrochenes.

DENTAL-DEPOT--GEBISS-SAMMELSTELLE

KUGELTRANENERGIE-ZAHNRADBAHN-UNTERNEHMEN

TRANSISTOR-KUGELRADIO-ZERLEGUNGS-PERSPEKTIVPLAN

Schrimms achtete nicht mehr darauf, was kam, der Haufen, der die Abflußrinne verstopfte, gefiel ihm, als er einen verstohlenen Blick drauf warf, in keiner Weise.

TRANSISTOR-KUGELRADIO-ZERLEGUNGS-PERSPEKTIVPLAN erschien ihm dunkelgrau, ein tristes Langblech, GEBISS-SAMMELSTELLE war wenigstens hoch interessant gezackt. Schrimms kam es auf die Masse an, er unterhielt keine Beziehung mehr zu seinen Abgabeprodukten, war ihnen ganz entfremdet. Schrimms dachte nicht daran, sein freudlos Abgegebenes noch zu zensieren, er wollte seinen Haufen Arbeit hinschmeißen, im Tran.

Hieß es nicht TRANSzendentales Kugelvorhaben oder KugelTRANSzendentales Vorhaben? Darin lag schon ein Sinn.

KUGELVORHABENARBEITSTRAN. Da konnte Schrimms sogar die eigene Arbeitstheorie anbringen, da konnte er wegweisend sein.

Er sah an den Gesichtern des INSTITUTS, sein Abgegebenes gefiel nicht. Das INSTITUT watete mißvergnügt in Schrimms-Verbalien, die alle Abflüsse versperrten.

Ist was, erkundigte sich Schrimms.

Machen Sie Pause, schlucken Sie runter, halten Sie zurück. Solche Verbalien, die Ihnen da entstürzen, haben wir uns nicht vorgestellt, die sind nicht brauchbar.

Nicht brauchbar. Schrimms pumpte Empörung in seine Stimme. Nicht brauchbar, so gutgemachte Stücke, und jedes einzelne ein Original?

Wir könnten sie nur registrieren, für unseren Zweck sind sie nicht anwendbar.

Die drücken doch einleuchtend aus, was Kugeltranszendentales Vorhaben bedeuten könnte. Sie müssen ja nicht jede nehmen. Ich habe Ihnen eine große Auswahl hingelegt. Da wird schon etwas drunter sein.

Herr Schrimms, Sie meinen es so lieb, Sie haben sich so angestrengt, uns aber scheint, Sie wissen gar nicht, was unser großes Kugeltranszendentales Vorhaben darstellen soll, was es für unsere Kugel 37 a in seiner ganzen Komplexität bedeutet. Sagen Sie uns, Herr Schrimms, was taucht vor Ihrem Innern auf, wenn Sie

KUGELTRANSZENDENTALES VORHABEN

hören beziehungsweise lesen.

Schrimms hätte sagen können, vor meinem Innern taucht nichts auf, er fühlte sich jedoch wie auf der Schulbank sitzend, und dort ist es auch einem DREIER, wie Schrimms es war, unmöglich, den Offenbarungseid zu leisten, wenn er gefragt wird, wer ist dein Vorbild, was empfindest du beim Wort des Dichters, welch Wahlspruch ist der deinige, nach dem du lebst und strebst, ja, auch ein DREIER nuschelt etwas hin, zwar nicht das total Richtige, doch immer noch Genügendes, zumindest zeigt er sich bemüht. So sagte Schrimms mit angestrengter Miene, Kugeltranszendentales Vorhaben, das ist, wenn man, gewissermaßen etwas Kugeltranszendentales vorhat.

Ja, und wie stellt sich dar, was man kugeltranszendental vorhat?

Eben kugeltranszendental.

Nun aber in einer ganz besonderen persönlichen Verbalvorstellung.

Schrimms sagte unvermittelt, ein Lump, der sich von etwas mehr vorstellt, als drin steckt. Entweder man glaubt ans KTV oder man stellt sich was drunter vor, es scheint ne Art Religion zu sein, ich weiß es nicht, ich kann es auch nicht wissen, wenn es mir nicht erklärt wird. Erklären Sie mir doch, was taucht vor *Ihrem* Innern auf, wenn Sie das Wort vernehmen, vielleicht kapiere ichs dann auch. Er schloß die Augen. Hörmensch Schrimms.

KUGELTRANSZENDENTALES VORHABEN enthält ganz einfach die transzendierenden Elemente des Impulses, der kugelrealverhaltensmaßstabmäßigen Verbalvitalkomplexaustausch in extraordinärem Umfang übersteigt und über traditionsgebündelte progress-regress-perpendikularistische Motive hinauszuweisen imstande ist. Hinsichtlich Senkung der Verbalisationskosten durch Steigerung des Transzendentalismus und der Vorhabensarbeit durch Überflügelung der interkosmisch festangelegten Transzendentalabmessungen wird eine günstige Beeinflussung verschränkt mit einer konstanten Niedrighaltung der Wartungsaufwendungen im Verbalbereich gewährleistet. Taucht *jetzt* etwas in Ihrem Innern auf, Herr Schrimms?

Jetzt wirds mir immer klarer, sagte Schrimms, ich konnte es

nicht ausdrücken, wußte es ganz genau, zu Hause hatt ichs noch gewußt, es ist eins von den Monstern, die immer wieder mal auftauchen, so wie die Seeschlange, das Ungeheuer von Loch Ness. Sie machen Zeitlang einen großen Wirbel, und hinterher ist alles still. Ich möchte sagen, stiller als vorher, bis sie dann wieder mal gesichtet werden, weil es gerade nichts anderes zu sichten gibt.

Das KTV ist *einmalig*, Herr Schrimms.

Natürlich, da gibts ne Masse Sorten.

Bei Ihnen taucht jetzt innen etwas auf, Herr Schrimms? Dann geben Sie mal ab.

EWIGER UNERSCHÜTTERLICHKEITSBOLLWERKSWELTTRANSSUBMARINER FESTIGKEITSVERBESSERUNGSIMPULS MIT SUPERNATIONALEM SELIGKEITSANSPRUCH BETREFFS STANDARDISIERUNGSMÄSSIGER VERSICHERUNGSGESELLSCHAFTSSCHLAFGEMEINSCHAFT AUF EVOLUTIONÄRER EBENE.

Schon deutlicher, Herr Schrimms.

HOCHSTADIUM INTERSUBLIMIERTER TOTALEXTREMVERSUCHE VULGÄR SUBTRANSPONIERTER MASSENSTRÖME.

Sehr originell, die Auslegung.

DIAGONALES TRANSMULTIMAXIMALPAKET IN KONZENTRIERTER TRIVIAL-INFILTRATION.

Das war nun wieder nicht so stark.

Schrimms staunte über sich, er hatte sich nicht angestrengt, er hatte rausgespült, was während seines Lebens als Hörmensch in ihn zufällig eingedrungen und in den Winkeln seines Innern hängengeblieben war. Nutzworte nicht, Staubfänger, Nichtnutzworte, jedenfalls für Schrimms. Ich hab mal ausgemistet.

Er setzte sich großartig hin, als hätte er dem INSTITUT die höchsten Werte seines verbalen Seins geschenkt.

Das Richtige sei noch immer nicht dabei, es sei zwar hochniveauhaltig, doch solle es auch schrimms-charakteristisch sein, es solle eine innige Verbundenheit des Individuums Schrimms zum KTV in den Verbalien Transparenz annehmen.

Schrimms sagte, nun bin ich ganz frustriert, weiß nicht mehr ein noch aus. Neulich, da sollte ich mich schrimmsisch äußern, vollkommen frei. Jetzt hole ich mein letztes Schrimmsisches nach oben, nun ist es auch nicht recht, und dabei hat beim vorigen Mal der Mann, der vor mir war, die säuischsten Verbalien abgegeben, aber ich werde hier bemeckert.

Das ist doch das Prinzip. Erst sollen sich die Abgeber vollkommen frei ausgeben, das sind die Lockerungsübungen, dabei geht alles, auch Schmutziges und Falsches, Verwirrendes heraus, nun, eben der jeweilige Charakter mit allen seinen Unregelmäßigkeiten. Was dabei abgegeben wird, ist für das KTV nur selten zu gebrauchen, doch späterhin, da wollen wir so orientieren, daß alle oder fast alle Verbalien dem KTV zunutze sind. KTV-Nutzverbalien, Herr Schrimms, die möchten wir von Ihnen, Sie sind schon sehr nah dran, aber ganz haben Sie noch nicht erfaßt, was das Kugeltranszendentale Vorhaben wirklich ist.

Wie soll ich das, wenn ich noch nicht mal einen Garten habe.

Was meinen Sie?

Ich nannte eben die Verbalie GARTEN.

Das ist keine Verbalie, Herr Schrimms, kein Wort fürs KTV.

Und NUTZGEMÜSE?

Das nähert sich, ist aber auch noch nichts.

Wie soll es etwas sein, wenn ich noch nicht mal einen Garten, nämlich so eine viereckige eingegrenzte Bodenfläche habe, auf der ich Nutzgemüse züchte, wodurch ich meine Abgabekraft erneuere, indem ich meinen Feierabend genießen kann? Aktiv genießen? Ich habe keinen Feierabend, weil ich ja keine Bodenfläche habe, wenn ich die hätte, würde bei mir schon dämmern, was KTV sein soll, dann könnte ich die wunschgemäßen Verbalien spielend spucken.

Nicht wunschgemäße, *schrimms*gemäße, Herr Schrimms, indem sich Schrimms vollinhaltlich dem Kugeltranszendentalen Vorhaben integriert und Teil desselben wird.

Die Bodenfläche, oder ich passe hier.

Sanft sprach das INSTITUT, wir ruhen uns jetzt aus, ganz lieb, nicht wahr, und Ihre Punktzahl erhalten Sie, abzüglich Reparaturaufwands betreffs der Tür, obwohl Ihr Abgegebenes noch nicht ganz Spitze ist. Wir honorieren Ihre Anstrengung und Ihren guten Willen. Ist es so recht?

Nein, unrecht, sagte Schrimms, ganz abgesehen davon, daß Ihre Honorare bisher verbal ausfielen, und ich noch keinen einzigen greifbaren Hartbon ausgezahlt bekommen habe, soll umgehend mein Antrag auf die umzäunte Bodenfläche bewilligt werden, das soll mein Honorar sein, Almosen will ich nicht, die Bodenfläche soll Grundlage für meine künftige Arbeit in diesem Institut sein. Wo steckt mein Antrag, in welchem Bürokratenschreibtisch

schimmelt er?
In was für einem Ding? *Wie* heißt es?
Wollen Sie die Verbalie? Bitteschön. Schrimms spuckte BÜROKRATENSCHREIBTISCH.
Nichts für das KTV.
Wo hängt mein Antrag?
Wir schicken eine Aufspürmarke durch das Haus. Sie werden alarmiert, sobald der Antrag aufgespürt ist. ANTRAG, das ist ein nettes Wort fürs KTV, wenn auch ein kurzes. Inzwischen waschen Sie sich fein.
Schrimms hörte Zischen, die unteren Verbalien des Haufens fingen an, die Abflußrinne als gallertartige Soße zu verlassen.
Wenn ich die Bodenfläche hätte, wär diese Spülerei nicht nötig.
Nun ja, Herr Schrimms, wir tun schon, was wir können.
Schrimms, frischgereinigt in der Trockenröhre, fühlte sich voll, sein Inneres blähte sich, er sagte aber im Nachgesprächsraum, er fühle sich vollkommen leer. Er dachte, die könnten das womöglich überprüfen, aber die fragen mich formal, was ich auch angebe, sie sagen doch: Nehmen Sie diese Kapsel für den Kater.

22

Schrimms hoffte, man würde ihn, weil er im Laboratorium I noch immer nicht durch Spitzen-Abgabe geglänzt hatte, heute nicht auf die höhere Ebene, Laboratorium II, befördern, sondern ihn vor die Institutstür setzen. Vielleicht, so dachte Schrimms, wirft man mir einen Zettel betreffs des Garten-Antrags nach, dem ich entnehme, Antrag läuft. Er hatte die Kraft des Sogs der Führungsmappe unterschätzt, die ihm voranfuhr, der er nach mußte, ob er sich nun in Hochform fühlte oder nicht, er sagte sich, als er die aufgequollenen weißen Deckel sah, wem einmal eine solche Mappe angelegt wird, der muß durch alles immer wieder durch.

Schrimms merkte, seine Knie knickten, als er in der Abteilung II das Bett in Kastenform und an der Wand das Wort BESCHUSS erblickte.

Das INSTITUT trat ihm in hochglanzweißen Lackkitteln entgegen. Herr Schrimms, ein Gurkenschnäpschen? Ja, sehen Sie, Herr Schrimms, wir sind in einer Lage, die Sie vielleicht von dort, woher Sie kommen, überhaupt nicht kennen, wir haben uns auf unsere heutige Zusammenarbeit so gefreut, es war beim letzten Mal so angenehm mit Ihnen, aber wir wissen heute nicht, womit wir Sie beschießen sollen. Ja, lachen Sie nicht, lieber Schrimms, wir haben keine Munition, nicht eine einzige Verbalie, seit Tagen ist hier keine Sendung eingetroffen, wir sitzen auf dem Trocknen.

Und dabei hab ich alles, was bei mir aufgeliefert wurde, umgehend expediert und durchgehend versichert, pro Stück auf tausend Hartbon.

Ach, häufig wird ein Schund geliefert, der sich nicht eignet; abgegriffen, ausgelatscht, nichtssagend, von niedriger Beschußkraft. Diesmal ist durch Unregelmäßigkeiten im Telefeuerstrahlsystem, gewisse unverhoffte Eruptionen, das Wetter so geraten, daß hitzehalber Transporte steckenbleiben mußten, in Tunneln irrefuhren, karambolierten, und dann ist überhaupt, das sagen wir nur Ihnen, die innerinstitutionelle Zulieferung katastrophal, es bleibt soviel in unseren Saugkanälen hängen. Wir haben oft drauf hingewiesen, die Eingaben-Abteilung ist schon verstopft von unseren Blitz-Signalen. Und heute ist der Zustand eingetreten, vor dem wir warnten, wir sitzen da und können nicht beschießen, Verbalienknappheit war bei uns immer ein Problem, soweit wie heute hätte es jedoch nicht kommen müssen.

Macht nichts, dann geh ich wieder, sagte Schrimms.

Wenn das so einfach wäre, wir dürfen keinen ohne weiteres gehen lassen. Wenn hier wer war, dann muß sich das in seiner Führungsmappe niederschlagen, positiv oder negativ. Wir könnten schreiben, Schrimms hat nicht reagiert, dann muß da aber stehen worauf nicht, und außerdem, Sie wissen ja, die Reaktionen müssen auf der Wand erscheinen und sich beim General-Wortler einfinden. Hier *muß* etwas herausgehen. Sonst darf nichts in die Führungsmappe eingetragen werden.

Und wenn Sie einfach melden, Anlage funktioniert nicht, kein Material.

Es geht nicht, daß die Anlage nicht funktioniert und daß kein Material da ist. So etwas gibt es in unserem Institut nicht. Hier funktionieren alle Anlagen perfekt und Material ist immer da.

Verstehe, sagte Schrimms, wie aber dreht ihr es, daß es nicht rauskommt? Er stellte staunend fest: ich duze ja das INSTITUT, er konnte ein Verbundenheitsgefühl nicht unterdrücken, als er die Leute in Material-Not sitzen sah. Wie macht ihr es, Kollegen, welchen Trick benutzt ihr?

Wir hatten bisher noch Reserven, nichts Sonderliches, Standardware, von der wir wußten, wie darauf reagiert wird, zum Beispiel VORHABENINITIATIVSYSTEM IM VAKUUMBEREICH – BEVÖLKERUNGSBEDARFS-VERBALPROGRAMM – RÖHRENVERKEHRSKONTROLLBEWORTLERUNG – PEDALRADZAHNBELAGTRANSPLANTATIONSBEWUSSTSEIN. Der jeweilige Durchläufer reagiert auf so etwas, wie wir erwarten unoriginell, aber die Sache läuft doch wenigstens. Heute sind wir zum ersten Mal vollkommen leer.

Schrimms überdachte kurz die Lage, ich muß hier warten bis Material eintrifft, wann wird das sein?

Das wissen wir doch nicht, und wenn was eintrifft, bedeutet das ja nicht, daß wir es gleich verwenden können, wir müssen es schußfähig machen. Das dauert.

Ich muß hier raus, ich habe Dienst, womöglich häufen sich jetzt schon die Sendungen vor der Expedition, Sendungen mit Verbalien, auf die ihr wartet.

Wir *können* dich nicht festhalten, du hast eine Höchstdurchlaufzeit, wenn die verstrichen ist, geht automatisch die Fahndung los. Man würde dich aus der Abteilung ziehen. Wir wären bloßgestellt. Aber wenn du dir einen Film ansiehst, natürlich einen Lehrfilm mit Erbauungswert, LEBEN UND WERK DER FONFORMA, MUTTER DES FONFORMISMUS, dann geht die Fahndung nicht los, dann schreibt die Zeit des Filmablaufs sich automatisch für uns gut, und wenn noch immer keine Verbalie eingetroffen ist, kannst du ihn nochmal ansehen, auch *die* Zeit schreibt sich gut, sieh ihn dir an, es wäre nett von dir. Muß ich drauf reagieren? fragte Schrimms.

Das LEBEN DER FONFORMA schnurrte an.

Und auf die Wand kam lieb und bunt das Bild der kleinen Fon spaziert.

Fon streckte ihre Hände aus, als ob sie sagen wollte, kommt alle her zu mir, komm her zu mir, Richard, die Lippen glänzten, dreieckig sprang das Cape auf, schon reagierte Schrimms, schon ist er hingerissen, er steht nun mal auf Fon, er kann nicht anders, sein drittes Bein grüßt Fon, er sagt nichts, ruft nichts, gibt keine Grunztöne von sich, diesmal fonformt sie mich direkt über dies Organ, ich brauche vorher nicht verbal abzugeben, aber ich würde jetzt abgeben, was sie gern hätte, der umgekehrte Weg diesmal, und Schrimms starrt die Fonforma an. Die ist vollkommen ahnungslos denkt er, die weiß von nichts.

Im Grunde ist Schrimms das piepe, wenn er die Fonforma so dicht vor seinen Augen lächeln sieht, ihm ist es piepe, ob sie für dieses Kugeltranszendentale Vorhaben oder für sonstwas fonformt, sie hat die besten Absichten, das genügt, und sie *muß* ja die besten Absichten haben, weil sie so niedlich ihre Arme ausstreckt und Schrimmsens Drittbein so flott reagiert. Sie ist gutmeinend, das INSTITUT hingegen ist unmöglich. Wenn sie das wüßte. Der General-Wortler ist ebenfalls furchtbar, sie kann sich gegen den wahrscheinlich nicht durchsetzen, sicher führt sie mit dem GW einen verbissenen Kampf.

Schrimms hätte an die Fonforma, Mutter des Fonformismus, den Antrag auf eine viereckige eingegrenzte Bodenfläche richten sollen, *sie* würde dafür Verständnis haben.

Sieh da, wie könnte es auch anders sein, die Fonforma, die kleine Fon, entstammte einem ganz einfachen, ja, bitterarmen Elternhaus, einer »notleidenden Tunnelmenschlerfamilie« mit sieben

Tunnelkindern. Fonforma, vorher Kirke, war das jüngste, magerste, von dem die Eltern glaubten, es würde das erste Lebensjahr nicht überstehen. Rückgeblendet eine winzige Haut-und-Knochen-Fon, wie sie bessergestellten Kugel-37-a-Bewohnern etwas zum Essen abfonformt und es ihren Geschwistern schenkt. Mein Gott, denkt Schrimms, mein Gott. Der Text, der quer die Wand bekroch, entging ihm größtenteils, in der Fonforma, damals Kirke, habe sich erstmalig auf Kugel 37 a und deren Umkugeln der ursprüngliche Fonformismus manifestiert, sie habe diese Eigenschaft, obwohl sich ihrer noch nicht voll bewußt, bereits als kleines Kind, später als junges Mädchen gefühlsmäßig »der Menschlergemeinschaft« dienen lassen. Für Schrimms bedeuteten die Bilder mehr.

Logisch schien ihm, daß er die etwas größer gewordene Fon durch ihr Fonformen Gutes tun sah, alten Leuten in überfüllten Röhren Platz verschaffen, finanziell Schwachen Geld, zu unrecht Bestraften durch Fonformen Recht, ungünstige Verträge, die fleißige Gurkenbauer übervorteilen sollten, durch Fonformen der betrügerischen Partner günstiger machen, und als logische Folge: Fonforma im Untertunnelgefängnisschacht, aus dem sie sich durch Fonformen der Wächter bald befreit.

Gerührt bestaunte Schrimms die magere, blasse Fon, die barfuß in das Gebiet der Kegel wandert, wo unbarmherzig das Telefeuer brennt, der Boden steinig und trocken ist, die dort Anhänger um sich schart, welche in einer schattigen Tunneleinstiegsecke die Köpfe über einer Neuordnung der Verhältnisse auf Kugel 37 a zusammenstecken. Unter anderem über dem Plan zum Bau des INSTITUTS.

Damals, lehrte der Text, habe es in der Gegend des Pik der letzten Hoffnung noch keine menschlerische Ansiedlung gegeben, es existierte nur ein Tunnel voller Schlamm.

Klar, dachte Schrimms, so ist das immer, wenn jemand eine historische Entwicklung zeichnet, muß vorher gar nichts gewesen sein. Doch woher war das Geld gekommen? Wie konnte die magere kleine Fon ein dermaßen total unmöglich funktionierendes System aufbauen, metallic-ausgestattet, elektronic, automatic, vervielfältigungswändig, mit fernbeschicktem Frühstück, einem langweiligen Hauskurier und mit Verbalien-Labors? Aber er kriegt es vorgeführt: die Menschler (wie sie der Text nennt) kommen freiwillig zur Fonforma an jene dunkle Tunnelecke, bringen entweder Geld in Hartbonform, Materialien oder sie bieten ihre Arbeit an. Ein stinkend reicher, uralter gentleman, der seinen Bart durch den gekörnten Kies der Gegend am Pik der letzten Hoffnung schleift, kniet vor Fonforma nieder und schenkt ihr seinen ganzen Besitz auf Kugel 37 a. In seinen Bart rollen Tränen, seine knochige Nase tropft, während er murmelt, alles zum Wohle unserer Menschler, damit ich reinen Gewissens sterben kann.

Schrimms fand es merkwürdig, aber schön: Fonforma mit ausgestreckten Händen die Besitzurkunde entgegennehmend. Schrimms würde ihr auch gerne etwas schenken, aber er braucht ja selbst ein Stückchen Bodenfläche.

Fonforma, lehrte ihn der Text, besitzt nun die gesamte Kugel 37 a, doch nicht für sich, nein, nur zum Nutzen der durchgängigen Entwicklung des Fonformismus, mit ihrem natürlichen ursprünglichen angeborenen Fonformismus kann die Fonforma, früher Kirke, nicht die totale Tunnelmenschlergemeinschaft fonformen, obwohl ihr Fonformen auf weite Strecken und bei verschiedenen Objekten gleichzeitig möglich wäre. Sie regt den technischen Fonformismus, den verlängerten Mund, ihren Helfer, an, hervorragende Wissenschaftler, vorneweg der General-Wortler, überführen die Idee in die Praxis. Dabei hört Fonforma nicht auf, immer wieder bei Schulkindern, auf Gurkenfeldern, bei gebrechlichen alten Tunnelbewohnern, bei Telefeuergestochnen, in den Labors, wo mit Mikro-Verbalien experimentiert wird, oder mit verdienten »Abgebern der Tunnelmenschlergemeinschaft« von Kugel 37 a persönlich zu kontaktieren. Bilder ziehen an Schrimms vorüber, auf denen die Fon von lieb grinsenden Tunnelleuten umringt, ihre Hände ausstreckt, kommt her zu mir, kommt doch, er hätte sich nicht gewundert, wenn sie auch in der Vakuum-Röhrenbahn-Expedition mit Schrimms gezeigt worden wäre, aber der Film schien nicht der neueste zu sein.

Plötzlich sitzt Fonforma hinter einem Schreibtisch, auf der Nase einen goldenen Kneifer, und studiert ein Buch so groß wie der ganze Tisch, sie blickt auf und sieht Schrimms ernst und bedeutend an, hinter ihr erkennt Schrimms Verbalien in schweren Rahmen und auch mobil von der Decke pendelnd, die als Kunstwerke das Arbeitszimmer der Fonforma schmücken, lila Nebel überwischt das Bild – ein dicker junger Mann fängt an, Schrimms zu erklären, warum er für den Fonformismus sei, erst durch ihn habe er nämlich einen festen Standpunkt gefunden, Unsicherheit, die ihn früher quälte, Schüchternheit, mangelnde Ausdrucksfähigkeit, davon sei er durch das Fonformen, das ihn sicher führe, befreit. Ich gebe mich völlig dem Fonformismus hin, er ist mein Lebenskompaß. Ähnlich äußerten sich zwei Ehepaare, ein Vakuum-Röhrenputzer sowie ein Schüler.

Schrimms leuchtete ein, daß dem Schüler, der vorher ein DREIER gewesen war, die neue Fonformanlage zur absoluten EINSER-Position verholfen hatte, und »ohne mein Gehirn durch quälendes Eigendenken zu strapazieren«. Aber die Lobpreisungen langweilten Schrimms, er freute sich, als endlich die Fonforma auftrat, zu seinem Erstaunen mit einem kleinen Mädchen, das fast genau wie sie aussah, ihr Abbild zu sein schien. Sie hat ein Kind, dachte Schrimms sentimental, sie ist nicht nur Mutter des Fonformismus. Die Fonforma steckte dem Kind etwas in den Mund, klopfte ihm zärtlich den Rücken, schließlich schäumte sie es gleich mit der Kleidung ein. Die kleine und die größere Fon – beide weitmündig lachend, so schloß der Film. Wieder bereute Schrimms, seinen Antrag nicht direkt an Madame Fonforma gerichtet, ihn also nicht der Fon übergeben zu haben, der Fonforma, die sich nicht zu hochgestellt fand, Schrimms persönlich ins INSTITUT zu führen, und sich dann bescheiden entfernte. So verhielt sich das mit der Fon. Und sie hatte ein kleines niedliches Kind. Schrimms sah, weil die Verbalien auf sich warten ließen, den Film fünfmal. Er dachte, streichen wir den Schmus weg, der in solchen Fällen sein *muß*, streichen wir die Lobredner weg, die so sprechen *müssen*, streichen wir auch die alte Triefnase weg, die der Fon ihren Besitz vermacht, dann bleibt noch immer die Fon mit ihrem glänzenden roten Mund, die ihre Arme ausstreckt, im Prinzip ein Engel, der viel zu schade für den Fonformismus ist. Gern hätte Schrimms den Film ein sechstes Mal gesehen, er reagierte mürrisch, als die nackte Wand erschien, Kollege Schrimms, wir haben jetzt Verbalien, frisch aus der Abgabe, es wird für dich problemlos, weil du die Munition schon kennst, wir schießen deine eigenen Verbalien auf dich ab, mußt es nicht weitersagen.

Nein, versprach Schrimms, da bin ich eisern, er überlegte schon, wie er auf seine Verbalienkette

EWIGER UNERSCHÜTTERLICHKEITSBOLLWERKSWELTTRANSSUBMARINER FESTIGKEITSVERBESSERUNGSIMPULS MIT SUPERNATIONALEM SELIGKEITSANSPRUCH

reagieren würde. Am liebsten frech und witzig, vielleicht: Staubfänger aus der Verbalienmottenkiste, Sperrholz – sie sauste scharf heran, er hörte, wie sie splitterte, er reagierte: UAH – klassischer Gähnlautstil; die zweite Kette weckte ihn aus einem Dämmerzustand, die letzte allerdings, wenn auch zerlegt, in Kleingeschossen auf ihn abgefeuert, erzeugte schließlich die Reaktion des Schlafes. Schrimms schnarchte zunächst laut, dann trat der Tiefschlaf ein, die Großhirnrinde schaltete sich aus, Schrimms träumte nicht einmal von Fon.

He, Schrimms, du darfst uns nicht im Stich lassen, es muß was auf der Wand erscheinen, Schlaf schlägt sich nicht drauf nieder, du mußt die Tätigkeit des Schlafens verbal abreagieren. Langweilig, sagte Schrimms, langweilig, stinkig, forztrocken, uh.

Das reagierst du jetzt nochmal, wir müssen dich nochmal beschießen.

Nein, sagte Schrimms, das halte ich nicht aus, dafür muß ich entschädigt werden, dafür will ich was haben, ich will, wenn ich das Institut verlasse, Besitzer einer Anweisung auf einen Garten sein.

Schrimms mußte auch dem BESCHUSS umständlich auseinandersetzen, was eigentlich ein Garten sei, erwähnte auch den Antrag, der, im Lauf befindlich, bereits durch eine Suchmarke verfolgt werde, doch sei ihm jetzt der Antrag schnurz, er wolle ohne Umschweife den Garten haben, er würde sich sonst direkt an die Mutter des Fonformismus wenden. Ich möchte, wenn ich heute Feierabend mache, zu dem Gelände fahren können, wo ich die Bodenfläche umzäunen werde, und es muß eine Fläche sein, die man bebauen kann, wo etwas wächst, nicht so ein Fleck Geröllwüste, das fordere ich, und wenn ihr mir das garantiert, dann laß ich mich noch mal von meinen eigenen VERBALIEN anöden, und das ist dann das letzte Mal.

Wir tun ja alles, Kollege Schrimms, wenn wir auch noch nicht wissen wie.

Ihr werdet es schon wissen, Schrimms dachte, auf eigene Verbalien reagieren müssen, das ist wie eigenen Unrat fressen. Es war die größte Anstrengung, die ich in meinem Leben auf mich nehmen mußte, sagte er, und wenn ich hier rauskomme, will ich die Anweisung vorfinden, am Ausgang.

Eventuelle Schrammen und kleine Einschüsse laß in der Heil-Schaum-Abteilung untersuchen und behandeln, zurück bleibt nichts.

Schon wieder hatte eine Röhre ihn angesaugt. Er wußte nicht mehr die wievielte.

Unverhofft stand er in einem finsteren Gang. Das jugendliche Mondgesicht kam mit gesträubtem Goldhaar auf ihn zu. Herr Schrimms, ne Kleinigkeit, in Ihrer Führungsmappe fehlt noch was über

EINHEIT: AUSSAGE – TAT.

Schrimms dachte an die falsche Jazz-Mama, das grüne Sofa, an das Gefühl in einer Pfütze eigenen Blutes zu erwachen.

Nein, das nicht wieder, dazu reicht meine Kraft nicht, ich lehne es grundsätzlich ab.

Es ist heute nicht aufwendig, Sie brauchen es nur im Vorübergehen zu leisten. Sehen Sie, hier liegt dieser Kerl herum, Abgabekrüppel, zu nichts mehr nütze, als diesen Gang zu sperren, den liefern Sie mal bei der nächsten Absaugröhre ein. Selbst schafft er es bis dahin nicht, fällt dauernd um. Es wäre lieb, wenn Sie ihm helfen würden.

Und wohin kommt er dann?

An einen seinen Fähigkeiten angemessenen Ort.

Was ist das für ein Ort.

Eben ein Ort.

Seine Fähigkeiten sind doch gleich Null, sagten Sie eben.

Vielleicht sind noch Restfähigkeiten in ihm versteckt, das wird man dort herausanalysieren.

Schrimms wollte sagen, ich mach das nicht, wenn ich den Ort nicht kenne, und auch dann möchte ich es nicht. Er stolperte über den querliegenden Verbalienbettler, er wollte rufen, paß auf, Kumpel, die wollen dich absaugen lassen, vielleicht in eine Müll-Röhre, ich bringe dich ein Stück, er wollte flüstern, dann machst du eine Fliege, aber er sagte, tut mir leid, Kumpel, daß du dermaßen runterkommen mußtest, ich will mal nicht so sein, ich helfe dir auf den Weg in die zuständige Abteilung.

Bitte nicht, flehte das jämmerliche Individuum, es riß den Mund auf, gib mir ne kleine kleine Verbalie, damit ich nochmal abgeben kann, die Stockzähne vom vorigen Mal waren inzwischen aus dem Mund gefallen.

Mit solchem Maul kannst du sowieso nicht mehr abgeben, sagte Schrimms grob, er schob das Individuum mit dem Fuß auf dem glatten Boden vorwärts.

Das wollte ich nicht sagen, Schrimms erschrak, ich wollte ihm doch ein paar Wörter reinsprechen, was reinhauchen, ein bißchen Leben.

Also, los, rief Schrimms, ab mit dir. Er wollte eigentlich den Elenden aufrichten, er fühlte einen starken Sog, der ihn und den Verbalienbettler ans Ende des finsteren Ganges riß, wo eine zugige Öffnung im Boden klaffte. Schrimms wollte Vorsicht rufen, hatte es auf der Zunge, er zog sein Feuerzeug, den Flammenwerfer, um den Gang zu beleuchten, er sagte aber, guten Rutsch, er sah die löcherigen Schuhsohlen des Individuums, das kopfüber im Schacht verschwand. Er mußte rasch beiseitetreten, um nicht selbst abgesaugt zu werden, die Feuerzeugflamme war ausgeweht, ihm schien, das Individuum jaulte. Vielleicht war es der saugende Wind?

Alles in Ordnung, Richard, die Mappe stimmt, (EINHEIT: AUSSAGE – TAT ist heute auch erfüllt.)

Aber nicht noch zum General-Wortler, bat Schrimms benommen.

Doch nicht jedesmal. Im Foyer reichte das Mondgesicht ihm eine hochglanzweiße Lacktafel, schreibheftgroß.

Was nun schon wieder? fragte Schrimms gereizt.

Ihre Urkunde, und nicht verlieren.

Schrimms versuchte sich zu erinnern, ob jenes Individuum zufällig in den Saugschacht gerutscht war oder ob er es ein bißchen angeschoben hatte, es könnte von selbst reingetreten sein, ungeschickt wie es war.

Was denn für eine Urkunde? fragte er.

Für die rechteckige oder quadratische umzäunte beziehungsweise umgrenzte Bodenfläche.

23

Die kleine Fon, die Schrimms doch gefonformt hatte, die das Gespräch hätte steuern können, die es in der Hand zu haben schien, sprach nie zum Beispiel davon, wie das gesellschaftliche Leben auf Kugel 37 a beschaffen sei. Schrimms mußte es sich selbst zusammenreimen. Womöglich herrscht hier das *Wort*. Die Grundlage der Kugel 37 a-Gesellschaft mag das Wort sein. Diese Gesellschaft ist auf Worten aufgebaut, sie scheint aus Worten ihre Kraft zu ziehen, aber in der Art, daß es hier niemals heißen würde, es werde Licht und es ward Licht, sondern: wörtlich wurde gesagt, es ist Licht, demzufolge ist Licht. Und weil Schrimms eine weiße hochglanzlackierte Tafel erhalten hat, auf der vermerkt ist, Schrimms besitzt eine umzäunte Fläche, entnimmt das INSTITUT daraus die Gewißheit, daß er sie wirklich besitzt, auch wenn er keine Bodenstelle gefunden hat. Und die industrielle Gurkenernte ist hervorragend, weil es an den Feldern auf korrosionsgeschützten Schildern geschrieben steht, sie kann niemals schlecht sein, wenn wörtlich gesagt wurde, sie sei gut. Und die industriell angebauten und verarbeiteten Gurken können nur Spitzenprodukte mit exquisiten Geschmacksqualitäten sein, eben weil es wörtlich gesagt und geschrieben wird. Würde aber gesagt und geschrieben werden, die Gurken sind miserabel, sie schmecken fad bis faulig, würde dies wirklich stimmen.

Das Kugeltranszendentale Vorhaben dient dem Wohle jedes einzelnen Kugel 37 a-Bewohners, auch wenn keiner weiß, was dieses Vorhaben eigentlich darstellt, und nicht einmal Schrimms trotz schwersten Nachdenkens darauf kommen kann. Es ist wörtlich gesagt und steht auf Schildern. Also muß es so und kann nicht anders sein.

In diesem Zusammenhang dachte Schrimms auch an die Aufgabe EINHEIT: AUSSAGE-TAT, auf deren Lösung im INSTITUT so großer Wert gelegt wurde.

Die dauernden Versuche betreffs EINHEIT: AUSSAGE-TAT, die das Institut so wichtig nahm, würden eines Tages vielleicht dahin führen, daß man nur noch zu sagen brauchte, aber nicht mehr entsprechend zu tun. Er ahnte, es würde dann als großer Sieg der

Wissenschaft bezeichnet werden. Der General-Wortler würde etwa erklären, AUSSAGE und TAT sind miteinander verschmolzen, wir haben es nicht mehr nötig, der AUSSAGE die TAT folgen zu lassen, wir haben eine höhere Stufe erklommen, und im KURZEN LEHRGANG des Hauskuriers würde zu lesen sein, daß die Wortabgabe das eigentliche Tun sei. Das praktisch Tunwollen gehöre einer überwundenen Bewußtseinsepoche an. Die neue Formel sei einzuprägen: AUSSAGE = TAT.

Zukunftsmusik, dachte Schrimms. Im Augenblick sind *die* noch scharf auf EINHEIT: AUSSAGE – TAT, und bis die neue Formel gültig wird, wäre es günstig, wenn ich was finden könnte, wodurch ich mich vor dem Gefonformtwerden und davor schützen kann, fonform zu handeln.

Fonform-Schutz, dachte Schrimms, Fonform-Abwehr, Achtung, Fonform ist in der Luft.

Vielleicht ist Schweigen eine Möglichkeit, Enthaltsamkeit – sicherster Schutz. Hatte Schrimms nicht im dunklen Gang, als er das ausgehöhlte Individuum zum Absaugschacht abführen sollte, den typischen Radiergummi-Geschmack im Mund gespürt? Hätte er in diesem Augenblick nicht schweigen sollen? Wäre dann der Verbalienbettler nochmal dem Absaugen entgangen?

Wenn AUSSAGE-TAT eine Einheit bilden sollten, so konnten es genausogut SCHWEIGEN und NICHTTUN. Ja, Schrimms würde der große Schweiger sein. Dabei würde er Versuche anstellen, ob hier auf Kugel 37 a vielleicht die Formel EINHEIT: SCHWEIGEN-TAT anwendbar sei, vielleicht auch SCHWEIGEN = TAT.

Wenn die kleine Fon wieder auftauchen würde, könnte sie Schrimms nicht noch einmal abschleppen, weil er schweigen würde.

Schrimms könnte sich in Ruhe dem Garten zuwenden, er würde nicht mehr zur Abgabe traben. Vielleicht, wenn es auf Kugel 37 a so etwas gäbe, würde er einer Gewerkschaft der Vakuum-Röhrenbahn-Angestellten beitreten, vielleicht einem Gartenverein. Abgabe war nicht mehr drin.

Allerdings belästigten ihn dauernd die rückblickenden Überlegungen, wie es zum Absaugen des Verbalienbettlers gekommen war. Er wollte den Vorgang genau rekonstruieren. Der Gang war zu dunkel, ich hätte den Flammenwerfer von Anfang an in Betrieb setzen sollen, aber dann zog es dermaßen, die ziemlich hohe Flamme verlöschte sofort.

Verbalienbettler, das Wort kroch immer wieder in Schrimmsens Gedankensystem. Eigentlich ist das INSTITUT der Verbalienbettler. Diese Gesellschaft hier, deren Existenzgrundlage die Wörter und vor allem die gefonformten Wörter sind, wozu die Verbalien gebraucht werden, die wir da abgeben sollen, bis wir nicht mehr können und ausgehöhlt in die Absauge rutschen.

VERBALIENBETTLER, so wollte Schrimms das Institut in seinem Innern neuerdings bezeichnen.

24

Schrimms bemerkte, wie sein hartnäckiges Schweigen Fonforma, seine kleine Fon, so irritierte, daß sie nicht mehr zu wissen schien, in welche Richtung sie sich bewegen sollte und sich nervös und kreiselnd zu dieser und zu jener Ausstiegsschleuse wandte und einen Vakuum-Röhrenbahn-Zug nach dem anderen vorübersausen ließ, daß sich auch ihre Sprechweise um sich selber drehte, wenn Fon sprechpuppig plappernd wiederholte, wollen wir einen Ausflug machen, Richard, kommst du.

Als Schrimms dies deutlich geworden war, erschien es ihm das Schlauste, die bisherige Rolle der kleinen Fon sich selber anzueignen. Er würde jetzt den Führer machen. Und da er von Gepäckabgebern einmal gehört hatte, die Röhre 49 ende in einem unbebauten im Urzustand befindlichen Tunnelstück, praktisch in einer Wüste, entschloß er sich, die 49 zu besteigen, und weil die kleine Fon, als sich die Klappe fauchend öffnete, noch unentschieden kreiselte, klemmte Schrimms sie sich einfach unter seinen Arm, ließ sich mit ihr einsaugen und setzte sie auf einen Ansaughocker, wo sie wie angeklebt still sitzen blieb.

Schrimms hütete sich, eine Unterhaltung anzufangen, obwohl es ihn sehr drängte, als Fon so niedlich im schwarzen Strumpfkleid vor ihm die langen Beine kreuzte.

Schweigen ist das Spezial-Rezept. SHUT UP, RICHARD, halt die Klappe.

Da liegt der Schlüssel zum Erfolg, und wenn es noch so sehr im Innern kneift, laß dir kein einziges Wort entweichen, Richard, noch nicht einmal ein Wortfetzchen. Sonst zieht die Fon dich an der nächsten Haltestelle unweigerlich zum Aussaug, und raus mit dir, und umgestiegen in Richtung INSTITUT.

Der Bruchteil eines Wortes, und schon fonformt sie dich.

Schrimms hätte beispielsweise gern mit Fon Probleme der Wortgesellschaft auf Kugel 37 a erörtert, Informationen aus Fon herausgezogen, er riß sich aber an seinem inneren, von beinah sieben jahrzehntelangem Reißen schon dünn gewordenen Riemen.

Schrimms schweigt, und wenn er eine innere Verschlingung erleiden sollte. Schrimms schweigt.

An der Endstation packte er die Fonforma wie ein Expeditionsgut und ließ sich mit ihr absaugen.

Wollen wir einen kleinen Ausflug machen, Richard, kommst du? fragte sie in dem dunklen Tunnel.

Schrimms verkniff die Lippen, er schritt stur aus, den Flammenwerfer in der Hand, die kleine Fon lief kreiselnd nebenher.

Schrimms meinte, ein Garten ließe sich am günstigsten dort anlegen, wo in dem Tunnel, wie an manchen Stellen üblich, ein Ausstieg beziehungsweise ein Telefeuerfilter mit Abdeckklappe angebracht war. Doch fand er in der Tunnelwildnis so eine Stelle nicht. Er würde sie wohl selbst anlegen müssen, denn einen kleinen Telefeuereinfluß mal hin und wieder könnte Schrimmsens Gemüse gut vertragen.

Es war der Nachteil der industriemäßig erzeugten Milchgurken, daß sie hauptsächlich ohne jede Lichteinwirkung wachsen mußten, wodurch nach Schrimmsens Ansicht der labbrige Geschmack entstand.

Schrimms merkte bald, die sogenannte Wildnis, der Urzustand der Tunnellandschaft, war nicht perfekt. Es gab auch dort schon einen Friedhof der Kugel-37-a-Zivilisation. Saugklappen mit erschlafften Schaumrändern, vom Rost zernagte metallic-Filter, auch Abschnitte von Zügen der Vakuum-Röhrenbahn, Pilzhokker ohne Saugkraft, der Schaumbelag zerkrümelt, und eingebeulte elegante Kannen mit Direkt-Trink-Anschluß, auch goldene Kneifer, zersprungene Kugelhelme, lila Dienstkleidungslumpen, der Friedhof zog sich in der Tunnelenge hin, bis er in einem Haufen an die Tunneldecke reichte und Schrimmsens Vorstoß beendete.

Schrimms meinte, der aufgetürmte Krempel könnte die Schutzmauer für seinen Garten bilden. Ihm schien die Feuchtigkeit hier nicht zu groß. Zwar braucht Gemüse Wasser, aber verfaulen soll es auch nicht. Da ihm der Boden nicht zu kleistrig vorkam, er klebte wenig an den Händen, als er ihn prüfte, schritt Schrimms, ohne Zeit zu verlieren, ein Viereck von je zehn Metern Seitenlänge ab, wobei er mit einer weggeworfenen Kanne hinter sich eine Furche zog.

In die Mitte des Vierecks steckte er die weißlackierte Tafel, auf der das Institut vermerkt hatte, Schrimms sei Besitzer einer quadratisch oder rechteckig eingezäunten bzw. eingegrenzten Fläche.

Er wollte zur Fonforma sagen, siehst du, hier ist mein Garten, aber er schwieg noch geistesgegenwärtig.

Schließlich konnte es noch nicht der richtige Garten sein, solange er nicht eine eingezäunte bzw. begrenzte Bodenfläche war.

Schrimms schleppte als Zaun-Elemente die angebeulten eleganten Kannen mit Direkt-Trink-Anschluß heran und faßte damit seinen Grund und Boden ein. Er deutete durch Handbewegungen Fonforma an, sie möge beim Transport der Kannen helfen. Er hielt ihr eine Kanne vor die Nase, zeigte darauf, klopfte, zeigte dann auf Fonformas weiße Hände, die schön sauber runterhingen, zeigte auf ihre langen Beine, ahmte mit seinen Händen Gehbewegung nach.

Fonforma lächelte, ihr gummiartiger Mund verengte sich zur Saugstellung, die Augen wurden weit.

Hier gibt es nichts zu saugen, dachte Schrimms. Aus Schrimms kommt nichts heraus, Schrimms hält zurück. Ja, liebe Fon, du möchtest, daß ich mich verquatsche, den Mund nicht halten kann wie andere Männer. Schrimms war entgegen erdläufiger Ansicht überzeugt, die größten Waschweiber seien männlichen Geschlechts, wie auch die größten Angeber.

Schrimms aber war ein harter Schweiger. Er glaubte das Geheimnis männlichen Unglücks zu erkennen, das darin lag, den Frauen gegenüber zu offenherzig und naiv zu sein.

Als er mit dem Umzäunen seiner Fläche fertig war und schwitzend aufblickte, sah er die kleine Fon kreuzbeinig auf einem alten Röhrenabschnitt sitzen. So eine Röhre nehme ich als Gartenlaube.

Er deutete durch Zeichen an, daß die Fonforma von der Röhre hopsen möge und helfen, sie auf das Gartenstück zu überführen.

Fonforma rührte sich nicht, sie lächelte, so schien es Schrimms. Ob es ein höhnisches oder gleichgültiges Lächeln war, konnte er nicht ablesen. Schrimms hatte unversehens Arbeitswut ergriffen, er zerrte angestrengt die Röhre, auf der Fon hockte, zu seinem Garten hin. Er mußte oft pausieren, er fühlte sich von Schweiß durchnäßt, die lila Latzhose klebte an seinem mageren Gesäß und an dem etwas speckbelegten Hängebauch, die Nase brannte, wo der Klemmer in die geschwitzte Haut kniff, aber Schrimms wollte unbedingt noch an demselben Abend die Laube in seinem Garten sehen. Er fiel neben der Röhre auf seiner kanneneingegrenzten Bodenfläche um. Er sah Fonforma von der Röhre auf ihn herunterlächeln.

Wenigstens aufhelfen sollte sie ihm schon ein bißchen. Schrimms könnte ja ihr Vater sein, sogar ihr Großvater, aber in dieser Richtung wollte Schrimms betreffs der Fon nicht denken. Er rappelte sich auf, er klopfte die schmutzigen Handflächen aneinander ab, er wollte sein Umgefallensein mit einem Witz abschütteln, doch seine Lippen waren aneinander festgetrocknet. Beinahe allen Speichel hatte Schrimms während seines Schweigens weggeschluckt. Lächelte Fon mitleidig, höhnisch? So schwach war Schrimms nun nicht, im Gegenteil. Er fühlte sich als Garten- und Röhrenlaubeninhaber, auch wenn die Knie zitterten, baumstark. Er winkte der Fonforma. Sie sollte endlich von der Röhre steigen. Sie rutschte flott herunter, aber zur anderen Seite. Sie will verschwinden, dachte Schrimms, aber von Schrimmsens Grundstück verschwand man nicht so ohne weiteres. Man sagte etwas, grüßte, entschuldigte sich, man dankte für die Gastfreundschaft, man haute nicht einfach aus Schrimmsens Garten ab. Schrimms rollte die Röhre vorwärts.

Klemmte er einen von Fonformas Schuhen fest, fiel die Fonforma auf die Nase? Er faßte sie von hinten als sie gerade aufstand und mit dem Fuß in ihren plattgedrückten Schuh zu fahren suchte.

Schrimms hatte das Gefühl, es wäre der richtige Augenblick und auch der richtige Ort, sich bei Fonforma als Mann zu zeigen.

Sein Garten lieh ihm Selbstbewußtsein. Hatte er nicht davon geträumt, die kleine Fon in seinen Garten einzuladen? Ein eigener Garten, eine Röhre, eine Frau.

Schrimms schien komplett zu sein. Du, Fon, du, hör mal, er packte ihre Hüften, und als sie zappelte, warf er sich über sie.

Jetzt könntest du mich doch fonformen, dachte er, damit bei mir die richtigen Worte kommen.

Fonform mich bitte, ich weiß nicht, was ich sagen soll.

Schrimms hatte eine schöne Sammlung unfeiner Worte auf dem Speicher, noch vom Kommiß her, aber er fürchtete, daß sie veraltet wären, Fon könnte von ihnen abgestoßen sein.

Er wollte etwas äußern, worüber Fon sich freuen würde. Wie soll Schrimms wissen, was eine kleine Fon aufregt, was sie scharf macht?

Fonform mich, Süße, sei nicht so. Er führte seine Lippen dicht an Fonformas Mund heran, er sah ihr mutig in die Augen, er gab sich der Fonformung preis.

Er nuschelte, Fon, du bist prima, bist dufte, knorke. Uralte bestaubte Wörter, wie er wußte, er ließ sie nur pro forma ab, als Material für Fon, die ihm dafür die richtigen Worte liefern sollte, fonform mich, Fon.

Sie plärrte leise, wollen wir einen Ausflug machen, Richard, kommst du.

Schrimms preßte erschrocken die Lippen aufeinander. Er legte sich mit seinem ganzen Gewicht auf Fon, die wie es schien, aufspringen wollte.

Ja, Fon war fest und stramm, das fühlte Schrimms, und hatte sie nicht eine zehnmal niedlichere Brust als Erna? Kleine Spitzknöpfe, die fast das enge schwarze Kleid durchbohrten.

Schrimms konnte sich nicht bremsen, da mußte er mal drücken. Ein Wortschwall ging ihm unvermutet ab. Ach, Foni, Fonilein, mein Engels-Fönchen, Fon-Püppi, du hörst es ja, dein Name lebt in mir, ich kann ja ohne dich nicht sein, ich kann von dir nicht lassen, Schnucki-Fon, Frau meiner Träume, willst du nicht mein Matratzenwuschelmäuschen sein, zwar ne Matratze haben wir noch nicht, ich schaffe aber alles für dich ran, für dich tu ich doch alles, für dich würde ich klauen gehn, du bist ja doch mein Leben, mein ein und alles. Nachts steht dein Bild vor mir, umschwebt mich, ich bin verrückt nach dir, ich liebe dich wahnsinnig, wenn du mich *nicht* liebst, bringe ich mich um, ich nehme Gift, das kannst du glauben, du kleines Krabbeltier, mein Schmuckstück, Goldkäferchen, bist du vielleicht ein Vamp, wirst mir das Blut aussaugen? Macht mir nichts aus, Schrimms bricht die Herzen der stolzesten Fraun, jawoll, ich küsse Ihre Hand, Madame. Nee, nicht die Hand, haha, Schrimms kennt die Touren, Schrimms weiß Bescheid, mein Ferkelchen.

Schrimms fühlte sich erschöpft von soviel Worten, wieviele müßte er denn noch absondern, bis Fon davon entflammt wäre. Sie brauchte ihm doch nur ein paar hineinzublasen, die einschlägigsten nur, sie mußte selbst am besten wissen, bei welchen sie in Fahrt kam.

Schrimms spürte, der Fonforma war eine merkwürdige Starre und Kühle eigen. Er argwöhnte, sie wäre ein verschrobenes Mädchen, das vor den Männern auftritt, als wäre sie wer weiß wie wüst, und nachher ist nichts.

Aber bei Schrimms kommt sie damit nicht an. Ich habe heute schwer geschuftet, und jetzt die Sache in die Länge ziehen, das gibts nicht. Mich Worte reden lassen, für die ich mich normalerweise schämen würde, und die dann nicht mal wirken.

Schrimms empfand allerdings auch Mitleid für die kleine Fon, er wollte zärtlich zu ihr sein, das arme Kind, vollkommen falsch erzogen, unaufgeklärt vielleicht, er wollte sie ganz väterlich behandeln. Ist das nicht überhaupt die Pflicht der älteren Männer, sich um die jungen Mädchen liebevoll zu kümmern?

Schrimms sagte, zieh dich doch etwas aus, mein Kindchen, hilf mir ein kleines bißchen.

Fons Strumpfkleid hatte weder Knopf noch Reißverschluß, es war wie auf den Körper aufgestrickt, vielleicht auch aufgesprüht.

Schrimms dachte, es gibt ja welche, die sich die Kleider Stück für Stück vom Leibe fetzen lassen, das bringt die erst in Fahrt. Kurz und energisch zerrte Schrimms, zerrte aus Ärger. Der alte Schrimms hatte doch auch Gefühle. Es sollte schön sein, er wollte in Gefühlen schwimmen, und wirklich schöne Worte sollten fallen, nicht so idiotische. Wenn er sie hätte.

Er riß Fons schwarzes Zeug von oben bis ganz unten auf. Was war nun eigentlich beim Lieben schön, wußte es Schrimms? War es bei Erna, war es da schön gewesen?

Schrimms konnte bei Fon noch nicht einmal eine Einfahrt finden, er zog an dem kaputten Kleid, er fand nichts. Nicht mal andeutungsweise. Da waren ja die Puppen weiter, die tranken und Pipi machten, die haben heute im Gegensatz zu früher ja einen kleinen Pimmel aus Weichplast und ne kleine Muschi, weil jetzt die Leute aufgeklärter sind, sogar in Grasleben-Horkenstedt.

Wollen wir einen kleinen Ausflug machen, Richard, kommst du?

Schrimms ließ Fon fallen. Es schütterte an ihrem Hinterkopf, so schien es Schrimms, sie wiederholte die fatale Frage, doch stotternd, sie richtete sich langsam auf, sie hockte sich kreuzbeinig hin, die Kleiderfetzen klappten runter, Schrimms sah den Bauch, der keinen Nabel hatte, die Brust, ein Knopfsystem. Saßen da nicht noch andere Knöpfe druckbereit, fuhr nicht ein anderer aus, wenn man den einen drückte?

Schrimms schauderte bei dem Gedanken, es nochmals zu versuchen. Waren da nicht am glatten, kühlen, plastartigen Körper der Fonforma kaum wahrnehmbare Tastflecken, die reagierten, wenn man sie unversehens berührte, und die Signale ausschicken konnten? Hatte Schrimms etwas ungewollt signalisiert, als er die Einfahrt suchte?

Schrimms meinte später, er würde durchaus noch soviel Kraft besessen haben, die Fonforma am Boden festzuhalten und sie auf ihre Beschaffenheit zu untersuchen, ja, Muskelkraft gewiß, doch seelisch, so mußte er zugeben, war er fertig. Schrimms konnte sich nicht überwinden, Fon anzufassen. Er sah zwar ein, es hätte sich gehört, ihr das zerrissene Kleid mit ein paar Strippen, die Schrimms stets bei sich trug, notdürftig zuzubinden, ja, auch bei einer so wie Fon beschaffnen Frau benahm man sich als gentleman, zumindest half man ihr beim Aufstehen. Doch Schrimms saß »wie vom Hexenschuß getroffen«, stocksteif und keiner weiteren Handlung fähig.

Er stierte die Fon an, die schnarchend in die Hocke ging, sich einen Ruck gab, ein Weilchen rasselte, als hätte sie Bronchitis, sich hin und her drehte, und schnell in Richtung Endstation abstöckelte.

Durch Schrimmsens Kopf bewegte sich schmerzhaft in Dauerwiederholung der Satz: DAS KANN MAN DOCH MIT EINEM ALTEN MANN NICHT MACHEN.

Schrimms würde nie bekennen, daß ihm dabei die Tränen kamen. Doch eingestehen, daß er die glatten, hochglanzlackierten Schenkel, den nabellosen Bauch, und selbst die Brustknöpfe, die er so niedlich fand, noch lange, nachdem Fon verschwunden war, kalt gruselig an seinem Körper spürte, das würde Schrimms. Dagegen niemals, er hätte Fon geliebt. Niemals? Eigentlich war an Erna mehr dran, ich hatte es schon auf den ersten Blick gesehen. Ja, Erna. Schrimms sagte das womöglich vor sich hin, aber was dachte er? Fonforme ich mich selbst, wenn ich behaupte, ich hätte niemals Absichten auf diese Fon gehabt?

Es schien Schrimms so, als müsse er sich selbst fonformen, um nicht vor Furcht und Schaudern steif zu werden. Ich ahnte ja schon immer, daß mit der Fon etwas nicht stimmte, sie kam mir immer unnatürlich vor, auch in dem Lehrfilm.

Indem er dies in sich hineinsprach, gelang es Schrimms, sich aufzurappeln. Zur Endstation schlich er mit Schulterblicken, vorm kleinsten Gerümpel, das sich am Weg erhob, blieb er verbiestert stehen. Es war ja nichts mit Fon, ich hatte das ja gleich gerochen.

In der Expedition erholte sich Schrimms langsam. Er zog das Fazit: ich habe keine Frau, doch dafür einen Garten, sogar mit Laube. Fon wollte er nicht mehr als Fon bezeichnen, es klingt zu menschlich, zu irreführend, dachte er. Sie DAS GERÄT, DAS DING zu nennen, fand er zu unpersönlich, nach allem was er mit der Fon erlebt hatte. Was war sie für ein Wesen? Das müßte Schrimms zumindest rausbekommen. Durch seinen Kopf kroch schleppend: DAS KANN MAN DOCH MIT EINEM ALTEN MANN NICHT MACHEN.

25

Die Tatsache, daß Schrimms nun Garteneigner war, half ihm, die angegriffenen Nerven zu erholen. Den Garten hab ich, das ist Fakt. Er freute sich, als er in seiner Hosentasche, wo Flammenwerfer sowie Taschenmesser (außen echt Hirschhorn) ruhten, mehrere alte Samentütchen fand, halbleere zwar, doch mit verschiedenen Samen von der Erde, darunter auch die Samen der von ihm sehr geliebten weißen Rettiche, genannt die scharfen Eiszapfen. Er erwog aber auch, Kugel 37 a-Sämereien einzukaufen, wenn er erst wüßte, mit welcher Röhre der günstigste Geschäftstunnel am besten zu erreichen wäre.

In manchen Röhrenbahnen glimmerten Textbänder, die auf das hohe Glücksgefühl hinwiesen, das sich der Kugel-Menschler durch Kaufhandlungen in den dazu bestimmten Tunnelstraßen erwerben könne. Schrimms wollte alle Sorten Nutzgewächse bauen, vielleicht auch welche von Kugel 37 a mit denen von der Erde kreuzen, er brauchte überdies Gießkanne, Hacke, Harke, eben die einschlägigen Gartenutensilien, auch einen Schlauch, und später eine kleine Gartenbank.

Er stellte eine Beschaffungsliste auf, nahm dabei das Gepäck an, wog ab, bekleisterte, versicherte. Diese zwei Tätigkeiten verband Schrimms mühelos. Nur wenn ihm plötzlich der Gedanke an den Verbalienbettler, der in dem Schacht verschwunden war, dazwischensprang, zitterte er ein bißchen, und wenn dazu noch der Gedanke kam, Fon könnte jeden Augenblick hereinstöckeln, sprach er gereizt zu seinen Kunden. Eins kann ich bloß, arbeiten oder quatschen, Sie machen mich ja fusselig, stellen doch Sie sich mal hierhin.

Wenn er nur an den Garten und die Expeditionserledigungen denken mußte, fing er Gespräche mit den Kunden an, zum Beispiel, wie man schnellstens in einen Einkaufstunnel käme, wo es was gibt.

Es gäbe überall was, hieß es, die meisten Leute führen mit Röhre 21 zum Haupteinkaufsgelände, dort solle die Ware frischer als woanders sein, das Angebot umhauend.

Schrimms fuhr im lila Dienstmantel, schräg auf dem Ohr die

Schiffchenmütze, den Beutel unternehmerisch geschultert, zum Abfahrtsstand. Er überließ sich dem Sog, der plötzlich Röhre 21 von Fahrgästen entleerte, schloß sich der Hammelherde, wie er sie nannte, an, die glimmerigen Pfeilen folgte, welche auf hohes Einkaufsglück hinwiesen.

Wenn ihm wenigstens jemand hätte beschreiben können, wo in der langen Tunnelstraße ein Gärtnereibedarfsspezialgeschäft zu finden sei.

Doch jeder, den er ansprach, nickte nur und zeigte vorwärts. So sah er sich genötigt, die trübe Straße entlangzuzotteln, von deren Decke es unregelmäßig tropfte, und die auf beiden Seiten von Kuppelhäusern bestanden war, ein Haus genauso glimmerig wie das andere. Jedes Haus war durch haargenau die gleichen Schaufenster gelöchert, kreisrunde Riesenfenster, Bullenaugen, jedes mit Textbändern und Schildern vollgestopft, die jedesmal ein Bild des klapprig-eleganten General-Wortlers garnierten, dessen Nacktschädel rosafarbnes Licht verstrahlte.

Schrimms konnte beim besten Willen nicht erkennen, was in dem jeweiligen Kuppelladen zum Kauf geboten wurde. Einer erschien ihm auf den ersten Blick als Fleischerei. Zumindest sah er weiße Kachelwände, verziert mit einem lila Fries von Röhrenferkeln, die jeweils ihrem Vorderferkel ins Schwänzchen bissen. Auch Fleischerhaken, Hackeklotz, ein Sortiment von Messern, Beilen und eine Schnellwaage erblickte er, doch konnte er nicht einen einzigen Fetzen Fleisch noch einen Wurstzipfel entdecken, auch keinen Knochen. Es wäre dafür sowieso kein Platz gewesen, weil jeder Haken, jedes Regal mit Wortstreifen, dicken, dünnen, mageren, fetten behängt und vollgezwängt war. Auf Tellern und metallic-Platten häufte sich Text. Aus Sülzeschalen schaute welcher. Im Türschlitz der Kühlzelle hingen statt Ferkelschwänzchen eingeklemmte Wortschwänzeleien. Rosa lackiert saß auf dem Hackeklotz ein General-Wortler-Porträt.

Falls Schrimms sich nicht verguckte, befanden sich im Laden ein oder zwei Verkäufer, vielleicht der Fleischer und die Fleischerin. Kann sein, daß da auch ein, zwei Kunden standen, vielleicht auch dreißig, vierzig, die sich das Angebot betrachteten.

Schrimms war es, als herrschte Totenstille in dem Laden. Er fürchtete, es würde jemand auftauchen und ihn nach Sinn und Zweck seines Betretens dieses Ladens fragen, vielleicht auch einen Text von ihm verlangen, so einen Streifen, um ihn am Fleischerhaken aufzuspießen, darum zog er sich schnell zurück. Unpraktisch fand er, daß die Schaufenster im Hintergrund verhängt waren und er nicht in den jeweiligen Laden blicken konnte, so daß er sich genötigt sah, in jeden einzelnen einzutreten.

Er durchschaute das Kugel 37 a-Prinzip des Handels zwar nicht, doch er erahnte es. Wenn er zuerst gemeint hatte, die Texte lägen und hingen beziehungslos zum Angebot herum, und der Charakter des Geschäfts sei nur an der besonderen Art von Schalen, Vitrinen, Geräten zu erkennen, so las er nun, bei gründlicherem Hinsehen aus den Texten, die streifenplattentellerbandriemenförmig Vitrinen und Regale füllten, was in dem Laden gehandelt werden sollte.

Zum Beispiel Schuhe, wie die unselige kleine Fon sie trug. Die Texte empfahlen *dringend* derartige Schuhe im neuen Telefeuerjahr zu kaufen. Sie beschrieben sie eingehend, und sie erklärten, es sei hinsichtlich eleganten Schuhwerks auf Kugel 37 a ein nie gekannter Aufschwung zu verzeichnen. Wann jemals vorher sei man auf einer bewohnten Kugel darauf gekommen, derartige Schuhe zum Tragen zu empfehlen? Schrimms erblickte kein einziges Paar von solchen Schuhen in der Vitrine, auch keinen einzelnen Schuh. Doch nahm er an, daß sie sich in einem Hinterraum befänden. Vielleicht war irgendwo ein Knopf, auf den man drücken mußte, um eine Verkäuferin hervorzuziehen, vielleicht spazierten auf Knopfdruck Schuhe selbst heraus, vielleicht lag in den Texthaufen eine Kaufhandlungsrichtlinie.

Schrimms wollte sich aber in nichts einlassen, was nicht mit Gartenutensilien zusammenhing. Er kehrte schnell dem Schuhladen den Rücken. Nachdem er in drei Dutzend Läden Einblick genommen hatte, schwindelte ihn. Ich mache etwas falsch. Die Tunnelstraße schien unendlich.

Schrimms sah zwei Parallelen von Kuppelhäusern, alle in gleicher Form und Größe, die sich, so schätzte er, im Punkt Unendlich, obwohl ihm dämmerte, es sei ein mathematisches Gesetz, nicht treffen würden.

Schrimms stapfte nicht wie ein Idiot von Kuppelladen zu Kuppelladen, ein Hoffnungstrottel, der jedem Anschein einer Möglichkeit nachläuft. Schrimms sagte sich, *ein* Laden noch, dann Schluß.

Zufällig enthielt der Laden Textgebilde, in denen das Wort GURKE mehrfach vorkam. Schrimms dachte, ich werde diesen Laden bei dem Wort GURKE nehmen.

Zehn Tüten Gurkensamen, wetterfeste. Schrimms Worte hallten im Geschäft. Er wiederholte sie, das heißt, er wollte es. Gefonformt sagte er, ich brauche *keinen* Gurkensamen, schon gar nicht wetterfesten, bemühen Sie sich bitte nicht.

Er dachte wütend, trotzdem werde ich Gurken säen. Ich werde sie mit denen von der Erde kreuzen, ich polke die Kerne aus meinen Frühstückslabbergurken raus, die steck ich in den Boden, ich wage den Versuch.

Da er nun einmal das Verkaufsgespräch begonnen hatte, wollte er sich erkundigen, wo ein spezielles Gärtnereigeschäft zu finden sei. Ich brauche *keine* Hacke, Spaten, Harke, Gießkanne beziehungsweise Schlauch. Gerade hatte sich jemand aus dem Hintergrund gelöst, wahrscheinlich um Schrimms einen Tip zu geben.

Eine vornehme Lackfigur, die sich verbeugte, ja, wenn Sie diese Hacke, Spaten undsoweiter *nicht* benötigen, dann müssen Sie *nicht* dahin gehen, wo es sie gibt.

Schrimms glaubte raffiniert zu sein, indem er fragte, wo es sie gäbe, aber gefonformt fragte er, wo gibt es sie denn *nicht*. Es wäre unfreundlich, wenn Sie es mir beschreiben würden.

Mein Herr, es gibt sie nirgends nicht.

Glücklicherweise habe ich *keine* Gartenbesitzurkunde, sagte Schrimms.

Erhielt er nun die Antwort: dann gibts die Sachen trotzdem nirgends nicht, nichts gibts hier nirgends, werter Herr? Oder was sagte der merkwürdige Verkäufer? Lag nicht ein leises fonartiges Plärren in seiner Stimme?

Schrimms überlegte, wenn mir das NIRGENDS genau beschrieben würde, müßte ich es ja finden. Ich könnte meine Urkunde, die jetzt in meiner Bodenfläche steckt, zu diesem NIRGENDS bringen, wo es NICHTS gibt. Dort würde ich mir aussuchen, was ich brauche, nein, korrigierte er sich selbst, was ich *nicht* brauche. Ach, ich verheddere mich schon. Soll mir der Lack-Knülch wenigstens aufzählen, wo es die Utensilien *nicht* gibt, dann würde ich logischerweise in den Geschäften forschen, die er *nicht* aufzählt.

Schrimms schmeckte typisches Radiergummiaroma an seinem Gaumen. Schlaff gab er den fonformen Satz von sich, der Herr möge ihm *nicht* aufzählen, wo es die Utensilien *nicht* gebe, er brauche sie ja dringend, und er entschuldigte sich unterwürfig.

Im Freien, Schrimms war derart benommen, daß er den düsteren

Tunnel das »Freie« nannte, versuchte er in Taschen und Beuteln der anderen zu luchsen, die glimmerigen Pfeilen folgend in Richtung Röhrenbahn abtrabten. Er konnte nicht erkennen, was sie erworben hatten, die Beutel schienen schlapp und schrumpelig.

Die Eindrücke verwirrten Schrimms, zumal ihm dauernd Texte

GLÜCKLICHER EINKAUF IM ZEICHEN DES KUGELTRANSZENDENTALEN VORHABENS – GLÜCKLICHE MENSCHLER

die Sicht versperrten.

Schrimms hatte etwas falsch gemacht. Wörtlich besagten doch die Texte, daß es etwas zu kaufen gab, hier ist doch eine Wortgesellschaft, dachte er, hier herrscht das Wort, aufgrund von Worten müßte also etwas vorhanden sein. Beduselt stieß er gegen einen Mann, der sich dafür entschuldigte.

Entschuldigen *Sie*, sagte Schrimms, *ich* bin derjenige, der sich zu entschuldigen hat, ich bin nicht ganz in Ordnung.

Ja, dankeschön, entgegnete der Mann, ich danke sehr.

Nein, sagte Schrimms, *ich* danke, das heißt, Entschuldigung, pardon, nicht wahr, ach, mir ist übel.

Nun, bitteschön, das macht doch nichts, nein, nichts zu danken, gleichfalls.

Schrimms dachte, der ist doch nicht ganz dicht, der hat doch einen unterm Poll. Spricht der so höflich, weil er der Jüngere ist? Na, etwa fünfunddreißig. Vielleicht ist er ein armer Schlucker, so hager wie er aussieht, aber frisch lila angezogen und glatt gekämmt und ordentlich gewaschen, sogar mit Duftschaum, wie es riecht, und in der Hand den Beutel, den hält er ganz verknautscht, hat also auch nichts eingekauft.

Entschuldigen Sie, sagte Schrimms, ich bin hier fremd, ich weiß nicht, ob das die richtige Einkaufsstraße ist.

Ich weiß es auch nicht, muß mich verfahren haben, vielleicht hab ich mich aber nicht verfahren, die Straße sieht so aus wie alle Einkaufsstraßen, es kommt im Grunde nicht darauf an, welche man aufsucht.

Ja, sagte Schrimms, ich kenne das, man braucht sich nicht die Hacken abzulaufen: gibt es in einem Laden nichts, gibt es in allen nichts, man braucht nicht alle abzugrasen.

Sicher, so wird es sein.

Ich dachte, weil ich fremd bin, Sie könnten mir erklären, wo ich hier Gartenutensilien kaufen kann, ich meine, unter der Voraussetzung, daß es sie gibt. Schrimms fiel es ein, der junge Mann könnte nicht wissen, was Garten sei. Das ist eine umzäunte Bodenfläche, die man besitzen kann, um beispielsweise Nutzgemüse drauf anzubauen.

Ach, ja, tatsächlich? Sehr erfreut.

Der nuschelt Wörter hin, als ob er gar nicht weiß, was sie bedeuten. Der ist nicht bei sich. Schrimms ließ ihn stehen. Ich habe etwas falsch gemacht, in solchen Tunneln kaufen die Idioten ein. Der Clevere beschafft woanders, der weiß, in welchen Läden keine Fonformanlage ist. Schrimms fühlte sich wie durchgemangelt.

Als er in Röhre 49 umsteigen wollte, versagten seine Füße, er blieb urplötzlich stehen, als ob ein innerer Aufziehmechanismus abgelaufen wäre.

Nun, bitteschön, sehr liebenswürdig. Der junge Mann griff ihn am Arm, als wollte er Schrimms stützen.

Das aktivierte Schrimms. Ich kann schon selber. Er taperte zur Stelle vor, von der er annahm, daß dort die Vakuum-Röhrenbahn-Einsaugeklappe aufspringen würde. Er brachte sich in Einsaugrichtung, er landete mit Ach und Krach auf einem Ansaughocker. Ihm gegenüber klebte bereits der junge Mann.

Womöglich war der gar nicht wirr? Vielleicht war der ein ganz normaler Spitzel? Holzauge, dachte Schrimms, sei wachsam. Er sprach kein Wort mehr.

Der andere schwieg auch.

Schrimms ließ sich schnell aussaugen. Mit krummen Knien wankte er seinem Garten zu. Als er von weitem die weiße Lacktafel erkannte, erholte er sich rasch.

Er überstieg den Kannenzaun und meinte, er wäre wieder der alte Schrimms. Schrimms wird nicht so behämmert sein und suchen, bis ihm die Zunge raushängt, wo er gnädigerweise was verkauft bekommt. Schrimms hält sich an den Müll. Selbstredend muß der Müll, der sich als Rückwand hinter Schrimmsens Garten türmt, einen Ursprung haben, aber Schrimms will den Ursprung nicht, er nimmt den Müll direkt. Schrimms könnte man auf eine kahle Bodenfläche setzen, splitternackt, auf eine unbewohnte Insel im Ozean, und, wenn es recht ist auch auf Kugel-37-a. Schrimms macht was draus. Er streifte seine lila Blusenärmel hoch und begann systematisch den Müll zu sichten.

Als er ein stangenförmiges metallic-Stückchen fand, meinte er, es sei zweckmäßig, den Samen von der Erde jetzt auszusäen.

In vorschriftsmäßigen Abständen und vorschriftsmäßiger Tiefe bohrte er mit der Stange Löcher in den Boden, in die er feierlich die Samenkörnchen steckte.

Zwar hatte er auf Kugel 37 a nie ein belebtes Flügelwesen, schon gar nicht einen herkömmlichen Vogel, bemerken können, auch war ihm nie ein Text begegnet, der solche Wesen beschrieben oder nur erwähnt hätte, trotzdem errichtete Schrimms, kaum hatte er den Samen in den Boden eingebracht, mitten in seinem Garten eine Vogelscheuche, stattete sie mit einem verblaßten fadenscheinigen lila Anzug, löcherigem Helm und einem Gesicht aus angefressenem Schaumstoff aus. Wie sie sich schräg über Schrimmsens Grund und Boden neigte, als wollte ihre Schaumnase etwas erschnüffeln, als wollte sie vor Hunger zusammensakken, vielleicht auch nur vor Trauer, Hilflosigkeit und Schande, sprang wieder der Verbalienbettler in Schrimmsens Gedankengänge.

Auch wenn ich keine Schuld an seinem Abgang trage, ich war ja gefonformt, wissen möchte ich doch, wo er verblieben ist. Plötzlich traf es Schrimms: wie soll ich denn beweisen, daß ich gefonformt war? Als ich ihm, zwar erinnere ich mich nicht, den leichten Schub versetzte, wodurch er in dem Schacht verschwand, wie soll ich denn beweisen, daß ich es nicht absichtlich tat? Hinterläßt das Gefonformtwerden Spuren? Narben, die als Beweismaterial später mal vorzulegen sind?

Schrimms fürchtete, man würde ihn, »wenn es mal anders käme«, beschuldigen, einen Verbalienbettler von sich aus in den Schacht gestürzt zu haben. Aber auch, wenn Schrimms nicht mehr zur Abgabe erscheinen würde und sozusagen streikte, könnte ihm der im Schacht Verschwundene vorgehalten werden. Schrimms könnte mit dieser von ihm nicht gewollten Tat zur Abgabe und wer weiß wozu noch erpreßt werden.

Obwohl die Vogelscheuche beunruhigende Assoziationen hervorrief, baute Schrimms sie nicht ab. Er entschuldigte sich vor sich, er wisse ja nicht, ob nicht andere verscheuchungswürdige Lebewesen in dieser Tunnellandschaft heimisch wären als die nicht feststellbaren Flugwesen. Manchmal sprach er zur Scheuche: ich habe es nicht so gemeint, verstehst du, wir sind ja alle fongeformte arme Hunde.

Wenn Schrimms am Feierabend die trübe Tunnelstraße runterging, sah er von weitem schon den lila Kerl, und auf den ersten Blick erschien es ihm, als warte der leibhaftige Verbalienbettler in seinem Garten, um sich von Schrimms mildtätige Worte reinsprechen zu lassen. Alles in Ordnung, bildete sich Schrimms dann ein, alles von allein wieder ins Lot gekommen. Aber wenn er die eigenfabrizierte Täuschung aufhob, sagte er jedesmal, ich bin nicht schuldig, kannst du glauben, war ja gefonformt, und er betrachtete die Vogelscheuche als Denkmal, das er dem abgesaugten Verbalienbettler errichtet hatte. Hätte er *mehr* für ihn tun können?

Indes gedieh der Garten prächtig, bald durchstieß blasses Grün den Boden, die ersten Triebe der örtlichen Milchgurken, und, kräftiger grün, das diverse Grasleben-Horkenstedter Nutzgemüse, insbesondere die langen weißen und kegligen schwarzen Rettiche sowie Radieschen.

Seine Röhrenlaube richtete Schrimms mit zwei alten Ansaugsitzen, einem aus metallic-Gestänge zurechtgebogenen und mit einer Röhrenverschlußklappe belegten Tisch und einer aus kleinen Containern zusammengebauten, mit defekten Schaumbelägen gepolsterten Couch ein. Er hätte dort wie eh und je »auf Station« gehen mögen, aber ihm fehlte ein Gerät, mit dem er in eine andere Dimension hätte entsteigen können. So hockte er erst einmal da.

26

Eines Abends blieb am Zaun der junge, hagere, anscheinend wirre junge Mann stehen, den Schrimms im Einkaufstunnel getroffen hatte.

Schrimms hieß ihn in gutmütigem Ton willkommen. Wollen Sie sich auch einen Garten anlegen? Hier ist noch Platz. Wir könnten Nachbarn werden. Hätte nichts dagegen. Gleichzeitig ärgerte sich Schrimms, so zutraulich zu sein. Wenn der nicht bloß behämmert, sondern Spitzel ist? Andererseits kriegt man viel mehr aus Spitzeln raus, wenn man sie freundlich aufnimmt und sich dabei ganz doof stellt.

Es wäre gar nicht schlecht, wenn Sie hier einen Garten hätten, ich habe neben hervorragenden Rettichen, Eiszapfen, auch Kraftwürz-Gurken, eigene Zucht. Wenn Sie auch irgend etwas Eigenes hätten, besondere Sämereien vielleicht, wäre ein Austausch möglich.

Der junge Mann sagte mit Verwundern, das habe er noch nie gehört, daß jemand hier ganz von allein selbst etwas baue. Er habe bisher angenommen, Milchgurkenanbau erfolge industriemäßig zentral, nach einem durchgefeilten Plan gesteuert. Bevor noch eine einzige Gurke angebaut sei, wie das geschehe, sei ihm unbekannt, ein Produktionsgeheimnis, wie es scheine, bevor sie jedenfalls in ihrer Keimform zu existieren sich anschicke, sei sie bereits so durchgeplant, daß sie schon als gegessen und verdaut abgebucht werden könne.

Schrimms kam es vor, als albere der junge Mann herum, wo es doch immerhin um ernsthaften Nutzgemüseanbau ging. Schrimms sagte, das betreffe vielleicht die sogenannten Milchgurken. Bei diesen labberigen Früchten sei es das Beste, sie als gegessen und damit als vergessen abzuschreiben. Es lohne nicht, sie überhaupt erst in den Mund zu nehmen. Schrimms dachte, er hätte einen Witz gemacht, er kritisiert die offizielle Gurke. Ging er darin zu weit?

Sollte ihm nicht erlaubt sein, Kritik, die ja zum Besseren führen soll, an Kugel 37 a-Gurken zu üben? Dem Spitzelamt, das diesen Bengel vielleicht auf Schrimmsens Spur gesetzt hat, wird ihre penetrante Labbrigkeit kaum ein Geheimnis sein.

Inzwischen nahm der junge Mann die weiße Tafel in Schrimmsens Grund und Boden wahr. Ach, sagte er, Sie haben eine Urkunde des General-Wortler-Büros. Ja, dann, entschuldigen Sie. Ich möchte Sie nicht länger stören. Herzlichen Dank. Ich möchte Ihre Zeit nicht rauben.

Schrimms dachte, jetzt bin ich für den eine Persönlichkeit, Schrimms ist beurkundet, nicht notwendig, Schrimms auszuhorchen.

Ich bin ein ganz einfacher Bürger, erklärte Schrimms, ein kleiner Mann. Sie können ruhig bleiben. Ich habe Feierabend. Jetzt denkt wohl der, *ich* bin ein Spitzel? Ich bin ganz zufällig zu dieser Urkunde gelangt, ich habe für das INSTITUT gearbeitet, beeilte Schrimms sich zu beteuern.

Für welches Institut?

Das Institut für Sprachgebildebau und -nutzung. Ist Ihnen das denn nicht bekannt?

Vom Hörensagen, könnte sein.

Ich habe für dieses Institut gearbeitet.

Tatsächlich?

Ich wollte nicht, die haben mich da hingeschleppt. Ich meine, das Institut hat sicher seinen Sinn. Bestimmt ist es sehr wichtig für die Entwicklung auf dieser Kugel. Nur eben ich, verstehen Sie, meine Struktur ist noch nicht ganz so weit, ich bin ein alter Mann. Da fällt es schwerer.

Schrimms blickte argwöhnisch in das Gesicht des jungen Mannes. Sicher ist sicher, dachte er. Ich wollte gar nicht, seh es aber ein. Als materielle Entschädigung hab ich ihnen den Garten abverlangt. Man kann sich ja nicht völlig aussaugen lassen. Nachher ist man Abgabekrüppel. Und wem ist dann damit gedient?

Sie möchten gerne dienen, wenn ich es recht verstehe.

Naja, man dient so eben hin, man zieht die Arbeit ab, sie läuft ja schon im Tran, aber erholen muß man sich, das muß auch sein. Sind *Sie* Abgeber?

Der junge Mann erlaubte sich zu lächeln.

Schrimms fiel es schwer zu unterscheiden, ob überheblich oder eingeschüchtert, auf die ironische Variante kam er nicht.

Und jetzt behauptete der noch, er wisse nicht genau, was so ein Abgeber eigentlich machen müsse. Er selbst habe noch niemals abgegeben. Auch sei ihm die Bezeichnung Verbalie, die Schrimms ihm examinierend an den Kopf warf, nicht sehr geläufig. Es gebe sie, gewiß. Auch das KUGELTRANSZENDENTALE VORHABEN, von Schrimms erwähnt, sei ihm vielleicht schon unterlaufen, doch er gehöre nicht zum Kreis der Abgeber. Auf diese Stufe sei er nie gelangt. So dürfe Schrimms es ihm nicht übelnehmen, wenn ihm Sprachelemente und sogar lange sprachig aufgemachte Bänder nicht geläufig seien.

Schrimms schüttelte den Kopf. KUGELTRANSZENDENTALES VORHABEN, das steht doch überall zu lesen. Sogar diese verbeulten Kannen, die ich zu Zaunbauzwecken verwendet habe, sind mit dem Text: ES LEBE DAS KUGELTRANSZENDENTALE VORHABEN bedruckt.

Der andere bückte sich zu Schrimmsens Kannenzaun. Lesend lag er fast auf dem Bauch. Tatsächlich, da steht sowas. Jetzt fällt mirs ein, da läuft ja wieder so ein VORHABEN, diesmal ein KUGELTRANSZENDENTALES. Wir hatten mal ein TUNNEL-INTENSIVES, wenn ich mich recht erinnere. Jetzt ist es also KUGELTRANSZENDENTAL. Soso. Man lernt doch immer noch dazu. Durch Sie bin ich erst aufmerksam geworden. Ich danke Ihnen. Nichts für ungut. Durch Ihre eindringliche Art, so fürchte ich, wird mir das Wort nicht mehr aus dem Gedächtnis weichen. Sie haben das so ernst betont. KUGEL, das haben Sie so ausgestoßen. Mir wird die Wichtigkeit erst jetzt bewußt.

Schrimms dachte, der schmiert dir Honig um die Backen. Oder ist der behämmert?

Nehmen Sies mir nicht übel, sagte Schrimms, als wir uns in dem Tunnel trafen, als ich Sie aus Versehen anstieß, da reagierten Sie so komisch, sagten Entschuldigung, danke, obwohl das gar nicht paßte, Sie hätten sagen müssen, macht nichts, ist nicht so schlimm, statt dessen dankten Sie mir noch für meine Toltrigkeit.

Mag sein, entgegnete der junge Mann, daß ich zu den Benehmenswörtern ein nicht sehr inniges Verhältnis habe. Ja, es geschieht mir, daß ich, wenn jemand kotzt, ihm guten Appetit wünsche, herzliches Beileid sage, wenn er Geburtstag hat, und Trauernden zum Tode ihres Angehörigen gratuliere. Das rührt wahrscheinlich daher, daß mir derartige Worte und Wortgebilde abziehbildmäßig vorkommen. Ich sehe zwischen ihnen keine Unterschiede. Das ist ein Fehler, der Ihnen sicher nicht passieren würde.

Nein, denn der Fehler ist entscheidend. Ich bin ja tolerant. Bei anderen könnten Sie reinrasseln, Mann.

Solche Gefahr scheint nicht zu drohen, *ich* selber merke manchmal noch, wenn ich ein nicht ganz adäquates Wort verwende. Die anderen merken nichts, mich hat noch nie jemand deswegen angesprochen. Sie sind der Erste. Ich danke Ihnen.

Schrimms dachte, der dankt um sich herum, der redet, und redet gleichzeitig auch nicht, bei dem ist mir, als würde in seinem Kopf noch einer sprechen, als wäre, was er sagt, die Außensprache, und innen ist ein superfeines nur elektronenmikroskopisch wahrnehmbares Sprachbewegungswerk, ein millionstelmillimeterweites Zittern beziehungsweise Schwingen bedeutet da schon was.

Nun sagte dieser Mann, wenn ich mich mit so kleinen Dingen wie danke, bitte und ihrem Unterschied, fragt sich noch, ob der überhaupt vorhanden ist, befassen wollte, würde ich bald nicht mehr normal sein. Mit solchen Differenzen kann ich mich nicht abgeben. Die Kugel ist ja übervoll von Worten, ist überflutet.

Einerseits mag das stimmen, sprach Schrimms bedächtig, andererseits herrscht, wie ich aus gut unterrichteten Kreisen erfahren habe, extremer Wortmangel. Durch die katastrophale Wortknappheit hab ich ja diesen Garten erhalten können, *die* brauchen dringend Wörter. Schrimms senkte seine Stimme, das heißt Verbalien, *die* sind ziemlich am Ende, das muß man wissen, die zahlen einem für Abgabe, was man will. Ist eine schwere Arbeit, zugegeben, aber der Garten immerhin, Sie sehen ja, ist etwas Handfestes, nicht zu Verachtendes.

Sie sind also ein Abgeber, sagte der andere still.

Schrimms dachte, davon reden wir doch die ganze Zeit. Ja, sagte er, ich bin es. Und es ist was für harte Männer, da muß man hart im Geben, aber auch hart im Nehmen sein. Er dachte, den können sie vielleicht zur Abgabe nicht brauchen, dessen Verhältnis zu den Wörtern ist nicht so. Und der lebt trotzdem. Schrimms fragte ihn nochmals, ob er sein Gartennachbar werden wolle.

Er habe keine solche hochglanzlackierte Urkunde, auch sei er ja kein Abgeber, schon gar kein so hervorragender wie Schrimms. Jetzt falle ihm auch ein, woher ihm Schrimms bekannt sei, vom Hauskurier des Instituts, den er einmal zerrissen, halb aufgeweicht im Tunnelschlamm gefunden habe: Schrimms mit dem General-Wortler in geistig-vorwärtsweisendem Gespräch.

Schrimms korrigierte auswendig, es hat in einer warmen, herzlichen, offnen Atmosphäre stattgefunden, wobei wir Themen von beiderseitigem Interesse behandelten und neue Gesichtspunkte anvisierten.

Na, sehen Sie, Herr Schrimms, da komme ich nicht mit.

Schrimms blickte rasch zu Boden, er hustete herum, betrachtete ihn dieser Mann nicht etwas bohrend, womöglich sogar stechend?

Schrimms sagte, ich bin nicht so, hier ist genügend Platz, wann ist Ihr Arbeitsschluß? Es wäre schön, wenn immer jemand von uns hier sein könnte.

Ich könnte jederzeit hier sein.

Arbeiten Sie denn nicht?

Doch, gab der Mann an, das sehen Sie schon daran, daß zweimal täglich die bewußte Kanne mit dem so aufmöbelnden Text, wie hieß er doch, in meine Bude geliefert wird.

Ich meine, was Sie *machen*.

Ich habe einen Forschungsauftrag, glaube ich.

Mich auszuforschen, dachte Schrimms, doch zweifelnd, für einen so verantwortlich Beauftragten schien ihm der Mann nicht zuverlässig und nicht seriös genug. Was forschen Sie denn so?

Es scheint ein äußerst günstiger Auftrag. Ich forsche, wie man mir bescheinigt, lebenslänglich.

Schrimms öffnete erstaunt den Mund. Kriegen Sie dafür lebenslänglich Hartbons?

In regelmäßigen Abständen, scheint mir.

Sind diese Hartbons richtig oder scheinen sie nur so.

Nun, diese Hartbons haben sehr viel Schein an sich, versuchen Sie mal, damit was zu kaufen.

Ich weiß, ich weiß. Schrimms fragte, und *was* erforschen Sie? Vielleicht eine noch unbekannte Sprache oder was technisch Wertvolles? Schrimms hoffte schwach, er könnte im Laufe der Bekanntschaft vielleicht die strukturelle Beschaffenheit der Fon von diesem Mann erfahren, auch etwas über Hintergründe der Systematik des INSTITUTS. Er glaubte nicht, daß dieser Bursche, zumal er Forscher, also INTELLIGENZ zu sein angab, so blöde sein konnte, wie er sich hinstellte. He, was erforschen Sie!

Der andere schielte schräg nach innen. Offen gesagt, das weiß ich selber nicht. Der Forschungsauftrag wurde mir vor sieben Telefeuerumläufen in einer Feierstunde auferlegt und zwar vom Stellvertreter des zeitweilig amtierenden Hauptwortlers des Unteroberflächengeisteszentrums. Es könnte auch der Hauptvertreter bei der Amtswortleroberstelle gewesen sein, versichern kann ich: es war feierlich, das Podium war von nicht übermäßig geschmacklosen Textbändern eingerankt, die Texte hatten die Funktion von Ornamenten, sie leuchteten, vor allem rosa. Ich sagte zu dem Auferleger meines Auftrags, herzliche Anteilnahme, nichts für ungut, dann kriegte ich die weißlackierte Urkunde in die Hand gedrückt, aus der hervorgeht, daß ich zu lebenslanger Forschung verurteilt bin, danach hielt ich etwas Musik und was zu essen aus.

Na, und danach? Danach kommt meistens etwas, das dicke Ende, Kehrseite der Medaille.

Bis heute ist anscheinend nichts gekommen, außer den Hartbons, die kommen, scheint es, regelmäßig.

Warum sagt dieser Kerl andauernd, scheint, so wie es scheint, mir scheint, warum scheint bei dem alles? Entweder etwas *ist* so oder es ist so nicht. Entweder oder. Scheinen, das mag ich nicht. Da weiß ich nicht, woran ich bin.

Es scheint nicht, sagte Schrimms, sondern es *ist* sehr übel, was Ihren Forschungsauftrag angeht. Zwar hat sich während sieben Telefeuerumläufen scheinbar kein Aas bei Ihnen blicken lassen, aber es könnte jeden Augenblick jemand vor Ihrer Tür erscheinen und Ihnen *jeden* Auftrag zudiktieren, den Sie dann zu erfüllen haben, nicht zu erfüllen haben scheinen. Kapieren Sie denn nicht, man hält Sie in Reserve, auf Abruf, für besondere Verwendungszwecke. Sie haben über sieben Telefeuerumläufe, so scheints, die Hartbons eingestrichen, nun sind Sie, scheint es, auch gezwungen zu erforschen, was *diese* wollen, und wenn Sie beispielsweise mich in Scheiben schneiden und meine innere Struktur analysieren zu sollen scheinen, können Sie es, so scheint es, nicht verweigern. Schrimms stockte, des Scheinens, das plötzlich übermäßig in seine Rede eingebrochen war, bewußt geworden. Anstatt zu schweigen, fing er wieder an. Ich hab im INSTITUT geschuftet, hab abgegeben, im Schweiße meines Angesichts, und sogar schöpferisch, so scheint es, habe hochwertige Verbalien, Wertarbeit, hab mir die Seele, scheint es, ausgekotzt, aber noch niemals Honorar erhalten. Um dieses Stückchen eingezäunten Boden hier, den Garten, mußte ich hart kämpfen, wie es scheint, mit allen Schlichen, Raffinessen, ich mußte ihn selbst suchen, mit eignen Händen urbar machen. Nicht mal die primitivsten Utensilien hab ich kaufen können, wurde mit Worten abgespeist und dann auch noch veranlaßt zu behaupten, ich wolle gar nichts. Und *Sie* sollten mit Nichtstun regelmäßig Hartbons einsacken, wie es scheint? Wer scheint Ihnen den Auftrag zugeteilt zu haben? So etwas *scheint* es keinesfalls zu geben. So etwas *gibt* es.

Wenn es Sie interessiert, seh ich zu Hause auf dem Zettel nach, woher die Hartbons kommen, ich hab da viele Zettel, die Überweisungsscheine, die, wie es scheint, periodisch bei mir eingehen.

Verdammt noch mal, ist das denn alles hier ein einziger gewaltiger riesengroßer Schein? Schrimms zweifelte erneut an dem Verstand des Mannes, doch eher am Normalverstand. Mir scheint, Sie gucken überhaupt nicht nach den Texten, die hier so gängig sind. KUGELTRANSZENDENTALES VORHABEN, das hängt doch überall herum, womöglich forschen Sie sogar für dieses KTV?

Das hagere Gesicht des Fremden verschattete sich grün, er riß den Mund auf, als wollte eine unförmige Verbalie heraus, doch war es eine scheinbare, er hielt die Hand vor, gähnte.

Daß Sie nicht nach den Texten zu gucken scheinen, Schrimms hackte auf dem anderen rum, nicht weil er ihn zum Textlesen bekehren wollte, er hackte aus Unsicherheit. Man muß doch wissen, was da vielleicht im Gang zu sein scheint, was sich anscheinend textmäßig zusammenbraut.

Der andere schwankte stehend im Halbschlaf hin und her. Gestatten Sie, ich bin total wortmüde, textmüde, beziehungsmüde.

Schrimms dachte, der simuliert, der schwankt um einige Grad zu stark. Doch war er sich nicht sicher. Er sagte höflich, heute wird das, so scheint es, nichts mehr mit Ihrem Garten. Für seinen Garten sollte man hellwach sein.

Ja-ohneweiteres-dementsprechend- ich heiße übrigens Ho, wenn Sie gestatten, entschuldigen Sie bitte-dankeschön-aufrichtiges-Beileid.

Jetzt hat er wieder seinen Rappel. Schrimms überlegte, ob er dem Ho andeuten sollte, woher er stammte, der war anscheinend doch behämmert, harmlos. Schrimms könnte Erdgeschichten auf ihn loslassen, dann wüßte er genau, was er erzählen sollte, nichts Scheinbares, Anscheinendes von Kugel 37 a. Er sagte, er sei der Chef der Vakuum-Röhrenbahn-Expedition. Ich bin hierher versetzt, Herr Ho, ich stamme nicht direkt von Kugel 37 a. Man hat mich hier benötigt.

Das weiß ich, sagte Ho. Und warum sagt er nicht, es scheine so, daß er es wisse. Das weiß ich. Es hörte sich so an, als sagte er, DAS WISSEN WIR.

Schrimms zögerte, ob er dem müden oder anscheinend müden Ho, die selbstgebaute Container-Couch anbieten sollte, doch wagte er es nicht. Er tippte an die Schiffchenmütze, fügte ein leutseliges Lächeln, krampfhaft, bei und stieg in seine Röhrenlaube.

Durch einen Vorhangschlitz beobachtete er, wie Ho schleppfüßig abzog, nachdem er eine Weile die Vogelscheuche betrachtet hatte. Was wollte er an Schrimmsens Verbalienbettler-Denkmal? Ob er von ähnlicher Beschaffenheit sein könnte wie die fatale kleine Fon? Ob ihn das INSTITUT anstelle Fons aussandte? Schielte er nicht nach innen, als er von seinem Forschungsauftrag sprach? Und *wie* sprach er davon. Verurteilt, zum lebenslänglich Forschen. Hatte sich dabei nicht sein Haar gesträubt, als wäre es elektrisch aufgeladen? Was war die Fon? Durchgängig bio war sie nach Schrimmsens Ansicht nicht, durchgängig techno, elektronic, schien sie auch nicht zu sein. Doch was war Ho? Sind die Bewohner dieser Kugel wie Ho beschaffen? Wie Fon? Ist auch der General-Wortler von solcher Art?

Der Ho hat Schrimms ganz fusselig gemacht, forscht lebenslänglich, weiß nicht wonach und ist noch nicht mal Abgeber. Und immer dieser Schein. Das Scheinen. Wo bleibt das Ist? Schrimms haute sich auf die Container-Couch. Na, jedenfalls, versuchte er sich zu beruhigen, hab ich direkt nichts Eigentliches verlauten lassen, wodurch ich Schwierigkeiten kriegen könnte. Ich habe nichts geäußert, scheint mir. Schon wieder scheint es, als ob mir dieser Spinner das reingesprochen hätte. Hier scheint nichts.

Hier liegt Richard Schrimms auf seiner wirklich selbstgebauten Couch, in seiner selbstgebauten Röhrenlaube, in seinem selbstgebauten Garten, auf seinem Grund und Boden.

Wie es scheint.

27

Das ist das erste, was Schrimms von einem Menschen und auch von einem Menschler wissen möchte, wovon lebt er. Wer da herumredet, ist Schrimms verdächtig. Fest stand für ihn, daß Ho nicht nur nichts produzierte, sondern auch sonst nichts tat. Ho arbeitete nicht, doch existierte er. Darin sah Schrimms nichts Ungewöhnliches. Nicht arbeiten, so wußte er, erhöhte den Lebensstandard oft beträchtlich, mit keiner Tätigkeit läßt sich so viel verdienen, wie mit gewissenhafter und zuverlässiger Nichtarbeit. Es ist nur nötig, zur Nichtarbeit qualifiziert zu sein, man braucht dazu nichts weiter als den Auftrag einer Gesellschaft, die von Auchnichtarbeitenden geführt wird.

Hielt Schrimms es nun für möglich, durch Nichtarbeit zu leben, so hielt er es für ausgeschlossen zu leben ohne zu essen, sich zu kleiden und sich mit handwerklichen Teilen zu versehen. Schrimms mutmaßte, daß Ho ein Doppelleben führte. Sein wahres Leben vollzog sich in einer schöneren Gegend. Hos Tunneldasein war nur Schein, er lebte es nach außen hin, da strich er scheinbar Hartbon ein, nahm formhalber den Kanneninhalt, die Tunnelgurke, den eingepappten Rosakrem zu sich. Sein wahres Leben lief woanders.

Als Ho am Kannenzaun vorbeistrich, kam er Schrimms wie ein Schatten vor. Schrimms fragte ihn direkt, wovon er sich ernähre. Von dieser Kanne, der Labbergurke und dem verpappten Rosakrem, da kann ein Mensch nicht leben und sicher auch ein Menschler nicht. Seit ich auf dieses Essen angewiesen war, wurde mein Körper schlottrig. Darum ist dieser Garten für mich eine Lebensfrage. Ich brauche etwas Herzhaftes, zum Beispiel einen Rettich, wenn Sie den bitte mal versuchen möchten. Da merken Sie sofort den Unterschied zur offiziellen Nahrung, die ich als Scheinnahrung bezeichnen muß. Er reichte Ho den Rettich, den Eiszapfen, den er gerade rausgezogen und an der Hose abgerieben hatte.

Ho nahm ihn in die Hand, besah ihn, roch daran, hielt ihn an seine Lippen, lutschte.

Ordentlich reinbeißen, daß es kracht.

Ho machte Kaubewegungen nach Schrimmsens Vorbild, führte den Rettich tief in den Rachen, sah Schrimms verängstigt an, zog ihn heraus. Unversehrt, nicht mal von Speichel feucht. Es hing noch Erde dran.

Den Rettich können Sie beruhigt essen, der ist gesund, für Leber, Nieren und für alles.

Es tut mir leid, entschuldigen Sie, es freut mich, besten Dank.

Sie haben wohl was Besseres?

Das scheint mir nicht so, sagte Ho. Gewissermaßen frohen Feierabend. Und danke gleichfalls, bestens. Ho zitterte und schwankte, er kam Schrimms hohl vor, ein Luftzug würde ihn umblasen.

Schrimms fühlte Mitleid. Ein armer Hund, der hat womöglich keine richtige Einkaufsquelle, der wird nicht lange existieren, der hat das Wesentliche für einen Menschen und sicher auch für einen Menschler nicht begriffen: den Unterschied von SCHEIN und SEIN. Das ist für jemand, der im Daseinskampf nicht untergehen will, noch wichtiger als der Unterschied MEIN – DEIN, und ebenso notwendig wie sich als DREIER durchzuschlagen. Ein DREIER kapiert den Unterschied von SCHEIN und SEIN am schnellsten.

Schrimms schien es, als sei Ho hinterm Kannenzaun vor Schwäche umgefallen. Er fand ihn dort bäuchlings, mit rausgestreckter Zunge. Er wollte ihn aufrichten.

Ho rappelte sich selber hoch. Herzliche Anteilnahme, Glückauf und immer kühn voran. Es hat mich sehr gefreut, Herr Schrimms, ich gehe jetzt.

Schrimms wollte ihn begleiten.

Nein, danke, bitte sehr, nicht nötig. Hos Schatten kippte schräg nach vorn, mit langen Sprüngen verschwand er in der Dunkelheit.

Schrimms schulterte die Tasche, um Ho zu folgen. In jedem fremden Ort, bei jeder fremden Truppe, an jeder fremden Arbeitsstelle muß man so schnell wie möglich das SEIN erkennen, sonst steht man ganz allein in einer Scheinwelt da, während die anderen sichs im SEIN gemütlich machen.

Schrimms fürchtete, er hätte bereits Zeit verloren. Durch Ho hoffte er Eintritt ins SEIN der Kugel 37a zu finden. Erstmal in Hos Privatsein, dachte er, und dann die weiteren Schlüsse ziehen.

28

Die Wohnung des Herrn Ho befand sich in einem streng linear gezogenen Tunnel, der war bis oben hin mit Röhren vollgestopft, aus denen Mattglas-Bulleyes auf die Straße glotzten. Schrimms sah, wie Ho in eine vertikale Röhre trat, die er, zumal ein Schild darauf verwies, für einen Treppenaufgang hielt.

Im Röhreninnern hing ein dünnes Tau, ein Faden eher, farblos bis transparent. Ho hievte sich daran hinauf.

Schrimms pochte an das Schild, hier steht geschrieben: Treppenaufgang.

Richtig, rief Ho hier ist der Treppenaufgang.

Was soll dann diese Strippe, an der Sie sich hochquälen?

Ich steige ganz gemütlich Treppen.

Nein, lieber Mann, Sie hängen an einem Faden.

Im Gegenteil, ich steige aufwärts. Stufe für Stufe. Wünschen Sie was von mir?

Ich wollte sehen, wie es Ihnen geht.

Dann steigen Sie mir bitte nach.

Sie meinen: hangeln oder klettern.

Herr Schrimms, Sie haben selbst gesagt, es steht geschrieben Treppenaufgang. Und in der Tat ist dies ein Treppenaufgang. Und Treppen steigt man.

Ich sehe beim besten Willen keine Treppe. Nicht eine einzige Stufe sehe ich.

Was steht da unten dran? Es scheint doch wohl, daß Sie des Lesens kundig sind?

Ja, und ich lese: Treppenaufgang.

Na, also! Wir steigen demnach eine Treppenstufe nach der anderen, wie es für Treppensteiger charakteristisch ist, bis wir vor meiner Wohnung stehen.

Schrimms fiel das Fadenklettern schwer, er trug den langen Dienstmantel und seine Schultertasche. Ihm lief der Schweiß vom Kopf bis in die Schuhe.

Hören Sie, Mann, das ist hier keine Treppe. Der Treppenaufgang ist abmontiert, war vielleicht demoliert, lebensgefährlich. Ich bin bereit, das zu verstehen. Aber ein Treppenaufgang ist hier nicht. Niemand kann mich beschwatzen, daß ich behaupte, ich steige Treppen, wenn ich an einem dünnen Faden hänge. Es müßte unten stehen: Fadenaufstieg, der Wahrheit halber.

So eine Verbalie gibt es nicht, daher kann sie da unten auch nicht stehen. Und daher hängen wir auch nicht, wir steigen Treppen.

Ich werde die Verbalie Fadenaufstieg nächstens abgeben, sagte Schrimms. Ich hoffe nur, daß danach auch wirklich ein Faden da ist, an dem man sich hochhieven kann, sonst muß ich eine weitere Verbalie abgeben. Vielleicht Röhrenwandklettermöglichkeit.

Seien Sie friedlich, sagte Ho, wir haben es geschafft, hier wohne ich.

Schrimms sagte, daß er die Wohnungstür vermisse. Ohne Tür sei eine Wohnung in seinen Augen keine Wohnung. Das wichtigste Erkennungsmerkmal einer Wohnung sei die Tür, die man zumachen kann, wie das Erkennungsmerkmal eines richtigen Gartens der Zaun sei.

Ho zeigte auf die Nummer 9847 und die Bezeichnung Röhre Ho.

Schrimms fand auch, nachdem er durch das Eintrittsloch geschlüpft war, den Ausdruck Wohnung unzutreffend. Ich würde eher sagen, Sie existieren in einem vertragsgemäß an Sie gebundenen Behälter. Es scheint nur so, daß Sie hier wohnen. In Wirklichkeit ist dies das Fach, in das Sie sich ablegen müssen, Fach Nummer 9847. Und dieses Rohr, das aus der Röhrenwand guckt, ist so ein Rohr, wie ich es auch auf der Gepäckabfertigung habe, da kommt kein Essen raus, da kommt vertraglich an Sie gebundene Grundversorgung. Ein Stück Kanne mit Direkt-Trink-Anschluß. Zwo Stück Pappdeckel, gefüllt mit rosa Schmadder. Ein Stück fade Gurke. Ein Stück Verbal-Hygiene-Pillen-Schachtel. Essen ist das noch nicht mal scheinbar. Das andere Rohr spuckt, wie auch an meinem Arbeitsplatz, ruckweise Text, Postalien und den Hauskurier des Instituts. Das dritte Rohr scheint mir das Abräum-Rohr zu sein. Es funktioniert wohl nicht, sonst würden hier nicht Materialien in Haufen gammeln, hier türmen sich die Kannen, zum Teil noch volle, und die Papiere rascheln einem wie welke Blätter um die Füße. Das ist hier keine Wohnung, sondern eine Abfall-Aufbewahrungs-Stelle. Manchmal kommen Sie und schaufeln den ganzen Unrat in das Abräum-Rohr, falls es nicht schon verstopft ist. Das hier ist eine verbale Wohnstruktur.

Was Sie für eigenartige Verbalien haben, sagte Ho, verbale Wohnstruktur. Sehr interessant.

Und wo ist Ihre richtige Wohnung?

Hier.

Das können Sie mir nicht erzählen, sagte Schrimms, ich will nicht in Sie dringen, aber hier wohnen Sie nicht richtig, sonst würde es hier anders aussehen.

Schrimms stieß ein Bulleye auf. Er hoffte draußen etwas zu sehen, das auf das wahre Leben Hos hinwies, vielleicht, daß sich da etwas spiegelte. Er sah eins von den Schildern, die Einkaufsglück verhießen, ein Stückchen weiter erblickte er die glimmerigen Fronten verbaler Läden und Menschler, die mit leeren Beuteln behängt, in diesen Läden ein und ausgingen. Sie *können* hier nicht wohnen, sagte Schrimms, es ist hier wie auf einer Arbeitsstelle, wo niemand Kraft reinsteckt. Mich wundert bloß, daß Sie hier einzeln sind und keine Vervielfältigung stattfindet.

Nun, sagte Ho, es steht im Wohngesetz, daß jeder Einzelmenschler seine Wohnung hat, darum bin ich hier nicht vervielfältigt. Aber Sie, auf der Arbeitsstelle, sind es, denn im Gesetz steht, daß hier ein Übermaß an Arbeit verrichtet wird. Die Kugel 37 a-Bewohner sind ungewöhnlich arbeitsam. Es würde nicht im Sinne des Gesetzes sein, wenn dort in der Gepäckexpedition nur eine einzige Person beschäftigt wäre.

Wo wohnen Sie nun wirklich, fragte Schrimms, ich will nicht in Sie dringen, ich meine nur.

Sie dürfen gern dabei sein, während ich hier wohne, sagte Ho, ich kann das jedem zeigen, dabei ist nichts Geheimnisvolles, es dauert noch drei kleine Phasen, bis meine Wohnaktivität beginnt. Das Telefeuer kommt dann. Bis dahin schlafen wir am besten.

Schrimms hatte mit den Händen einen freien Platz geschaufelt, dabei war er auf einen Gegenstand gestoßen, der einem Katafalk zu gleichen schien, zurechtgeklatscht aus plattgedrücktem Textgestrüpp, aus Heften, Hauskurieren, Hartbon-Schecks; der Katafalk schien Bettcharakter aufzuweisen. Schrimms legte sich instinktiv auf ihn.

Ho machte keine Anstalten sich hinzulegen, er blieb stehen.

Sie wollten bis zum Telefeueraufgang schlafen, sagte Schrimms.

Genau das habe ich gesagt.

Dann müssen Sie es tun.

Ja, selbstverständlich. Ho sah auf seinen Zeitanzeiger. Zweikomma siebenundvierzig kommt das Telefeuer. Wir sehen es hier nicht, es kommt aber bestimmt. Dann werde ich den Schlaf beenden.

Schrimms streckte sich auf seinem Katafalk, warf alte Texte über sich, die ihn jedoch nicht wärmten, und sah Herrn Ho zu, der stehend davon sprach, daß er nun schlafen würde. Es blieben noch zweikommaachtundzwanzig Miniphasen. Von Hos Gerede wurde Schrimms benommen, er schlief ein, obwohl er warten wollte, bis Ho sich auch hinlegte.

Als Schrimms aufwachte, stand Ho noch immer da. Es daure noch nullkommaeins. Er grüßte Schrimms. Wir haben drei volle Miniphasen durchgeschlafen, jetzt kann die Wohn- und Arbeitsaktivität beginnen, Schrimms möge liegenbleiben und Hos Aktivität studieren.

Natürlich müsse er sich erstmal waschen, sagte Ho, nichts gehe über das Gefühl der Sauberkeit und Frische, die aus dem Reinigungsgebläse den Körper überflute. Schon der Gedanke, den Reinigungsknopf zu drücken, löse die Sauberkeitsempfindung bei ihm aus, ja, und sie halte dann für einen ganzen Telefeuerumlauf an. Ho schilderte genau, wie sich die einzelnen Körperteile, ja selbst die kleinsten Anhänge wie Finger- und Fußnägel, Haare, Warzen, die kleinsten Öffnungen vom Schmutz befreit, dem neuen Telefeuerumlauf darböten. Er schilderte den Schmutz, den angeklebten Schweiß abstoßend.

Schrimms glaubte bei Hos Worten dessen Schweiß zu riechen, und nun brach wie ein reinigendes Unwetter die Sauberkeit herein, Ho schien zu duften, Ho glänzte rosig, wie er selbst sagte. Doch als er an den Katafalk trat, bemerkte Schrimms keine Veränderung an Ho, er fand ihn grau und blaß und schmuddelig, wie er ihn hinterm Kannenzaun gefunden hatte, und fade riechend.

Ho sagte, er wolle nun, nachdem er das Gefühl der radikalen Sauberkeit genossen habe, essen. Pünktlich entrutschte dem Rohr die Grundversorgung, Ho nahm die einzelnen Elemente in die Hand, nannte den Kanneninhalt, verbreitete sich über die Beschaffenheit der Gurke, bezeichnete die Farbe des eingepappten Schmadders und gab die Vorschrift auf der Verbal-Hygiene-Pillenschachtel auswendig wieder, doch konnte Schrimms beim schärfsten Hinsehen nicht erkennen, daß Ho von diesen Sachen aß.

Ein kleines Bißchen sollten Sie schon zu sich nehmen, sagte er, sonst hängt der Magen.

Sie haben recht, ich sollte Verbal-Hygiene-Pillen schlucken, vielleicht verbessert sich dann meine Beziehung zu den Wörtern, indem da wieder ein System reinkommt, Wortmüdigkeit verschwindet.

Ich halte nichts von Pillen, sagte Schrimms.

Im Prinzip sind sie hilfreich, sagte Ho, man kommt nicht in Gefahr zu ausgefallene Verbalien zu benutzen, man sagt nur Wörter, von denen unsere Kugel überschwemmt ist, nun – um Sie zu zitieren, Herr Schrimms, – Wörter der Grundversorgung, die gibt es reichlich; die exquisiten Wörter sind äußerst knapp. Wir sollten damit sparsam sein. Dann gibt es welche, die sollten nicht benutzt werden, weil sie das Gleichgewicht im Wortbestand gefährden, Wörter, die den Gesetzen unseres Lebens auf Kugel 37 a zuwiderlaufen. So ähnlich heißt es wohl, ich bin kein Fachmann, ich kann nur feststellen, wenn ich die Pillen nehme, kommen nie ausgefallene oder schädliche Wörter bei mir raus.

Wozu die Pille, fragte Schrimms, es gibt das Fonformen.

Was gibt es?

Das Fonformen. Ist Ihnen Madame Fonforma kein Begriff?

Madame Fonforma, Mutter von Kugel 37 a, das war im Schultext drin, falls ich mich recht erinnere. Damit hängt was zusammen, ich komme nur nicht drauf. Ho kippte den Schachtelinhalt in den Rachen. Jetzt will ich mit dem Studium des Hauskuriers beginnen, wozu ich laut Vertrag verpflichtet bin.

Im Hauskurier steht manchmal was von der Fonform-Methode.

Das muß ich überlesen haben. Ho griff blindlings einen der auf dem Boden liegenden Kuriere, ich bitte, mich jetzt nicht zu stören, ich konzentriere mich jetzt auf das Studium, dreiviertel Miniphasen muß ich schon aufwenden.

Da war auch mal ein kurzer Lehrgang über Fonformismus drin.

Der muß mir entgangen sein. Nun, heute ist der Hauskurier wie jedesmal hoch informell. Ho blätterte in dem Kurier, wobei Schrimms auffiel, daß er bei jeder neuen Seite auf seinen Zeitanzeiger sah.

Sie lesen, sagte Schrimms, als ob Sie Eier kochen.

Man muß präzise sein. Achtung, die Studienzeit ist um. Jetzt muß ich endlich meine Hartbon-Schecks abheften, das habe ich mir vorgenommen.

Schrimms hörte Ho mit Scheinen rascheln.

Danach befaßte sich Ho mit seinem Forschungsauftrag. Ich muß mir meinen Forschungsauftrag vornehmen, ich muß mich darauf konzentrieren. Ich bitte Sie, Herr Schrimms, falls hier wer rein will, ihn fernzuhalten, Sie sagen einfach, Ho arbeitet an seinem Forschungsauftrag.

Er setzte sich zu Boden, zog unter den Papieren ein aufklappbares Dokument mit Troddel sowie Siegel vor und las die Worte Forschungsauftrag auf Lebenszeit für Herrn Lingnatius Ho, wohnhaft in 9847, Straße des höheren Moralempfindens.

Steht da nicht mehr drin, fragte Schrimms.

Ho winkte ab. Nicht stören.

29

Schrimms fror in Hos verbaler Wohnstruktur, und je mehr Text er auf sich häufte, desto mehr schlotterte ihm das Gebein. Er hatte Lust, aus den herumliegenden Materialien ein Feuerchen zu machen, er setzte den Flammenwerfer aus dem zweiten Weltkrieg in Aktion, die Flamme brannte steil und ruhig, sie leckte Text, doch fressen konnte sie ihn nicht, er schien unbrennbar. Und doch, Schrimms hatte vorzeiten mal gehört, daß Worte zünden, daß Funken daraus sprühen und daß aus solchen Funken Flammen schlagen könnten. Es mußte an den Materialien in Hos verbaler Wohnstruktur was fehlen. Es waren nicht die richtigen Worte, sie brannten nicht, sie waren zu nichts zu gebrauchen. Schrimms zitterte vor Kälte und ihm war hohl zumute, ihm schliefen Hand und Fuß ein.

Ich habe mich genug mit meinem Forschungsauftrag abgerakkert, sagte Ho, jetzt darf ich mir ein bißchen Freizeit gönnen. Er warf die Mappe mit den Troddeln hin und griff nach einem langen windsackförmigen Beutel. Ich gucke mal, was es im Laden gibt.

Schrimms hoffte, Ho würde einen besonderen handfesten Laden kennen, er spürte Hunger.

Ho, der bald wiederkam, schleifte den leeren Beutel hinter sich. Es gab mal wieder wunderbare Sachen, ganz frischen Sahneflipp, Hornschlange in Aspik und diesen einzigartigen belebenden Liqueur aus Tunnelmoos.

Schrimms konnte weder etwas erblicken noch erriechen.

Ho sagte, ich helfe nämlich meiner Frau beim Führen dieses Haushalts, ich hole meistens ein, er stülpte den langen Beutel um, ich renoviere auch die Wohnung im Schnellverfahren, ich war im Heimwerker-Salon, hab gleich was mitgebracht. Er zog ein Textband aus dem Beutel, von dem er ablas, wie er sein Heim zu renovieren hätte.

Zunächst die Seitenflächen samt allen Innenkanten. Den Boden muß man, bevor man zu seiner Renovierung schreitet, von Schmutzpartikeln säubern. Es ist sehr wichtig, den ungeheuren Emissionen zufolge, die auch vor Wohnungen nicht haltmachen, die jeweilige Wohneinheit mindestens jede Woche einmal gründlich zu reinigen sowie mit neuem Anstrich zu versehen.

Ich halte mich da strikt dran, sagte Ho, ich gehe jede Woche in den Heimwerker-Salon.

Es schien zu stimmen. Schrimms sichtete am Fußboden schon ältere Textbänder mit Renovierungshinweisen.

Nach dieser Arbeit, sagte Ho, beginnt die wahre Freizeit. Ich bitte Sie, Herr Schrimms, sich für ein Weilchen zurückzuziehen. Ich möchte mich jetzt den intimen Beziehungen zu meiner Frau hingeben. Es wäre mir und sicher Ihnen auch sehr peinlich. Entschuldigen Sie, viel Spaß und nichts für ungut.

Schrimm's Füße schliefen immer noch. Ho schien es zu entgehen, daß Schrimms nicht aufstand und den Raum verließ. Schrimms war für ihn anscheinend, nachdem er ihn gebeten hatte sich zurückzuziehen, nicht mehr anwesend.

Schrimms dreht sich zur Wand. Er hörte Intim-Verbalien, erst leiser und dann lauter, er meinte, Ho wäre jetzt so bei der Sache, daß er nicht merken würde, wenn Schrimms sich etwas umdrehte und wenigstens mit einem Auge luchste.

Ho sagte zu seiner Frau, daß man sich nicht so paaren dürfe wie primitive Tunnelexistenzen, man müsse es bewußt und auf ästhetisch hohem Stande tun, dies heiße jedoch nicht, daß man nicht den natürlichen Instinkten folgen dürfe. So sei es eine sehr beliebte Eigenschaft des menschlerischen Mannes, fad und sogar ein bißchen faul zu riechen. An menschlerischen Frauen liebe der Mann Süßduft und eine weiche schaumige Konsistenz. Du hast in hohem Maße diese Beschaffenheit, während mir eher eine kunststoffartige Härte eigen ist. Obwohl ich zugebe, daß ich mich darin noch ein bißchen steigern müßte. Ich werde es schon schaffen, ermuntere mich.

Schrimms glaubte die Stimme einer Frau zu hören, du bist großartig, was willst du, die erste Phase ist bei mir bereits abgeschlossen. Wir könnten demnach.

Natürlich, sagte Ho, wir können und wir müssen, wir stürmen jetzt den Gipfelpunkt.

Schrimms konnte mit einem Auge eine weibliche Gestalt in einem verwaschenen Lilakleid erblinzeln.

Sie lehnte an der Tür. Ho saß in seinem Materialienhaufen. Das ist sehr gut, wenn man sich konsequent zum Gipfel raufarbeitet, zum Pik der letzten Hoffnung sozusagen. Danach folgt die gesundheitsfördernde Entspannung, nach der man sich dem Schlaf hingibt, erklärte Ho, wobei er seine Frau nicht ansah. Nun, meine Liebe, ich danke dir verbindlichst.

Ich dir auch. Es hat mich sehr gefreut.

War wunderbar. Die Liebe ist das eigentliche Ziel der Freizeit.

Nein, widersprach Frau Ho, sie ist der Inhalt.

Jetzt hat der Schlaf zu folgen, sagte Ho. Er kontrollierte seinen Zeitmesser, zweikommadreiundsiebzig. Er richtete sich auf. Schlafen wir also. Ach, da ist Herr Schrimms, ein Gast, er hatte sich zurückgezogen.

Schrimms dachte, das soll nun alles gewesen sein? Haben sie es gemacht oder wollen sie noch oder wollen sie überhaupt nicht? Oder genügt es hier, darüber zu reden? Entstehen demnach aus Gerede Kinder?

Haben Sie Kinder, Herr Ho?

Leider nicht, sagte Frau Ho, dies ist ein Kapitel ...

Ho fing zu schwanken an. Hast du schon deine Verbal-Hygiene-Pillen genommen, nimm sofort eine Packung. Bitte, Herr Schrimms, entschuldigen Sie, das Kinder-Problem, diese Frage ist eine nicht diskutable. Es ist auf Kugel 37 a gelöst. Er wühlte in einem Kurierhaufen. Das Merkmal des Kindes als solchen besteht in der Notwendigkeit belehrt und erzogen zu werden, dies geschieht mittels verbaler Emissionen, die von lehrenden Personalstrukturen ausgehen.

Wo sind die Kinder, fragte Schrimms. Ich habe noch kein einziges Kind gesehen, in der Röhrenbahn nicht, in den Tunneln und in den Läden nicht. Wohnen hier Kinder?

Mehr als ein Drittel der Bewohner unserer Kugel sind lehrende Personalstrukturen, sagte Ho, das beweist alles. Wo Lehrer sind, müssen auch Kinder sein, beziehungsweise Lehrobjekte.

Aber wie entstehen die Kinder, fragte Schrimms.

Ho sah ihn erstaunt an, durch den intimen Verkehr zwischen Menschler und Menschlerin, selbstverständlich.

Dann könnten also durch Ihren intimen Verkehr, wie Sie ihn eben durchführten, Menschler-Kinder entstehen.

Selbstverständlich, sagte Ho.

Und wo sind die Kinder?

Theoretisch können sie durchaus entstehen.

Ich meine, sagte Schrimms, Kinder entstehen nicht durch Worte.

Ich habe das Gefühl, je mehr Worte hier verbraucht werden, desto weniger Kinder gibt es. Eines Tages stirbt die Bevölkerung aus, dann gibt es noch nicht mal jemand, der Worte machen kann. Dann sterben auch die Worte aus.

Die werden niemals aussterben, sagte Ho, die schwirren in der Luft, die ganze Atmosphäre ist gedrängt voll von ihnen. Ach, ich bin müde, wortmüde, textmüde, entschuldigen Sie. Das Wort Kind, es ist nicht mehr gebräuchlich, man sagt es nicht.

Was gibts zu essen heute, fragte vom Eingang eine nörgelige Stimme. Ein dünnes trocknes Männchen mit Glatze kam herein, es trug auf seinem Rücken einen lila metallic Ranzen. Was gibt es, will ich wissen, wieder Labbergurke? Pfui Teufel.

Darf ich dich mit Herrn Schrimms bekannt machen, sagte Ho. Herr Schrimms, dies ist mein Opa.

Sind Sie schon Rentner? fragte Schrimms.

Nein, ich bin Schüler. Wir sind zehn Schüler in der Klasse. Der elfte ist vorgestern gestorben, war einundneunzig. Es ist ein schöner Job. Die reden da auf einen ein, man braucht nicht hinzuhören, es macht nichts, wenn man sitzen bleibt.

Sind Sie ein DREIER oder EINSER, fragte Schrimms.

Na, mehr ein DREIER. Wozu sich zu sehr anstrengen, das mindert die Vitalität. Als ich vor siebzig Jahren meine Abschlußprüfung machte, haben die Lehrer mich gefragt, ob ich mich nicht als Schüler auf Lebenszeit verpflichten möchte. Ich habe es gemacht. Viel sind wir ja nicht mehr, wir werden aber vervielfältigt. Das war ja früher alles anders.

Opa, Herr Schrimms ist nicht direkt von hier, ich weiß nicht, ob wir ihm das so genau erzählen sollen.

Warum nicht. Also früher, da war es hier so einigermaßen, da gabs hier was zu bauen. Ich wollte Baumeister werden, erst Maurer, Hausmonteur. Aber dann mußte man so endlos quasseln. Die wollten immer vorgequasselt haben, wie Häuser sein sollen. Ich wollte aber welche *bauen*. Um jeden Ziegel und jede Wand wurde lang und breit gequatscht. Und nachher war kein Ziegel und keine Wand da. Die waren weggequasselt. Und was gibt es zu essen?

Du sollst am Schulessen teilnehmen, sagte Ho, wir geben dir doch immer Hartbon mit.

Das Schulessen ist auch Pfui Teufel.

Schrimms fand in seiner Tasche ein Stück Rettich. Wie wär es hiermit?

Der alte Mann tat einen großen Biß. Er stellte sich geschickter an als Ho. Es schien, als würde er den Rettich kauen und verschlukken. Plötzlich spuckte er einen Zahn.

Es ist nicht mehr das Richtige auf dieser Kugel. Früher kaute ich Hornschlangen gleich mit der Haut. Wenn ich jetzt kaue, ist es als ob ich auf Watte beiße. Hungrig bin ich immer.

Schrimms sagte, er müsse gehen, ob ihn der Opa nicht ein Stück begleiten wolle, zu seinem Garten oder zur Gepäckexpedition.

Der Opa muß jetzt schlafen, sagte Frau Ho, Schüler benötigen zwanzig Miniphasen Schlaf.

Ho sagte, er würde sich sehr freuen, herzliche Anteilnahme, schöne Grüße und immer kühn voran. Er winkte Schrimms noch aus dem Bulleye nach.

Schrimms schleppte sich durchgefroren und hungring zur Station. Was sind das bloß für Leute, leben die überhaupt? Allmählich stieg ihm der Verdacht auf, daß sie nur wörtlich existierten, daß sie verbale Lebewesen waren, das sind VERBAL-EXISTENZEN. Ich bin in eine Gesellschaft von VERBALEN EXISTENZEN verschlagen worden. Schrimms fand das zunächst ulkig. Verbale Existenzen, Verbalexistenz. Die führen den Verkehr mit Worten durch, anders als Schrimms, der zwar gefonformt gewesen war, doch richtig vögelte. Verschwommen tauchte eine Ahnung auf. Wird man verbal geboren oder entwickelt man sich zur verbalen Existenz? Könnte auch Schrimms sich mit der Zeit in eine verbale Existenz verwandeln.

30

An seiner Arbeitsstelle fühlte Schrimms sich aber auch nicht wohl. Er hätte nie behauptet, daß je in seinem Leben Arbeitsstellen der Ort gewesen seien, wo er am liebsten war, man zog die Arbeit eben ab. Aber nachher wußte man, daß man etwas getan hatte. Man konnte sagen, soundsoviele Stücke Frachtgut angenommen, versichert bitte auch, und abgefertigt und mit dem Gabelstapler fortbewegt. Als Schrimms nun in der Vakuum-Röhrenbahn-Gepäck-Expedition eintraf, um seine Arbeit in den Griff zu nehmen, schien es ihm, daß nichts Handfestes zum Greifen da war.

Als er das Fenster öffnete, sagte der Kunde zwar, er wolle eine Verbalien-Eilsendung aufgeben, sie sei zerbrechlich, wie er draufgeschrieben habe, doch Schrimms konnte trotz größter Anstrengung kein Eilpaket wahrnehmen, er sagte knurrig, legen Sie es auf die Platte.

Der Kunde sagte, hier, bitteschön.

Schrimms, der nichts wahrnahm, fragte, versichern auch.

Ja, bitte.

Tausend Hartbon, sagte Schrimms.

Ihm war als hätte er die Sendung gewogen und auf das Förderband gelegt, zumal der Kunde ohne weitere Worte gegangen war.

Der nächste gab ein Bündel auf, das Schrimms durch eigenen Augenschein erkennen konnte. Es war zwar liederlich verschnürt, und die Bezeichnung Verbalien stimmte orthographisch nicht, indem statt V ein W stand, was nach Schrimms' Ansicht Werbematerialien meinen und den Empfänger irreführen konnte, doch steckte in dem Bündel etwas drin, wenn es auch nur Verbalien waren.

Der nächste Kunde brachte wieder ein unsichtbares, ungreifbares und unwiegbares Stück. Mit handgeflochtenem Griff, wie er behauptete, doch Schrimms sah nichts. Er putzte seinen Kneifer, vergebens. Die Platte, auf der das Stück angeblich liegen sollte, war leer, das Stück wog nichts in Schrimmsens Hand, die Waage schlug nicht aus, es gab kein schleifendes Geräusch auf dem

Transportband. Hätte Schrimms mit dem Kunden streiten sollen, der friedlich wartete und allen Ernstes zu glauben schien, er hätte da was abgegeben, mit handgeflochtenem Griff?

Die Arbeit muß man auch auf einem Posten der Vakuum-Röhrenbahn im Tran abziehen, da läuft sie wie geschmiert. Schrimms sagte, versichern auch. Er stempelte. Kassierte Hartbon. Bitteschön. Einmal vergaß er, dem Kunden auf seine Hartbon rauszugeben und einmal nahm er erst gar keine Hartbon an. Trotzdem entdeckte er am Feierabend kein Manko in seinem Frachtbuch. Hatte er sich nur eingebildet, gewisse Sendungen nicht wahrzunehmen, nicht zu fühlen, zu heben, abzuwiegen, war ihm im Kopf etwas verquer gegangen, wodurch sich sein Bewußtsein zeitweilig trübte? Ich habe nichts wahrgenommen, nicht angenommen und nichts aufgegeben. So verkalkt ist Schrimms nicht, daß er nicht merkt, was ist und was nicht ist, SEIN und SCHEIN kann Schrimms auseinanderhalten. Das wäre doch gelacht. Unruhig wurde er, als sich am nächsten Tag, kugelgenauer: in der nächsten Arbeitsphase, die Fälle wiederholten. Schrimms demonstrierte Gepäckexpeditionsbewegungen und -haltungen, obwohl es nichts zu expedieren gab. Die vielfältigen Schrimmse an den Spiegelwänden vollführten sie genauso, wie Schrimms sich vergewisserte, wobei sie NICHTS entgegennahmen, NICHTS auf die Waage legten, auf NICHTS eine Nummer klebten, NICHTS aufs Transportband luden, wegen NICHTS mit ihren Kunden sprachen.

Schrimms bekam einen Schreck, da rieselte kein Kalk, da war kein bisher unentdeckter Hirnschaden über Nacht bei Schrimms aktiv geworden. Schrimms hatte sich in der verbalen Wohnstruktur 9847, der Röhre des Herrn Ho, mit Verbalismus angesteckt. Er hatte Keime in sich aufgenommen, die dazu führen konnten, daß er sich binnen kurzem zur VERBAL-EXISTENZ entwickelte.

Da half, so meinte er, nichts als ein Aufenthalt im Garten und eine Rettichkur, die alles Infektiöse aus Schrimms entfernen würde.

Der Feierabendnebel kroch bereits aus allen Ecken der Expedition. Schrimms zog den Dienstmantel an und schulterte die Tasche, das flotte Schiffchen behielt er in der Hand. Ich muß den Kopf belüften. Den Mantel ließ er offen, doch flatterte der nicht, die Luft schien stillzustehen. Im Garten kaute Schrimms – nach Erdzeitmaß – anderthalb Stunden Rettiche. Allmählich kam er zu der Einschätzung, daß er bei dieser Vakuum-Röhrenbahn schon immer NICHTS expediert und sich nur eingebildet hatte, die Sendungen besäßen einen handfesten, expedierfähigen Charakter. Ich habe es mir aus Gewohnheit eingebildet, ich hatte das von Grasleben-Horkenstedt noch so im Griff. Das Grasleben-Horkenstedt-Gefühl schien sich nun zu verlieren.

Schrimms' langer weißer Rettich von der Erde, eine Freilandsorte, gedieh erstaunlich schnell in jener mulmigen, wärmlichfeuchten Luft des Tunnels, wo es oft von der Decke tropfte. Schrimms hatte eine Wasserröhre angezapft, um seine Bodenfläche kontinuierlich zu berieseln. Schon nach zwei Erdwochen waren, von grünem Kraut bebuscht, die ersten weißen Wurzeln durchgestoßen. Die Eiszapfen verströmten einen herben Duft. Schrimms kalkulierte, er würde schon nach einer weiteren Woche genötigt sein, zu ernten. Er stopfte seine Taschen voller Rettiche. Ich müßte von den anderen Saft auspressen und ihn auf Kannen ziehen, mit Direkt-Trink-Anschluß, erwog er, als eine rauhe, ihm wohlbekannte Stimme von hinten auf ihn einsprach.

Hallo, Richard, wie geht es dir, wir sollen unseren kleinen Ausflug machen, kommst du?

31

Das jugendliche Mondgesicht mit seinem weißlackierten Bauch kam lebhaft auf ihn zu. Wir freuen uns ja so, Herr Schrimms. Er hauchte es mit Rettichatem an.

Was haben Sie denn da, Herr Schrimms, wie riechen Sie, was guckt aus Ihrer Tasche?

Schrimms zog ein weißes Wurzelmännchen. Bitte sehr, wenn Sie kosten möchten.

Das Mondgesicht benagte den Rettich mit zwei Vorderzähnen, doch ohne eine Nagespur zu hinterlassen. Nein, danke, nichts für mich.

Auch du bist demnach eine VERBAL-EXISTENZ.

Was sollen das für Gegenstände sein, Herr Schrimms, und wozu dienen sie? Zeigen Sie alle vor. Ich muß sie registrieren.

MEINE PRODUKTE, sagte Schrimms intuitiv, MEINE PERSÖNLICHEN PRODUKTE DER ZWISCHENZEIT. Er variierte: MEINE ZWISCHENZEITLICHEN INDIVIDUELLEN HERVORBRINGUNGEN.

Aber MEINE PRODUKTE hatte schon eingeschlagen. Beim Mondgesicht fiel schon der Hartbon: Sie hatten einen Verbaliensturz, Herr Schrimms? Und haben die erbrochenen Verbalien aufgehoben, eingesammelt, mitgebracht? Großartig, extrem gewissenhaft. Da wird die Punktzahl in Ihrer Führungsmappe nach oben schnellen. Sie sind ein As, Herr Schrimms. Abgebemäßig und verbal-moralisch. Sie tun nicht nur etwas von selbst, Sie tun das augenblicklich Richtige, das aktuell vom Institut gefordert wird, das gestern falsch war und morgen wieder falsch sein kann. Und trotzdem tun Sie es, und das ist eben Ihr verbaler Mut. Sie sind sprichwörtlich mutig. Sie haben sicher den Aufruf im Hauskurier gelesen, auch Alt-Verbalien sowie Verbalienbruch zu sammeln und abzuliefern. Dafür ist zuständig Abteilung Abgabe, Referat Recycling, Labor I. Wie werden die sich freuen! Wir müssen HINTENRUM. Sie dürfen nicht erschrecken, da sieht es kramig aus.

Als Schrimms das Institut von hinten sah, schien ihm, es stünde kurz vor dem Zusammenbruch. Die glanzweißen Abteilungen im Vorderen wären ein Rest von ehemaligem Glanz, der auch bald bröckeln würde. Dann sagte er sich, brüchig aussehende Gebäude mit Rissen, Wandlöchern, verdreckten rumpligen Gelassen, durchtretenen Treppen, könnten sich länger halten als strahlend neuer Hochglanz.

Aus einem Drahtkorb, der ächzte, sich teils von Ketten, teils durch Saugluft gezogen in die Höhe quälte, blickte Schrimms in ein Stockwerk, das aufgeschnitten zu ihm herunterfuhr, und dort bemerkte er die kleine Fon.

Er nahm sie doppelt wahr, obwohl er Spiegel nicht entdecken konnte. Wie viele Fongesichter schauten plötzlich zu ihm hin? Wie viele goldbeschlagene Stöckelschuhe beklapperten den Gang? Es roch nach heißgewordenem Plast, leicht angeschmorter Elektronik. Der Drahtkorb beendete hier seine Tour. Schrimms tappte über Teppichplüsch, der beiderseits von kleinen Fons bestanden war, die in soldatenhafter Pose für Schrimms Spalier zu bilden schienen. Er hob zwei Finger an die Mütze. Schrimms, halt die Ohren steif, den Mund geschlossen. Schrimms schmeckt Radiergummi, Gefahr ist im Verzuge. So viele Kinder hat Madame Fonforma. Die hampeln hier herum, die stöckeln, klappern. Halt die Ohren steif.

Hallo, Richard! War das nicht *seine* Fon? Nicht provozieren lassen, dachte Schrimms. Er las FON-Zentrum.

Im grellen Licht erkannte er, daß es die kleinen Fons in ihrem Zentrum nicht gemütlich hatten. Die Mehrstockbetten, sechs, sieben Etagen, empfand er als Aufstapelungsfächer wie in Werkzeuglagern. Fons, die zu schlafen schienen, lagen offenäugig, eng gepackt. An den Verschlägen Nummern. Die Nummer leuchtete, und die dazugehörige Fon streckte die flotten Beine aus dem Fach, hangelte sich herunter und klapperte davon.

Schrimms sah ein gutes Dutzend Fons auf ein Bassin Kurs nehmen, aus dem es fliederfarben schäumte und kraftlos duftete. Sie stiegen vollbekleidet rein, sie tauchten unter sowie auf und schüttelten sich rhythmisch. In einem Hinterraum erblickte er an Haken und kreuz und quer gespannten Leinen mehrere Dutzend kleiner Fons, Köpfe nach unten, die zum Trocknen hingen.

Schrimms faßte sich ein Herz, beklopfte einer Fon den Rücken, so daß sie zu zwei Schalen auseinanderfiel nach Art jener im Lebensmittelhandel Grasleben-Horkenstedts als Hohlkörper angebotenen Schokoladenpuppen. In ihrer rückwärtigen Schale fand er den Fonformismus eingebettet.

Gott, dachte Schrimms betrübt, die kleine kleine Fon. Im Zwischengang auf staubigen Regalen und auf dem Boden unordentlich hingeworfene Fons, die auf dem Rücken, dem Bauch, der Seite lagen, die Beine eingeknickt, verrenkt, mit offenen Bäuchen und mit ins Innere des Kopfs gefallenen Augen, mit arg verfilzten Pagenkopffrisuren. Schrimms beschlich Trauer, als er die Fons in ihrem massenhaften Elend sah.

Ich finde es unwürdig, sagte er zum Mondgesicht, wie hier mit denen umgegangen wird, es sind doch immerhin ...

Klar, es sind Fonformismen, wertvoll, kosten Hartbons. Natürlicher Verschleiß ist überall.

Wie konnte Schrimms dem Mondgesicht begreiflich machen, daß er die Unterbringung und Behandlung der Fons als unmenschlich beziehungsweise unmenschlerisch empfand? Er hatte mal aus seinem Küchenfenster zugesehen, wie Erna eine alte Sofapuppe wegwerfen wollte und sie, als sie sich für die Mülltonne zu sperrig zeigte, mit einem Stein zerschlug. Schrimms sah in der Erinnerung den rosa Puppenkörper platzen. Als ob ein Kind erschlagen würde, dachte er. Und Ernas rauhe Stimme: die hat ein zähes Leben, aber ich kriege sie kaputt, und Erna zeigte Schrimms den Vogel, ist doch bloß Zelluloid, Idiot.

Ist doch ein Apparat, Herr Schrimms.

Im Halbdunkel umfuhren sie Sauglöcher und Saugschächte, die unverhofft aufklafften, bis sich der Gang geräumiger und heller darbot. Den Wänden entragten offene Rohre, aus denen es feucht glibberte. Das Mondgesicht trat hinter eine Wand. Moment, ich melde Sie. Als Schrimms die Rückseite des Abgabestuhls mit Kabelgeflecht und Klammern sah, schauderte er nicht nur gewohnheitsmäßig, es trat bei ihm keine Routine des Schauderns ein, sein Schauder wuchs von Mal zu Mal.

Was bringen Sie uns da, Herr Schrimms?

Mit vollem Rettichmund erklärte er, MEINE PRODUKTE, ZWISCHENZEITLICHE.

Abgabetrümmer, aus einem Verbaliensturz, Geruch von Fäulnis und Verwesung, o ja, Sie riechen schlecht, Herr Schrimms, am besten spucken Sie alles aus, was Sie noch in sich haben.

Schrimms ahnte, sie würden seine Rettiche sofort auflösen, so daß sie schleimig aus den Abflußrohren tropfen würden, Scharfluft verbreitend zwar, doch zweck- und schrimmsentfremdet. Was machen Sie damit?

Vielleicht läßt sich Verbalienpackpapier daraus gewinnen, vielleicht sind sie auch noch als Grobverbalien, Standardware, brauchbar. Wir danken Ihnen jedenfalls. Der kleinste Abfall hilft uns. Spucken Sie alles aus und leeren Sie die Taschen bitte. In diesem Zustand ist eine einwandfreie Abgabe nicht möglich. Geben Sie her das Zeug.

Schrimms fühlte Abgabefinger in seine Taschen kriechen, er hätte gerne Widerstand geleistet, doch machte er sich völlig schlaff. Zwecklos den Leuten hier einen Rettich zum Kosten anzubieten, um rauszukriegen, ob sie VERBALE EXISTENZEN sind, nach ihrer Art zu urteilen, wie sie den weißen Rettich als verunglückte Verbalie behandeln, scheint es mir sicher, daß sie VERBALE EXISTENZEN höchsten Grades sind.

Und nun die Abgabe, Herr Schrimms. Was Feines heute. Mund auf, Herr Schrimms, und Achtung, los.

VERBALE EXISTENZEN, gab Schrimms ab.

Wie bitte? Dies ist uns unverständlich. Das kann keine Verbalie sein, zumindest keine sinnvoll zu verwendende. Bitte, Herr Schrimms.

VERBAL EXISTIERENDE VAKUUM-RÖHREN-BAHN-GEPÄCK-EXPEDITION.

Unmöglich.

VERBAL EXISTIERENDE ARBEITSLEISTUNG.

VERBAL DURCHGEFÜHRTE KINDERERZEUGUNG AUF KUGEL 37A, VERBAL EXISTIERENDES INSTITUT FÜR SPRACHGEBILDEBAU UND -NUTZUNG, VERBALE INSTITUTS-ANGESTELLTEN-EXISTENZEN.

Schluß, Schrimms! Sonst bringen wir die Mundklemme in Anwendung! Abgabe beendet. Ergebnis Null. Note unbefriedigend. Punktzahl 50 Minus. Schämen Sie sich, von Ihnen hätten wir etwas anderes erwartet. Schändlich. Es fehlte nur noch.

Ich weiß, sagte Schrimms, ich habe VERBAL EXISTIERENDES KUGELTRANSZENDENTALES VORHABEN vergessen.

Jetzt raus! Ab zum Beschuss, da werden Sie schon sehen, was Sie von Ihrem kugel- und institutsverleumderischen Verhalten haben. Sie werden es bereuen, Schrimms.

Nie würde Schrimms behaupten, er hätte auf dem Wege zur BESCHUSS – Abteilung nicht gezittert. Doch wahr ist auch, daß er sich freute. Die fühlen sich getroffen, die können sich vor Wut kaum halten, die existieren wirklich nur verbal. VERBALE EXISTENZEN hielt Schrimms für so gut wie tot. Aber tot will natürlich keiner sein, besonders, wenn er glaubt, er sei lebendig. Noch weniger will er tot sein, wenn er genau weiß, er ist total tot. Schrimms stellte sich vor, er ginge über einen Friedhof und sagte vor den Grabsteinen, das Eingegrabene, die Asche in der Urne seien tot, und plötzlich führen die Abgeschiedenen zornig aus den Gräbern. Das werden Sie bereuen, Schrimms.

Nein, dachte Schrimms, hier ist es anders. Sie existieren hier verbal, sie existieren aber. Das ist eine andere Lebensform, und diese breitet sich jetzt eben auf dieser Kugel aus. Es ist eine ganz andere Lebensform, das muß ich anerkennen. Das gibt es. Aber ob ich die Lebensform mitmachen will, das bleibt die Frage. Ich will sie nicht mitmachen. Sie ist nicht schrimmsisch. Und eine andere Frage, warum sind diese jämmerlichen VERBALEN EXISTENZEN vor Wut beinah real geworden, als ich ihre verbale Lebensform erwähnte? Warum die Mundklemme für mich? Fühlen sie sich in ihrer verbalen Haut nicht wohl? Wissen sie vielleicht nicht, daß sie verbale Existenzen sind, halten sie sich ehrlich für wirkliche Existenzen? Soll niemand wissen, daß hier alles nur verbal existiert? Und existiert wirklich *alles* verbal? Wie ist es möglich, daß Richard Schrimms in einem Institut, das nicht wirklich existiert, als Abgeber beschäftigt ist? Wie ist es möglich, daß er inmitten einer verbalen Welt echte weiße scharfe reale Rettiche anbaut? Weil auf der Kugel 37 a wirklicher Boden, wirkliches Wasser, wirkliches Telefeuer und solche Natur-Utensilien vorhanden sind. *Noch* vorhanden sind, dachte Schrimms. NOCH. Es ist wahr, er zitterte auch.

Sie duften heute so interessant, sprach der Beschuß. Schrimms fühlte Hohn durch die Schutzvisiere dringen.

Heute beschießen wir Sie mal mit Ihren eigenen Produkten. Ja, Ihre Produkte sind etwas zu scharf, es wird Verletzungen geben, das können wir nicht ändern, Herr Schrimms. Unbedingt lebensgefährlich werden sie nicht sein, aber die Möglichkeit eines letalen Ausgangs muß ins Auge gefaßt werden. Man muß Ihr Alter berücksichtigen, wir können für nichts garantieren, obwohl wir alles Menschlermögliche versuchen werden. Wozu herumreden. Es sieht für Sie nicht gut aus. Man muß schlicht sagen, es kann Ihr Tod sein. Und wozu lügen. Er wird es ein, wobei natürlich ein Trost sein kann, daß dieser Tod ja nur den Übergang in eine andere Lebensform bedeutet.

Schrimms sagte, ich bin nicht fromm, für mich ist Totsein Totsein, da kommt nichts mehr, er war sich nicht ganz sicher, darum betonte er nochmals, Totsein ist Totsein.

Herr Schrimms, Sie irren, verbale Existenzen sind nicht vom Tod bedroht.

Angeschnallt dachte Schrimms, einmal muß es ja sein, einmal ist Schluß. Er stellte sich rasch Erna vor, wie sie mit ihren flotten Beinen zur echten Jazzkapelle tanzte. Ja, Erna, die war scharf.

Die erste Verbalie schoß auf ihn zu. VERBALE EXISTENZEN, er fühlte einen Schmerz, als ob ihm jemand die Halsschlagader schlitzte, er dachte rasch ein bißchen an FON, die kleine flotte FON.

Er merkte kaum, wie sie ihn abschnallten, sein Körper rollte weite Strecken, vorm Tor des Instituts kam Schrimms zu sich.

Sie haben mich nicht töten können, dachte er, sie wollten es verbal, sie können keine Kinder machen und keinen Menschen töten.

Schrimms zitterte zwar noch ein bißchen, doch Freude empfand er nicht, auch keine Schadenfreude. Vielleicht haben sie mich zur VERBALEN EXISTENZ gemacht?

An der Station nahm er die Röhre, die in die Richtung seines Gartens fuhr. Wenn ich den Rettich noch genießen kann, bin ich noch richtig. Er zog den ersten besten raus, nahm sich nicht Zeit die Bodenkrümel abzuklopfen, haute mit der Prothese rein, kaute – nach Erdzeit – eine halbe Stunde lang. Dann fuhr er zur Gepäck-Expedition, wo nur ein Kunde wartete. Der Dauerschüler Opa Ho.

32

Der Greis schwang seine weißbehaarten Beinchen, die aus Kniehosen guckten, durchs Fenster der Expedition. Sein lila-metallic Anorak war mit kindlichen Motiven, zum Beispiel mit dem grünvioletten Röhrenferkelchen benäht. Bitte, stecken Sie mir ein paar von Ihren weißen Dingern in meinen Anorak, ich wills nochmal versuchen, und wenn ich sie nicht kauen kann, nehme ich sie zur Schule mit, vielleicht können wir unseren Lehrer damit beschießen.

Dafür sind meine Produkte nicht gedacht, ich würde Ihnen einen Rettich kleinschaben, zum sofortigen Verzehr. Schrimms zog sein Taschenmesser mit dem Hirschhorngriff, er fing an, feine Späne von einem Rettich abzuheben, und als ein Häufchen zusammengekommen war, forderte Schrimms den Schüler auf, den Mund damit zu stopfen und Schluckversuche zu unternehmen. Die meisten Rettichraspel kamen zurück, einige aber schluckte Opa Ho. Er wurde mitteilsam.

Schrimms bemerkte, daß er weniger mürrisch blickte.

Ja, früher, da war es auf der Kugel anders. Es ist hier nicht immer so gewesen, das wissen die meisten nicht, aber Sie müßten es wissen. In Ihrem Alter. Ich wundere mich, daß Sie immer so gucken und solche Fragen stellen, als ob Sie aus dem Mustopf kämen, das finde ich verdächtig. Aber mich stört es nicht, ich habe meine Lebensstellung als Schüler, ich brauche kein Blatt vor den Mund zu nehmen, und in der Schule kann ich frech sein, so viel ich will. Die Lehrer brauchen uns. Sonst könnten sie nicht Lehrer sein, und die Regierung braucht die Lehrer, sonst würde die Festlegung nicht stimmen, daß die Bevölkerung nicht nur gewaltig arbeitsfreudig, sondern auch extrem bildungshungrig ist. Und wenn wir zu frech werden, fonformen sie uns eben.

Dumme Fragen stelle ich, sagte Schrimms, weil ich erst kürzlich von der Erde gekommen bin. Tellus, verstehen Sie, oder Terra. Aber das haben Sie sicher in der Schule nicht durchgenommen.

Ich habe es noch durchgenommen, aber da war ich ein normaler Schüler, da hatte ich noch vor, Maurer und Baumeister zu werden. Da nahmen wir in der Schule die Erde durch und richteten das Fernrohr auf sie und betrachteten ihr Geleucht. Ich kann Ihnen noch alle Daten der Erde auswendig hersagen. Da gab es auch ein schönes Lied, das sangen wir, wenn wir in unserem Schultunnel zum Appell aufmarschierten. Schwester Erde, du leuchtender Stern, du weist uns die Richtung, dir eifern wir nach (da schmetterten die Fanfaren), wir erheben uns aus der Finsternis, wahre Menschler wollen wir sein. Jetzt dürfen wir das nicht mehr singen. Erst brummten wir bei den Appellen die Melodie ohne Worte, aber jetzt ist die Melodie auch abgeschafft. Es gibt überhaupt in den Lehrplänen die Erde nicht mehr. Sie scheint untergegangen zu sein, abgestürzt, verglüht. Das Fernrohr, durch das wir sie betrachteten, ist verschrottet, das Objektiv zu Mehl zerstampft. Sie sind also von der Erde. Und wie geht es da so?

Es geht seinen Gang, sagte Schrimms.

Hier, sagte der Schüler, entwickeln wir uns kugeltranszendental, und kugeltranszendental, das ist, wenn man sagt, daß was ist, und dann soll es auch sein, nämlich nicht, weil es ist, sondern weil man es sagt. Das Sagen, also die Verbalien, haben so eine Kraft, daß durch sie alles schon ist. Bloß wir von der vorherigen Gesellschaft, wo man einen Ziegelstein noch richtig in die Hand nehmen mußte und Mörtel draufklatschen, nicht mit dem Mund, sondern mit der Kelle, die man direkt in der Hand hielt, also, wir von damals, wir haben Schwierigkeiten, mit dieser Entwicklung mitzukommen. Aber die nächsten Generationen . . .

Welche Generationen, fragte Schrimms, wo es doch keine Kinder gibt?

Sie haben recht, aber wir lernen das in der Schule so. Manchmal denke ich, mit uns Schülern, der Jugend, dem Nachwuchs also, wird die Regierung noch Probleme haben. So sind wir als Jugend eine Brutstätte der Unzufriedenheit. Es geht so nicht weiter, Herr Schrimms. Was Herzhaftes zu kauen, das ist die Forderung. Die Jugend steht hinter Ihnen, Herr Schrimms.

Schrimms kam der Opa ein bißchen wie betrunken vor. Er hätte ihn gern mit in den Garten genommen, er dachte daran, dort eine Bank zu bauen, auf der sie beide sitzen und sich unterhalten und zwischendurch einen Rettich und das andere zu erwartende Gemüse genießen könnten.

Ich habe noch nicht Feierabend, sagte Schrimms, obwohl, wie Sie sehen, niemand was aufgibt, der Betrieb ruht sozusagen.

Warum komme ich hier erst weg, wenn der Feierabendnebel aufsteigt?

Es ist nicht wesentlich, daß Sie hier etwas tun, sondern daß Ihre Arbeitshaltung widergespiegelt wird. Darum die Vervielfältigungsspiegel. Wenn Sie hier nicht mehr hingehen würden, könnten die Spiegel nur einen leeren Raum widerspiegeln, so spiegeln sie aber mehrere Dutzend Schrimmse wider.

Nein, sagte Schrimms, sie spiegeln zwei alte Männer, die knatschen.

Was ist das, knatschen?

Na, quasseln, leeres Stroh dreschen, man kann auch sagen reden.

Das ist eben das Neue. Arbeit drückt sich jetzt wörtlich aus, nicht tätlich.

Beim Aufkommen des Feierabendnebels verließ Schrimms mit Opa Ho die Expedition in Richtung Garten. Die Rettichernte stand prächtig. Ich kann sie allein nicht verzehren, aber ich habe eine Idee, sagte Schrimms, ich lade sie auf einen Wagen, und wir beide verkaufen sie. Das wird die Leute aufmöbeln, die werden Appetit auf echtes Gemüse kriegen und selbst welches anbauen, schließlich wird es in den Läden wieder was Greifbares zu kaufen geben. Ein Kilo Rettich ein Hartbon, das halte ich für angemessen.

Wo wollen Sie die verkaufen?

In einem Laden, der voller Gurkentexte steckt.

Opa Ho zweifelte, ob dort der Aufkauf möglich sei, Schrimmsens Eiszapfen seien nicht wortgeplant, es lägen keine Rettichtexte vor.

Ich baue mir einen Wagen, klebe ein Schild dran, Schrimms' biologisch hochwertige Eiszapfen, Kilo ein Hartbon. In zehn Minuten wird mein Wagen leer sein, ich schneide einen Rettich zum Kosten auf, da reißt man mir die Zapfen aus den Händen.

Wer soll sie kauen, Herr Schrimms.

Das müssen die Leute eben wieder lernen, ich könnte auch Rettiche schaben, ich könnte den Saft auspressen. Das ganze Leben auf dieser Kugel würde sich plötzlich ändern.

Es bereitete Schrimms Genuß, dem Opa auszumalen, wie er den Rettich unter die Leute bringen und das Leben ändern würde. Ihm war als rausche ein Verbalstrom aus seinem Mund wie Regenwasser aus den steinernen Mäulern der Wasserspeier. Er stapfte zum Müll, um Teile für einen Wagen zusammenzusuchen.

Während er sie zusammenfügte, wurde er stumm. Opa Ho, der ihm half, wurde ebenfalls stumm. Sie hatten kein Bedürfnis zu reden, und es stiegen auch keine Worte aus ihren Mündern. Wortlos beluden sie den Wagen mit Rettichen und zogen ihn zur nächsten Station, hievten ihn in die Röhre und fuhren bis zu dem Tunnel, wo glimmrige Textbänder glücklichen Einkauf verhießen.

Binnen einer Erdstunde besaß Schrimms so viele Hartbons, daß er nicht wußte, wohin er sie stecken sollte. Sein Wagen war leer. Die Rettiche lagen jedoch auf der Tunnelstraße verstreut, einige zertreten, einige in Pfützen versunken. Die Leute hatten Schrimmsens Plakat 1 Kilo Rettich für 1 Hartbon gelesen, waren stehengeblieben, hatten 1 Hartbon gezahlt, den Rettich genommen und weggeworfen. Niemand war an Schrimmsens Text vorbeigelaufen, jeder hatte ihm Folge geleistet, aber mit den Rettichen wußte niemand etwas anzufangen.

Kauen Sie mal, lecken Sie wenigstens dran, betätigen Sie Ihr Riechorgan, forderte Schrimms marktschreierisch, lutschen Sie. Einige versuchten es, gaben aber sofort auf, als sie die Härte des Rettichs spürten.

Schrimms rieb einen. Vergebens. Die Leute schmierten den Rettichbrei um den Mund herum, konnten ihn aber nicht aufnehmen. Als Schrimms Geraspeltes in sein Taschentuch band und Saft herauspreßte, verschluckte sich der gutwillige Mann, dem er ihn einzuflößen suchte.

Schrimms ließ den Wagen im Einkaufstunnel stehen, er fühlte sich schlaff und lustlos, er gab dem Wagen einen müden Tritt. Hat alles keinen Zweck, die Lebensform ist hier anders. Was tut man, wenn man ganz allein vor einer anderen Lebensform steht, von ihr umringt ist?

Schrimms ging mit Opa Ho ein Stück zu Fuß, vorbei an Masten mit Textgehänge. BAUSTELLE DES GROSSEN KUGELTRANSZENDENTALEN VORHABENS. ERSTER BAUABSCHNITT GEHT DER VOLLENDUNG ENTGEGEN.

Da ist ja noch nicht mal ein Loch ausgehoben, sagte Schrimms.

Der nächste Bau war fortgeschrittener. ERRICHTUNG DES NEUEN FONFORMATIV-ZENTRUMS. IM ROHBAU FERTIGGESTELLT.

Ja, es wird viel gebaut, sagte Opa Ho, mehr als sie damals mit der Kelle bauten. Bloß damals haben die mehr geschafft.

Sie haben zu viele Rettich-Raspel geschluckt, sagte Schrimms, Sie werden morgen in der Schule Ärger haben. Das ist hier eine andere Lebensform, und alle wollen diese Form anscheinend, sie rennen mit ihren leeren Beuteln, als ob sie da was Feines drin nach Hause tragen. Wenn die dies Leben wollen, muß es Vorteile bieten.

Naja, ich habe meinen lebenslänglichen Lernvertrag, beziehe mein Stipendium, ich brauche aber nichts zu kaufen, das heißt, ich kaufe selbstverständlich gegen Hartbonscheine, die müssen immer schön im Umlauf sein, aber ich kriege nichts dafür. Der lästige Einkauf, der Konsum, der den Charakter durch Hetzen, Jagen und durch Neid beeinträchtigt, fällt weg. Ich brauche mich um meine Nahrung nicht zu sorgen, hab meine Wohnröhre. Sozial stehe ich glänzend da, total gesichert. Ich reiße mir kein Bein aus.

33

Schrimms erhielt von dem Rohr, das den Kurier ausspuckte, eine sperrige fliederbläuliche goldgefaßte Karte. Stellte Schrimms eine gehobene Persönlichkeit dar, war er aus dem Leben der Kugel 37 a-Gesellschaft nicht wegzudenken, ehrte man ihn als eine Säule des Kugeltranszendentalen Vorhabens, gehörte er vielleicht zur Creme? Na, diesem Schaum ganz oben, nicht dem Abschaum, sondern dem sahnigen Schlagschaum, der Sahne, der eigentlichen hochgestiegenen wahrhaften Substanz? Was sollte Schrimms in dem allem Anschein nach exklusiven Club, der Herrn Expeditionsdirektor Richard Schrimms zu einem Abend einlud, wo er bitte ganz ungezwungen, leger, doch distinguiert erscheinen möge, um dort ein wenig KAGA zu treiben?

Schrimms dachte, KAGA, das könnte ein Sport für gentlemen sein, zumal der Club, wie jeder weiß, der ständige Aufenthalt für gentlemen zu sein hat. Er überlegte, was er dort anziehen sollte. Was zieht man an, wenn man ein bißchen KAGA treibt? Gibt es spezielle KAGA-Hosen, vielleicht in Form von Knickerbockern, die in den zwanziger und dreißiger Jahren Schrimms gut gestanden hatten, die bauschigen, unterm Knie geknöpften Tweedhosen? Erschien man im Smoking oder in einer bis zu den Knien herabhängenden echt schafwollenen Kaminjacke, wie sie der gentleman auf dem zugigen Schloß seiner Väter trägt? Muß man KAGA-Gerät mitbringen, einen KAGA-Beutel vielleicht, setzt man eine KAGA-Mütze mit hochklappbarem Schirm auf? Handelt es sich um KAGA-Karten, KAGA-Spielsteine in uralten Ledersäckchen? Eine lange KAGA-Pfeife aus telefeuergebranntem Tunnel-Ton?

Zum Glück strich Ho, der Jüngere, vorbei. Auch er hatte die Einladung erhalten. Er wollte Schrimms gleich mitnehmen, in einem schon bestellten Schwebzeug. Die Kosten teilen wir uns dann, Herr Schrimms.

Schrimms fand sich nicht leger, nicht ungezwungen und nicht distinguiert genug. Er duftete nicht gentlemännisch. Ho hatte aber auch nichts Sonderliches an, er stand genau so bläßlich lila rum wie immer.

Wir sehen gut aus, sagte Ho, zum KAGA könnte man auch nackt gehen. Die äußere Erscheinungsform ist dabei sekundär.

Wenns so ist, dachte Schrimms, ist KAGA etwas Elitäres, also das Allerhöchste, danach kommt nichts mehr. So fragte er Herrn Ho nicht weiter. Dumm will Schrimms nicht dastehen, Schrimms weiß schon, wie man sich benimmt. Es gibt also ein KAGA, dachte er, es gibt nicht nur das Institut, die Vakuum-Röhrenbahn, die Tunnel, die Einheitskannegurkeschmadderpappe, es gibt auch KAGA, das andere Leben. So sah auch schon die Karte aus, nicht institutionell, nicht vakuumröhrenbahnamtlich, nein, halb privat, inoffiziell, mehr hintenrum, unter der Hand.

Sind da bloß Männer, fragte er im Schwebzeug Ho.

Auch Damen, sagte Ho, da kommt es aber nicht drauf an, es ist für KAGA nicht entscheidend.

Dann geht vermutlich alles durcheinander, schloß Schrimms, es würde vielleicht lustig werden. KAGA, vielleicht ist das sowas wie Yoga, vielleicht wie Meditieren. Mit KAGA auf Station.

Der Club befand sich in einem für Kugel 37 a-Verhältnisse sehr blanken und geometrisch ordentlichen Kuppelbau, nicht tief in einem Tunnel, sondern an einem Tunneleingang im Schatten eines Piks der Hoffnung, Begeisterung, Festigung, Bewunderung. Schrimms las das Schild nicht so genau. Seit einiger Zeit verschwammen manche Wörter vor seinen Augen. Sie bildeten nur Formen: rund, zackig, gestreckt, verkümmert, sperrig. Er sah Textteile häufig nur noch in Verbalienform. Der Inhalt, die Bedeutung, die fielen untern Tisch. Sein Auge war dabei, sich für Verbalien auszubilden. Er las verbalisch, wie sein Sohn zum Beispiel (nach einem Lehrgang) dynamisch, in Blöcken, die er mit einem Blick erfaßte, las. Sein Sohn behauptete, den Inhalt dieser Blöcke auf Anhieb zu erkennen und in sich aufzunehmen.

Schrimms kam seit kurzem auch ohne Inhalt aus. Die Form, ästhetisch oder unästhetisch, geglückt oder mißglückt. Dafür entwickelte er einen Blick.

Schrimms meinte, wenn es zuviel Text gibt, zu viel Verbalien, wenn eine Textschwemme da ist, werden Wörter wie Eier in der Eierschwemme billiger. Da kommt es auf ein Dutzend nicht mehr an. So war es Schrimms gleichgültig, wie jener Pik genau hieß. Sicher schien ihm, daß dessen Name erbaulich, aufrichtend, nach unten weisend war. Damit gab er sich zufrieden.

Der geometrisch sorgfältig ausgeführte Kuppelbau, an dessen

Eingang Schrimms und Ho die Schuhe mit weichen Clubgaloschen tauschten, war innen sanft beleuchtet. Ein großer Rundraum mit mundaufgeblasenen Teppichen, bequemen Sesseln, Polstern, Halbliegen in weichen, milden Farben, empfing die beiden. Schaumweiche Türen schnappten hinter ihnen zu. Die allgemeine Weichheit übertrug sich auf Schrimms' Körper. Er ließ sich ungezwungen, leger, distinguiert auf eine Halbliege herab.

Beginnen wir mit unserem heutigen KAGA. Wer sprach das, wo blieb die Begrüßung, Damen und Herren, verehrte Clubfreunde, geht es hier ohne Leitung? fragte Schrimms Ho.

KAGA läuft total frei gesteuert, KAGA ist locker und ganz offen.

Nun sprach doch jemand, in wohlklingenden Sätzen, der Chef des Hauskuriers, schaumhaarig, weißlila abgetönt.

Schrimms schien es, als entwerfe er den Leitartikel für die nächste Nummer. In letzter Zeit ist aus bestimmter Quelle ein Wort zu uns gedrungen, das manche unserer Zeitgenossen als negativ, ja, als beschimpfend und herabziehend gedeutet wissen möchten, es ist die mittlere Langverbalie VERBALE EXISTENZEN. Selbstverständlich haben jene Zeitgenossen recht, die sich mit der Bezeichnung selbst bezeichnet fühlen. Verbal zu existieren scheint diesen aber noch als eine Art des nicht ganz wirklich Existierens. Sie schämen sich. Sie möchten wirkliche Existenzen sein. Sie haben noch nicht begriffen, daß diese Existenzform primitiv ist. VERBALES EXISTIEREN ist Ausdruck höherer Denkfähigkeit und höherer Phantasie. Eine wirkliche Existenz kann mit dem Wort Gurke nichts anfangen, sie will die primitive wirkliche Gurke in den Mund nehmen und sie verspeisen. Verbalen Existenzen genügt aber das Aussprechen des Wortes, und schon entsteht in ihrer Phantasie eine viel köstlichere Gurke, als sie die Wirklichkeit je bieten könnte. Verbal zu existieren, heißt höhere Phantasie zu besitzen. Verbale Lebewesen sind die höchstentwickeltsten auf unserer Kugel. Können Tiere, Pflanzen und unbelebte Dinge verbal existieren? Nein, nicht aus eigener Kraft. Nur wenn der Menschler sie durch seine verbalen Emissionen verbunden mit hoher Phantasie zu verbalen Existenzen macht. Tiere, Pflanzen und unbelebte Dinge können selbst kein VERBALES LEBEN schaffen, das kann nur der Menschler von Kugel 37a als solcher. Darum ist er so überlegen, und darum kann nur er das große Werk, die Menschlerwerdung des Tunnelwurms, vom Wurm zum Menschler, liebe Freunde, vom Menschler zur kugeltranszendentalen Wortexistenz vollenden ...

Schrimms fragte leise Ho, wann treiben wir nun endlich KAGA?

Ist doch schon KAGA, sagte Ho.

Wo?

Ho sagte, KAGA ist, wenn man, entschuldigen Sie, wir dürfen nicht so laut, KAGA heißt Kommunikativer Austausch von gesellschaftsfördernden Aktivitäten.

Schrimms merkte, wie die letzten Worte des Hauskurier-Chefredakteurs unartikuliert verhauchten, als ob dem Sprecher die Atemluft abgesaugt würde.

Zu lange soll keiner, sagte Ho, es soll hier frei und ungezwungen, eben verbaldemokratisch zugehen.

Und das ist KAGA, murmelte Schrimms. Obwohl er etwas ernüchtert war, gefiel ihm die Atmosphäre des Clubs. Er genoß den Klang der Wörter und Sätze, auch sein Auge genoß, das Gesprochene lief sanft leuchtend über die runde Wand und blieb als ornamentales Muster stehen. Schrimms ahnte, daß sich in einem Nebengelaß ein Fonformismus befand, der die KAGA-Teilnehmer wortspeiste.

Gegen Ende des Abends schienen einige Gäste leer. Sie wurden nicht nochmals gespeist. So üppig ging es beim KAGA nun auch nicht zu. So erhoben sich diejenigen, die nicht gänzlich zusammengesunken und ausgelaugt wie Verbalienbettler in ihren Sesseln hingen, und leckten ihr vorher Gesagtes von der Wand und gaben es nochmals zum Besten. Andere schienen eine unerschöpfliche Verbalvitalität zu besitzen. Schrimms schien es, die wurden nicht wortgespeist, sondern nur gefonformt, er hätte sich sehr täuschen müssen, wenn nicht von diesen Leuten heimlich das originär Gesagte abgezogen und zur Verbalkonserve verarbeitet wurde. Er ahnte das alles, fühlte sich aber wohl.

Eigentlich ist das hier Arbeit, begann er zu denken, aber solche, an die der normale Mensch in der Regel nicht rankommt, wenn er nicht gerade ein Richard Schrimms ist.

Immerhin leuchtete da nicht irgendein unbedeutender Name auf, wenn ein neuer KAGA-Teilnehmer kommunikativ seine Aktivität zum Austausch darbot. Abgesehen von lebenslänglichen Forschungsbeauftragten beteiligten sich ein Professor für Vegetationsphysiologie, ein Überumkugelweltbeauftragter, ein Polizeichef (volkstümlich Röhren-Sheriff), ein Menschlerbildungshauptabteilungssekretär, ein Strukturalmedizinalingenieurtheoretiker, ein Verkehrsoberkoordinator, eine wissenschaftliche Seelengymnastikerin, ein Zentraler Haupt-Dichter mit amtlich anerkannter indirekter Steuerung, ein erster Handelsreligionsprofessor, ein transzendentaler Kugelhymniker und Komponist, ein Wandflächenenttrister und Ornamentiker, ein Spitzenmarschall der Unteroberflächenschutztruppen, ein Vakuum-Röhrenbahn-Expeditionsdirektor in Form von Richard Schrimms.

Schrimms kam sich vor, als spielte er in einer großen Band, wo jeder seine Wortmusik losließ. Er fing schon an sich wie zu Hause »auf Station« zu fühlen, ihm war, als hätte er Mocca-Edel in sich aufgenommen und einen wilden Brasilero angesteckt und gerade den Southern Hopelesss Island-Sender reinbekommen. Nur schien ihm der Genuß in diesem Club umfassender und vielgestaltiger. Ihn befiel eine Wortsammelleidenschaft, Wortmusiksammelsucht. Er bedauerte, seinen Radiorecorder nicht zur Hand zu haben. Mit Anstrengung gelang es ihm, einige Sammelstücke in seinem Kopf zu speichern, doch sie zu registrieren gelang ihm nicht, er ließ sie unter KAGA laufen. Die Wiedergabe (Review) war nicht nur lückenhaft, sie schien auch chronologisch nicht zu stimmen. Je öfter Schrimms die innere Taste drückte, desto verworrener erschien ihm das Aufgenommene, er konnte nicht mehr feststellen, wer was wann wozu abgelassen hatte. Gerade dadurch, meinte Schrimms, ergab sich eine Verbalkomposition, wie er sie vorher nie gehört und nie gesehen hatte. Schrimms war ihr Arrangeur, und er war fest entschlossen, sobald er wieder in Grasleben-Horkenstedt sich »auf Station« begeben könnte, das eigenartige Werk, falls davon noch was übrig wäre, auf Band zu übertragen, so daß es klingen würde wie

es ist die aufknotung des hauptsächlich vorhandenen problemgebindes mit dem sich die transzendentalforschung in weitausgreifenden entwicklungsschritten geistig raumfüllend in eminenter konsequenz so doch die überkugel vom umkugelniveau betrachtet kaum relevanzbeinhaltend verstanden zumal ich schon seit sieben telefeuergroßumläufen mit meinem team den rückgang charakteristischer vegetationsmerkmale feststellen und somit für zurücktreibung des rückgangs im sinne einer vorwärtsbewegung in einzelkonferenzen da immerhin die menschlerbildung beweisen wird daß sich auf kugel 37 a im zeitalter der kugeltranszendenz ein widerspruch der generationen nicht nachweisen wird lassen wenn unser gesamtes schülermaterial durchgängig einer einzigen generation wird zuzuordnen sein schüler sein nicht für eine kurze zeit nicht für ein zeugnis ein diplom nicht nur für die schule sondern fürs ganze leben o tunnelwurm so hebe dich empor entwickle tausend geistesfüße die tausendfüßlerisch dich in die höhe tragen auf der du leuchtend rein im telefeuerglanze das große vorhaben erblickst es ist die aufknotung des hauptsächlich vorhandenen problemgebindes o wurm des tunnels schlammbekrustet so halte ein entwöhne dich des kriechens wirf ab die stummheit bilde worte laß schleimigen mund den saft des geistes bilden ein strom von saft wo immerhin der handel als funktionelles antriebsmittel zu zwecken der belebung der dynamik der moral zu dienen hat dergestalt nämlich daß der lebensinhalt sich in den schaufenstern der tunnelläden widerspiegelt der rituelle gang ins handelszentrum den rituellen beutel bei sich tragend die rituellen fragen stellend entspannt und glückserfüllt zurückzukehren o tunnelwurm so male ich hauptsächlich in lila farbe der freude der leidenschaft des optimismusses um die naturgegebene tristheit anfallender kahlwände zu besiegen ornamentalgesetzlich aber muß es zur kugelbildung kommen wir haben noch zu wenig eindrucksvolle kugelgestalten zumindest sind sie von den künstlern zu eintönig geschaffen worden die ungeheuren freiheiten die uns seit kurzem offenstehen müssen sich endlich in einer vielgestalt der kugeln niederschlagen nur einfach runde kugeln formen die eine kleiner die andere vielleicht größer im prinzip immer rund so eingeengt ist hier der künstler nicht wodurch die ständigen siege unserer unteroberflächen schutztruppen in den manövern sich zu noch höherer ständigkeit vermehren lassen wenn sich ein hymniker demnächst des truppenliedguts annimmt die seele muß in eine kondition gebracht sein daß sie imstande ist die transzendenz erfolgreich mitzumachen der trainingsplan sieht vor koordiniert mit den verkehrsbedingungen der oberfläche o tunnelwurm nimm dir ein beispiel an deinen brüdern die schon kriechen wo noch kein wurm gekrochen ist und schließlich wortverströmend flügel schwingen in kugeltranszendenter unendlichkeit ganoven wird es immer geben wodurch die medizin im strukturellen sinne nun auch nicht weiterkommt obwohl versuche hinsichtlich verbaler heilmethoden nicht unbeachtet blieben es ist die aufknotung des hauptsächlich vorhandenen problemgebindes die arbeit läuft bei mir im sogenannten tran wobei ich feststelle daß sie als solche reibungslos zur durchführung gebracht wird nachweislich gibt es keine fälle wo die versicherung in kraft trat reklamationen hatte ich noch nicht o tunnelwurm und somit für zurücktreibung des rückgangs ganoven wird es immer geben im sinn des wortes gibt es sie es ist die aufknotung die aufknotung die aufknotung wo die versicherung in kraft trat.

Noch besser hätte es Schrimms zwar gefallen, wenn Kontrastimmen sich ins Konzert begeben hätten, wieso wird es Ganoven immer geben, erklären Sie mir dies, Herr Röhren-Sheriff, wieso entspannt und glückserfüllt zurückzukehren, Herr Handelsreligionsprofessor, warum erwähnen Sie nicht, daß der rituelle Beutel leer ist.

Doch war dies nicht der Stil des KAGA. Beim KAGA spielte jeder seinen Satz für sich, als ob er ihn in einen leeren Raum abgäbe. Niemand erwartete, daß jemand darauf einging, den Satz vielleicht aufnahm und weiterspielte, was anderes draus machte, improvisierte, wie Schrimms es von den Jazzmusiken des Southern Hopeless Island-Senders kannte. Trotzdem gefiel ihm KAGA, und als er an den nächsten KAGA-Abenden feststellte, daß seine Clubgenossen so gut wie haargenau die gleichen Sätze brachten, die immer wiederkehrenden Motive, begrüßte er sie freudig wie Stücke, die ihm bekannt vorkamen, die ihm ins Ohr gekrochen waren und sich dort eingenistet hatten, nachdem er sie mehrmals vom Band geleiert hatte. Lustig fand er beim KAGA auch, daß sich die Reihenfolge der KAGA-Spieler änderte. Nicht immer fing der Forschungsbeauftragte zu kagaisieren an, manchmal war es der Röhren-Sheriff, manchmal auch Richard Schrimms, und war es nicht sympathisch, daß KAGA als echte Arbeit galt und jeder Teilnehmer den KAGA-Stempel ins Arbeitsbuch gedrückt bekam, daß er für regelmäßiges KAGA am Ende der mittleren Telefeuerumlaufphase Hartbon in Form von Schecks als Aufwandsentschädigung erhalten sollte.

Schrimms hatte erst vermutet, die Clubkollegen wären durchweg Abgeber. Als er erfuhr, kein einziger von ihnen gebe ab, sie hätten früher vielleicht einmal abgegeben, jetzt käme aus ihnen nichts mehr raus, sie kriegten alles, was sie sagten eingefonformt, sie seien teilweise Abgeber h. c. beziehungsweise Abgabeveteranen, da merkte Schrimms den feinen Unterschied zwischen den KAGA-Spielern und dem Verbalienbettler, den er ins Loch gestoßen hatte. Da war es doch erheblich besser, in einem Club cremeartig auf geschäumten Liegesesseln sein Dasein abzureißen. Da hatte Schrimms ja unverschämtes Glück.

Der Tag war sicherlich nicht fern, wo auch für ihn das Abgeben aufhören würde. Niemand von denen gab hier noch ein eigenes Sterbenswörtchen ab, auch Schrimms würde bald in den Status des Abgebers h. c. erhoben werden.

Erst später kam er darauf, daß durch die Rettiche die Abgabepotenz erhalten wurde und eine Formel Rettich-Abgabe-Rettich-Abgabe = unendlich entstanden war. Erst später überlegte Schrimms, ob da nicht jemand drinhing, ob da nicht einer draufgekommen war und ihm den Garten, die eingezäunte Bodenfläche, so schnell bewilligt hatte, vielleicht der General-Wortler, vielleicht sogar Madame Fonforma. Schrimms war privilegiert, was seinen Garten anging. Er wurde aber auch tüchtig gemolken. Schrimms hatte in seinen Grasleben-Horkenstedter Zeiten manchmal darüber nachgedacht, wie ungerecht es sei, daß manche Professoren, Erfinder, Forscher und sogar manche Künstler mehr Geld erhielten und mehr Vorrechte besaßen als beispielsweise Schrimms, der gar nicht sehen konnte, wodurch sie es verdienten. Nun war Schrimms selbst privilegiert, er hatte als einziger einen Garten und Rettiche und anderes Gemüse, das im Kommen war, man molk ihn aber dafür nach Strich und Faden. Bis auf die letzte Verbalie würden sie ihn melken, bis alles leer und welk an ihm herumhing. Sie würden vielleicht auch noch sein Skelett verpulvern, um die Verbaliensoße damit anzudicken. Nein, soweit würde es nicht kommen, wenn ich den Rettich nicht mehr esse, geht die Potenz zurück, dann werde ich zum Abgeber h. c. oder zum Veteran ernannt. Schrimms kriegte erst jetzt das richtige verbale Existenzgefühl, ein neues Existenzgefühl, jawohl, und nicht das schlechteste.

Bereits zum nächsten KAGA-Abend lud ihn der Club als Dr. Richard Schrimms ein. Er war zum Doktor tubi vacui erhoben worden. Das ist genau das Richtige für einen alten DREIER. Schrimms ging es dufte, und noch besonders privilegiert war er durch seine irdische Abstammung, als Erdenherkömmling kannte er exquisite Real-Genüsse, die er gemütlich ins Verbale übertragen konnte. Das konnte kaum einer der illustren KAGA-Spieler. Wer war schon fähig, verbal zum Beispiel eine Kanne Mocca-Edel zu genießen, gar nicht zu reden von Wald- und Wiesentee, der vom langen Ziehen schwarzgrüne? Während die anderen sich mit mageren Verbal-Genüssen zufriedengeben mußten, Gurkenschnaps war das Höchste, konnte Schrimms aufgrund seiner Erderfahrungen verbal ausschweifend schlemmen.

Trotzdem wurde der Expeditionsdirektor Dr. tubi vacui Richard Schrimms seiner Clubmitgliedschaft nicht gänzlich froh. Zwar besaß er inzwischen ein eigenes komfortables Schwebzeug, lila metallic, aber er schaffte es nicht mehr, seinen Garten aufzusuchen. Die Clubeinladungen kamen immer häufiger.

Außerdem mußte er abgeben, die Fon kam unerbittlich. Und zwecks Vervielfältigung seiner Anwesenheit mußte er auch in der Expedition sein. Schrimms war zum ersten Mal, wo er sonst nie gewesen war: im STRESS. Er hatte das Gefühl, sich hei machen zu müssen. Die sind hier alle hei, der ganze Club ist hei, und zwar vom Quasseln, dachte er, und ich kann auch durch Quasseln nur hei werden. Schrimms war einer der Wenigen, die nicht fonformgespeist zu werden brauchten. Ihm kam es noch von selbst, man fonformte ihm dieses oder jenes Teilchen weg, geschenkt, er hatte sowieso nichts Kugelumwälzendes vorzubringen, aber er merkte schon, wie seine Kraft nachließ. Der Rettich fehlte ihm.

Eines KAGA fühlte er sich unfähig, ungespeist etwas von sich zu geben, und als der Fonformismus ihn auflud, so daß er passiv kagaisieren und an was anderes denken konnte, sah er vor seinem inneren Auge ein altes Taschenmesser mit echtem Hirschhorngriff sowie ein Feuerzeug, einen Flammenwerfer aus dem zweiten Weltkrieg, durch einen Tunnel wandern, freischwebend: die einzigen wirklichen Bestandteile von Richard Schrimms. Gerade als er sein Elend voll zu erkennen glaubte, trat Ho zu ihm, wir gehen nebenan, nach hinten. Das konnte nur bedeuten, daß es da hinten etwas gab. Jetzt gibts was, dachte Schrimms, es war auch höchste Zeit, daß es das andere gab. Jetzt konnte Schrimms dahin, nachdem er lange genug KAGA-Spieler war. Jetzt kam es, jetzt war Schrimms wirklich wer, jetzt öffnete sich ihm die Wirklichkeit von Kugel 37 a.

Ho flüsterte, es ist natürlich streng konspirativ.

34

Schrimms fand es logisch, daß sich die Korridore schlangenartig wanden, daß er durch Türen, über Hintertreppchen, durch Zwischenzimmer mußte, die nur dazu bestimmt schienen, die Notwendigkeit von noch mehr Türen zu rechtfertigen. Schrimms hätte auch ein Labyrinth nicht irritiert, er dachte, da muß man eben durch. Er wurde nicht ungeduldig, als Ho ihn in ein düsteres Zimmer zog, wo auf angefetzten Sesseln ein Menschlerhaufen hockte.

Die Menschler murmelten sich gegenseitig an, als sie Ho sowie Schrimms erblickten, sie kniffen kurz das linke Auge zu. Auch das schien Schrimms nicht merkwürdig.

Ho sagte, hier ist Dr. Richard Schrimms, und nichts für ungut, ich werde für ihn bürgen.

Schrimms setzte sich bequem, ich bin so frei, wenn Sie gestatten.

Das sind Sie eben nicht, Herr Dr. Schrimms, was ist denn das für eine Freiheit, sich auf ein Polster hinzusetzen, das außerdem noch frei, ich meine unbesetzt ist, das ist doch eine jämmerliche Freiheit. Nein, Dr. Schrimms, Sie sind nicht frei, gerade dadurch, daß Sie erklären, Sie seien es, beweisen Sie, daß Sie vollkommen unfrei sind.

Entschuldigen Sie, mein Herr, das ist so eine Redensart.

Eben. So eine Redensart. Das Leben auf der Kugel besteht nur noch aus Redensarten. Die ganze Kommunikation ist eine einzige große Ballung von Redensarten, von Textschablonen, Verbalien.

Da ist was Wahres dran, sprach Schrimms.

Nein, überhaupt nichts Wahres.

Es tut mir leid, Schrimms stotterte, ich meine, nichts für ungut, herzlichen Glückwunsch. Er dachte, jetzt hat es auch bei mir geschnappt wie bei dem armen Ho.

Es tut Ihnen nichts leid, Herr Schrimms, Glück wünschen Sie mir auch nicht, schon gar nicht herzlich. Der Mann, der so auf Schrimms losfuhr, war gelbgesichtig, sein Bart lang und ein bißchen angefilzt und gelblich grau, doch sein Gesicht sah echsenhaft aus.

Ho sagte leise, ein General der Tunnelpioniere im Ruhestand. Der mit dem mehr orangenen Bart, sein Sohn, forscht lebenslänglich.

Der junge Orangebart versuchte seinen Vater zu beschwichtigen, Herr Dr. Schrimms meint das ganz anders, sonst würde er nicht zu uns stoßen. Laß ihn doch reden.

Ja, reden, reden, reden, bis wir total verbale Existenzen sind. Ich sage es, verbale Existenzen, die keinen einzigen Verteidigungstunnel entwässern oder graben können, und die im Falle einer Landung der Kugel-38-er mit Verbalien schießen.

Nun lassen Sie Herrn Dr. Schrimms sich wenigstens vorstellen, rief eine zarte Dame, die Schrimms als lila angetuscht empfand. Sie ließ aus einem weißen Rohr von Zeit zu Zeit ein Nebelwölkchen steigen, das ihr Gesicht für einen Augenblick, wahrscheinlich den des Nachdenkens, verhüllte. Bitte, Herr Dr. Schrimms, wie soll man Ihrer Meinung nach in einer total verbalisierten Gesellschaftsform als Real-Existenz nicht schlechthin existieren, sondern auch die Kritik am Verbalismus artikulieren und wirksam werden lassen?

Schrimms sah benommen auf das Wölkchen, das vor das Damen-Aquarell in lila zog. Die sprangen hier mit Schrimmsens höchsteigenen Verbalien um, als ob es ihre eigenen wären: VERBAL-EXISTENZ, VERBALISTISCHE GESELLSCHAFT, fehlte noch VERBAL EXISTIERENDE VERSORGUNG. VERBAL ZUR DURCHFÜHRUNG GEBRACHTE KINDERZEUGUNG. Er irrte nicht, auch diese Original-Schrimms-Verbalien nahmen die Leute später in den Mund.

Kein Wunder, daß er der Dame antwortete, wenn es mir zu verbal wird, gehe ich in den Garten und ziehe einen Rettich. Er konzentrierte sich auf die Vorstellung, er kaue einen, er malmte den Unsichtbaren. Rettich-Speichel begann Schrimms' Mund zu füllen, er schluckte ihn begierig. Schrimms bildete sich ein, er habe durch das Kauen des imaginären Rettichs etwas Realität getankt.

Er fragte, verstehe ich Sie recht, sind Sie vielleicht diejenigen, von denen der Kurier, natürlich über viele Ecken, so ganz verquetscht und dreimal hintenrum erkennen läßt, da wären Emissionen? Sind Sie diejenigen, mit deren Emissionen sich der Kurier langseitig auseinandersetzt?

Sie sagen es, Herr Dr. Schrimms. In letzter Zeit ist der Kurier schon deutlicher geworden. Bevor Sie kamen, besprachen wir die neueste Nummer. Da werden wir als ewige Tunnelwürmer denunziert. Wir sollen, so empfiehlt der Schreiber des Artikels, ohne zu zögern abgesaugt und auf Gerichtsbeschluß in die verbale Existenzform überführt werden.

Schrimms fragte, Sie sitzen trotzdem ruhig hier?

Wir sind dabei, die Lage und was zur Lage führte, auszuwerten. Der Sohn des Generals sah Schrimms beschwörend an. Wir sichten jetzt das Faktenmaterial, dann aber, wehe ihnen.

Ach, denen, dachte Schrimms, ja, wehe denen, das klingt gewaltig. Wenn diese Leute richtig sind, wenn die mal an die Macht kommen, kann ich vielleicht den Garten ausdehnen. Ich könnte Gartenbauminister werden und anordnen, was in den Kugelgärten anzubauen ist.

Ich freue mich, Sie kennenzulernen, sagte er.

Beim nächsten Treffen schien es Schrimms angebracht, handfeste Taten anzuregen. Bloß quasseln hilft nicht. Er fürchtete jedoch, sie könnten glauben, er wolle provozieren und sie danach verpfeifen. Das waren Leute, die im Kurier als ewige Tunnelwürmer bezeichnet wurden. Und wie stand Schrimms dagegen da? Vom General-Wortler gelobt und mit ihm auf geblümtem Sofa grinsend abgebildet! Hatte Schrimms im erhabenen Kreis der Tunnelwürmer Kredit? Sei clever, Richard. Halt die Klappe.

Der junge Orangebart ging aber auf Schrimms zu, er bot ihm den zerfetztesten, den Ehrensessel an, aus dem in Zotteln graue Watte hing. Wir gratulieren, lieber Richard. Die ganze erste Seite des Hauskuriers ist diesmal dir gewidmet. Mit Bild.

Sollte der Miesepeter, der unglücklich auf einem Abgabe-Sessel hockte und seinen Mund aufklaffen ließ, als schnappe er nach Luft, Expeditionsdirektor Dr. Richard Schrimms sein? In einer solchen Haltung, vor oder nach der Abgabe, kann kein Mensch vorteilhaft aussehen. Schrimms als Idiot, der sich gerade in die Hosen pullert. Es widerstrebte ihm, den Text zu lesen, der dieses Bild ummauerte. Andererseits war er gierig auf den Text. Sein Auge, halb zugekniffen, visierte steife Wortgebilde an. SELBSTANALYSE. Wie bitte?

SELBSTANALYSE DES EHEMALIGEN SPITZENABGEBERS RICHARD SCHRIMMS, VORMALS CHEF DER EXPEDITION DER VAKUUM-RÖHRENBAHN. Wie R. Schrimms nach gründlicher Prüfung seiner sogenannten scharfen Eiszapfen (Rettiche von einer nicht wiederzugebenden kosmischen Kugelform) selbst eingestand, handelt es sich um ein Mißgewächs, das Schadstoffe enthält, die nicht nur die Entwässerung des Körpers unzulässig animieren, sondern auch eine Schwächung der Abgabekraft bewirken, Substanzen, die zur Bildung im Sinne des Kugeltranszendentalen Vorhabens voranweisender Verbalien beitragen, fließen schon mit dem Körperwasser ab. Schrimms führte seine nachlassende Abgabepotenz überzeugend auf den Genuß der scharfen Eiszapfen zurück. Er habe festgestellt, daß jedesmal, wenn er Eiszapfen genossen hatte, bei ihm Verbalienflucht einsetzte, die eine Verbalienverdünnung zur Folge hatte, hingegen nach Genuß der allgemein erprobten und geschätzten Kugel 37 a-Milchgurke habe ihn ein Gefühl der Ausgeglichenheit sowie Vollkraft ergriffen. In der Zeit, als er jene Zapfen noch nicht aß, gab er seine vitalsten, künstlerisch überzeugendsten Verbalien ab und zeigt jene hohe Leistung, die er als Erster bei dem Versuch EINHEIT-AUSSAGE-TAT erreichte. Seit dem Genuß der Eiszapfen sei sein Verfall als Abgeber nicht aufhaltbar gewesen. Der Eiszapfen als solcher, analysierte R. Schrimms, nähre sich vorwiegend von unreinen Stoffen, auch ekelerregenden Körperausscheidungen, die besonders nahe von Mülldeponien in den Tunnelboden dringen, er gehörte zur Familie der gemeinen Unratzehrer. Seinen eigenen geistigen und körperlichen vor allem aber abgabemoralischen Abstieg als Beispiel hinstellend, warnte R. Schrimms unter Tränen, kaum noch ein Schatten seiner selbst, vor dem Genuß des Schrimmsischen scharfen Eiszapfens. Er bat die zuständigen Organe des Instituts inständig, die noch vorhandenen E-Zapfen auf seiner eingezäunten Bodenfläche samt Kraut und Wurzeln zu vernichten. Nur so, rief er dem Auditorium zu, sei die Gefahr noch abzuwenden, daß sich der E-Zapfen ausbreite und schließlich die Abgabekraft der Menschler auf Kugel 37 a zerstöre. Erschüttert hörten die Vertreter des Instituts die Worte dieses zugrundegerichteten Individuums, einst Richard Schrimms, moralisch angerührt durch die Selbstanalyse, welche dieser Gescheiterte mit letzter Kraft noch abzugeben imstande war.

Das stimmt nicht, sagte Schrimms, das ist von A bis Z gelogen. Ich habe nie vor einem Auditorium gesprochen. Und meinen Rettich habe ich nie schlecht gemacht, geheult habe ich auch nicht. Wovon die hier berichten hat niemals stattgefunden. Und wieso vormals Chef der Expedition der Vakuum-Röhrenbahn, hat man mich abgesetzt, bin ich entlassen, das ist mir nicht bekannt, ich hab nichts Schriftliches in Händen, ich weiß von nichts.

Das ist normal, Richard, es ist durchaus normal, beruhige dich, Richard.

Wieso beruhigen? Das lasse ich nicht auf mir sitzen. Kann sein, daß ich tatsächlich entlassen bin, daß man es mir auf diesem Wege mitteilt. Das andere ist Lüge, Verleumdung, und dieser Schweinehund, mit dem ich beinah jeden Abend KAGA treibe, der Chef vom Hauskurier, läßt sowas drucken.

Aber so läuft das doch, es ist total normal, wie könntest du ein offizieller Oppositioneller sein, wenn über dich was Wahres im Kurier stehen würde? Das muß so sein. Die schöne Stimme kam Schrimms bekannt wor. Da saß der weißbeschäumte ältere gentleman im Hintergrund, der meist das KAGA zu eröffnen pflegte.

Wieso sind Sie hier? fragte Schrimms.

Wir haben es doch elegant gemacht, mein lieber Schrimms, das müssen Sie zugeben.

Mein Herr, mir ist das wurscht, ich lasse mich nicht durch den Dreck ziehen.

Man sollte den Artikel erst wissenschaftlich analysieren, sagte Ho. Erst dann sind Folgerungen möglich. Wahr ist, daß Sie jetzt ein vertrauenswürdiger Oppositioneller sind.

Ihr habt ja keine Ahnung, schrie Schrimms. Hier ist was faul. Er schmeckte zuverlässig Radiergummi. Er dachte, ich muß das selbst durchfechten, er wollte rufen, Achtung, hier wird gefonformt. Er mußte aber gezwungenermaßen sagen, ihr seid sehr tapfer, liebe Freunde, daß ihr euch vor den Dreckschleudern des Hauskuriers nicht fürchtet.

Er wollte sagen, ich ziehe los, ich protestiere.

Er mußte sagen, wenn das normal ist, wie ihr sagt, wenn das so laufen muß, dann läuft es eben so.

Er wollte raus, doch ohne Ho fand er sich nicht zurecht.

Ho war gerade damit beschäftigt zu opponieren, indem er eine Rede gegen den absoluten Verbalismus hielt.

Nachher nahm Schrimms Ho eine Strecke im Schwebzeug mit. Ich fahre jetzt zum Institut und fordere meine Rehabilitierung. Er fragte Ho, ob er Zeuge sein wollte.

Ho sagte, das kannst du von mir nicht verlangen, Richard. Du weißt, es ist alles in strengstem Maße konspirativ. Ich meine, frohe Feiertage, herzliches Beileid, viele gute Wünsche. Und alles

Menschlermögliche, nicht wahr.

Die glauben also allen Ernstes, sie opponieren und konspirieren, dachte Schrimms. Dabei schämen sie sich nur wegen des Gequatsches, das sie beim KAGA und bei ihrer sogenannten Arbeit von sich geben, sie wollen es durch gegenteiliges Gequatsche wieder ausgleichen. Was kommt dabei heraus? Sogar als DREIER habe ich behalten, Minus plus Minus ergibt Minus und Minus minus Minus ist ebenfalls gleich Minus. Ob nun gefonformt oder nicht.

Er überlegte, wie er sein Schwebzeug am besten in die Gegend des Piks der letzten Hoffnung lenken könnte. Er war noch nie allein dorthin geschwebt. Er sagte vor sich hin, und nun zum Pik der letzten Hoffnung. Er spürte einen Ruck, das Schwebzeug änderte den Kurs.

Nun, wenn das Ding so reagierte, hielt Schrimms es für geraten, es erst einmal zum Garten hinzulenken. Zum Garten, sprach er, worauf das Schwebzeug den Kurs um hundertfünfundsiebzig Grad veränderte.

Unterwegs dachte Schrimms darüber nach, wie er dem Institut, na, eben »denen« einen wirksamen Schlag versetzen könnte. Es sind nicht mehr genügend Verbalien vorhanden, es herrscht Verbalienknappheit, ohne Verbalien ist aber kein Fonformen möglich, da bricht der ganze Laden ein. Also, keine Verbalien mehr abgeben, nur noch ganz wenig reden, Gärten anlegen, Schweinchen züchten, na, eben etwas tun.

In Schrimmsens Garten hatte zuerst Gefahr bestanden, daß die Gemüse durch zuviel Bodenfeuchtigkeit verfaulten. Jetzt schien der Garten ausgetrocknet. Es tröpfelte noch aus der kleinen Röhre, die Schrimms zum Garten abgebogen hatte. Doch einige Rettiche, die er nach seiner langen Abwesenheit nun zog, waren verholzt. Er stopfte sich die Taschen mit Rettichen, Mohrrüben, Kohlrabi, Gurken und noch hellroten und grünlichen Tomaten voll. Dann rüttelte er an der Röhre, ob nicht mehr Wasser käme. Das Tröpfeln hörte auf. Schrimms meinte ein Rauschen zu vernehmen, er hielt das Ohr ans Rohr, ein Rascheln, Flüstern DIE WASSERVERSORGUNG WIRD WEITERHIN KONTINUIERLICH DURCHGEFÜHRT. Die Meldung wiederholte sich in einem fort. Schrimms rief ins Rohr, hier kommt kein Wasser! Es rutschte eine weiße Schlange ihm beinah in den Mund, ein Streifen, auf dem verkündet wurde: DIE WASSERVERSORGUNG WIRD WEITERHIN KONTINUIERLICH DURCHGEFÜHRT. Hier kommt kein Wasser! brüllte

Schrimms. Wieder erschien der Streifen DIE WASSERVERSORGUNG WIRD WEITERHIN KONTINUIERLICH DURCHGEFÜHRT. Als Schrimms fortging, bedeckten Textschlangen den Garten. Die Vogelscheuche, das Denkmal des Verbalienbettlers, betrachtete sie höhnisch. Schrimms schien es, als murmelte die Scheuche DIE WASSERVERSORGUNG WIRD KONTINUIERLICH ZUR DURCHFÜHRUNG GEBRACHT. Verbales Wasser, dachte Schrimms. Muß ich jetzt passen? Er kaute Rettiche und überlegte, ob er noch eine Chance hätte. Ich werde auf den Putz hauen, der Hauskurier muß sich entschuldigen bei Dr. Richard Schrimms, nicht bei R. Schrimms.

Am cleversten schien es, direkt zum General-Wortler zu schweben, wo er gleichzeitig die Frage des verbalen Wassers klären wollte.

35

Der General-Wortler empfing Schrimms dermaßen liebenswürdig, seine klapprige Eleganz hatte sich dermaßen verfeinert, seine Glatze spiegelte Schrimmsens Gesicht in dermaßen süßlichem Rosa, daß Schrimms zunächst nichts vorzubringen fand.

Der GW fing an, sich nach dem KAGA zu erkundigen, er selbst sei leidenschaftlicher KAGAist, habe nur leider nicht die Zeit, sich noch an solchen Abenden zu beteiligen. Er höre, Schrimms solle Präsident der KAGA-Gesellschaft werden. Ja, Schrimms sei eine ausgesprochene KAGA-Begabung.

Schrimms kamen Zweifel, ob der GW den Hauskurier überhaupt zu lesen pflegte. Er zog die Zeitungsseite hervor, man hat mich abgemalt, das ist durchweg gelogen, da steht kein wahres Wort drin. Ich muß verlangen, öffentlich rehabilitiert zu werden. Sonst kann ich auch kein KAGA-Präsident sein, einer, der nur ein Schatten seiner selbst nach echtem Gemüse nicht mehr verlangen wird.

Ich gebe zu, anfangs brauchten Sie diese Dinge noch, wir waren auch nicht abgeneigt, Sie Ihnen zuzubilligen, solange Sie noch darauf angewiesen zu sein, nachweisen konnten, jetzt aber haben Sie – Ihr sehr aktives KAGA-Spiel bezeugt es – eine höhere Stufe erreicht.

Ich bin also, sagte Schrimms, nach Ihrer Meinung bereits eine VERBAL-EXISTENZ?

Lieber Freund, ich beglückwünsche Sie dazu.

Ich fürchte, hier liegt ein Irrtum vor, sagte Schrimms, ich eigne mich nicht zu einer derartigen Existenz. Ich habe nichts gegen KAGA, aber VERBALES WASSER, das geht zu weit. Ich bin auf Frischgemüse in wirklicher Form dringend angewiesen.

Aber, mein Freund, Sie sehen nicht die Vorteile des VERBALEN SEINS. Hat man Ihnen nicht mitgeteilt, daß eine VERBAL-EXISTENZ nicht stirbt? Das ist doch ein angenehmer, erfreulicher Aspekt.

Mag alles sein, sprach Schrimms, aber ohne meinen Garten kann *ich* nicht sein. Kurz und gut, es war hier ganz nett, von einigen Gemeinheiten abgesehen, nichts für ungut, Herr General-Wortler, es war lehrreich für mich, nun möchte ich wieder abreisen, nach Grasleben-Horkenstedt.

Aber nein, gerade jetzt nicht, das würden Sie bereuen, wo wir doch jetzt das Super-KAGA entwickeln wollen. Jetzt werden wir die Spieler haben, die über die beim KAGA ausgetauschten Aktivitäten Überaktivitäten austauschen werden.

Aber mein Garten.

Sie werden kein Verlangen mehr nach einem Garten haben.

Bevor ich soweit herunterkomme, möchte ich lieber schnell nach Hause. Aber vorher möchte ich noch wissen, was mit dem Verbalienbettler geworden ist, dem jämmerlichen Individuum, das ich aufgrund von Fonformeinflüssen fälschlich in ein Saugloch gestoßen habe. Es war die Aufgabe EINHEIT-AUSSAGE-TAT.

Ach, diese alten Sachen. Davon sind wir längst abgekommen. EINHEIT-AUSSAGE-TAT, das gibt es jetzt nicht mehr. AUSSAGE genügt. Auch dieses ist ein Vorteil des durchgängigen verbalen Seins. Sie werden niemals wieder gezwungen sein, einer Aussage auch eine Tat folgen zu lassen.

Was ist dem Mann aber passiert, ist er tot?

Keineswegs, er hat eine andere Aufgabe gefunden.

Schrimms sagte, Arbeit habe ich hier ja auch nicht mehr. Ich bin entlassen, laut Hauskurier.

Dafür sind Sie nun KAGA-Präsident.

Der die Abgabekraft untergräbt, wie es im Hauskurier steht.

Ja, im Hauskurier. Das weiß niemand, weil den Hauskurier niemand liest.

Das sagen Sie, Herr General-Wortler?

Lassen Sie es doch gut sein, Herr Dr. Schrimms. Sehen Sie, hier habe ich die Akte. Sie sind ab nächster Zusammenkunft im Club zum Präsidenten des KAGA ernannt. Herzlichen Glückwunsch!

Ich kann das nicht annehmen, sagte Schrimms, bevor ich die Entschuldigung vom Hauskurier nicht habe. Und noch eins, ich sehe mich nicht in der Lage, noch weiter als Abgeber tätig zu sein, wenn mein Garten weiter mit VERBAL-WASSER gespeist wird, wodurch nur VERBAL-GEMÜSE entstehen kann, das mir nicht bekömmlich ist.

Nun, lieber Dr. Schrimms, die Spezifik Ihrer Tätigkeit, die immer mehr kugeltranszendental wird, bringt es mit sich, daß Ihr verehrter Körper sich auf VERBAL-GEMÜSE umstellen wird.

36

Plötzlich schien es Schrimms so, als zuckte überm Sofa des General-Wortlers das Licht, als sause eine gläserne Untertasse herunter. Schrimms war es unbedingt so, als wäre in diesem Augenblick Madame Fonforma eingetreten. Täuschten ihn seine alten Ohren nicht, so sagte sie mit rauher Stimme, den schwachsinnigen Vortrag kannst du dir schenken, wie kommst du überhaupt dazu, Herrn Schrimms mit solchem Quark zu belästigen?

Beim Anblick des Gesichts Madame Fonformas begann Schrimms nach poetischen Verbalien zu suchen. Leuchtete es wie heller Sand beim Auf- beziehungsweise Untergang des Telefeuers? Leuchtete es orangefarben, gelb oder golden, in Ofen-Farben, die das Gemüt aufheizen?

Schrimms machte unwillkürlich einen Schritt in die Nähe der Erscheinung. Ein Duft kam ihm entgegen. Nach Mandeln, Curry, Vanille oder Muskat.

Schrimms zitterte und nahm Haltung an, als die Fonforma (falls sie es wirklich war) den General-Wortler anfuhr. Du bist zu nichts mehr zu gebrauchen, du stehst tief unter jeder verbalen Existenz. Sie riß dem General-Wortler den eleganten Anzug ab. Er war darunter nackt. Sein Hemd bestand aus einer Plast-Atrappe ohne Ärmel und ohne Rückenteil, aber mit angegossenem Schlips. Sie schraubte seine rosa hochglanzlackierte Glatze auf, drückte kurz auf den Nabel, worauf der General-Wortler nach dem Hohlkörperprinzip sich in zwei Hälften spaltete. Die hintere Hälfte enthielt, wie Schrimms sofort erkannte, den Fonformismus. Plötzlich hereingefahrene Saugluft zog den Gewesenen hinaus.

Madame Fonforma lächelte Schrimms an.

Ich dachte, sagte Schrimms, der Herr GW wäre eher menschlerisch. Ich speiste mal mit ihm, vor längerer Zeit, die Atmosphäre war herzlich, laut Kurier.

Das war der Vorgänger, den mußte ich absetzen, der war in einer skandalösen Weise senil geworden, sodaß ich ihn durch einen Apparat ablösen lassen mußte. Aber sie taugen alle nichts, diese VERBALEN EXISTENZEN. Und diese Apparate. Man könnte sie bereits verwechseln. Sie sah Schrimms böse an, als sei er daran schuld.

Schrimms überlegte, sie setzt die höchsten Persönlichkeiten ab und demontiert die allerhöchsten Apparate handgreiflich, daß man es vor Augen sieht. Ich bitte um Verzeihung, sagte er, demnach sind Euer Exzellenz wirklich vorhanden? Der Film, den ihm die Leute vom BESCHUSS gezeigt hatten, kam Schrimms nun matt und farblos vor, die darin vorgeführte Madame Fonforma albern, ein dummes Abziehbild. Sie existieren wirklich? In einer realen Lebensform wie beispielsweise ich?

Das kann man sagen, lieber Richard, Sie haben die Verbalie getroffen! Und nun Schluß mit dem Theater, mit Abgabe und KAGA und Vakuum-Röhrenbahn. Das war ein Übergang. Das gibt es jetzt für Sie nicht mehr. Sie kommen mit. Zu mir. Verstanden?

Wohnen Euer Exzellenz hier?

In diesem Stall? Es reicht mir schon, den dauernd beobachten zu müssen. Sie brauchen mir nichts zu erzählen, Richard. Ich bin im Bilde, ich habe alles per Teleblick erfaßt. Sie waren für mich in der letzten Zeit der einzige Lichtblick. Ich hätte mich schon früher um Sie kümmern sollen, andererseits war die Prüfung noch nicht beendet.

Schrimms bemerkte unter der Zimmerdecke, wo sich die Lampe befinden sollte, eine durchsichtige orangenfarbene Blase, die länger wurde und sich allmählich öffnete, Madame Fonforma trug ein kurzes rotes Charleston-Kleid, eine siebenfach verschlungene lange Perlenkette. Fonformas Beine wagte er nur verstohlen anzusehen, nein, solche waren ihm noch niemals vorgekommen, auch nicht vor fünfzig Jahren in Berlin, wo es doch Klasse-Beine gab.

Es wurde Schrimms sehr schwindlig, als die Fonforma in die Blase stieg. Er wagte nicht, ihr nachzusteigen.

Na, hopp, mein Lieber.

Er kam sich plump und steif vor. Er redete nur aus Verlegenheit. Sie können also an jedem Ort zu jeder Zeit eingreifen?

An jedem Ort zu jeder Zeit. Wenn ich es will.

Ach, sagte Schrimms, verehrte Exzellenz. Ich habe Ihren Film gesehen, ich glaube siebenmal.

Er schrak zusammen, als die Fonforma lachte. Ach, dieser Kitsch. Stimmt vorne und hinten nicht. Los, Richard, ich drehe jetzt ein bißchen auf. Ab mit uns beiden. Sie sind der Richtige. Sie sind zwar nicht der Erste, den ich hab prüfen lassen, aber Sie sind der Beste. Sie widersetzen sich hartnäckig, trotz lockender Offerten, eine VERBALE EXISTENZ zu werden. Sie sehen, auch ich bin worterfinderisch.

VERBALE EXISTENZ. Das ist, wenn Sie gestatten, meine Verbalie, wollte Schrimms einwenden, sie stammt von mir, er traute es sich nicht. Aber stumm dazusitzen traute er sich auch nicht. Ich hätte da noch ein paar weiße Rettiche, Tomaten, Möhren, Kohlrabi in der Tasche, möchten Sie davon kosten?

Ja, immer her damit. Fonforma schlug die Zähne in den Rettich.

Die hat gewaltige Zähne, dachte Schrimms.

Den müssen Sie reproduzieren, in meinem Schloß.

Schrimms kniff den Mund zu. Er wollte eine Weile schweigen, er fürchtete, es käme nichts als Blödsinn bei ihm raus. Aber es schien nicht möglich in Gegenwart Madame Fonformas den Mund zu halten. Warum hat denn der Hauskurier den Fonformismus so eingehend und volkstümlich erläutert, das braucht doch von den Menschlern keiner zu wissen, Fonformen soll doch heimlich gehen, unmerkbar, denke ich. Das muß man listig machen.

Fonforma lachte, als hätte sie die Frage zu ihrer eigenen Belustigung in Schrimms hineingefonformt, damit sie Greenhorn Schrimms aufklären konnte. Darin liegt ja die List, daß alle wissen, wie Fonformismus funktioniert. Niemand kann sich beklagen, er wäre übertölpelt worden. Und wie ich meine Menschler kenne, verschafft es ihnen ein Lustgefühl, wenn sie bei vollem Bewußtsein fonformgesteuert werden. Sie sagen voller Stolz, daß sie gefonformt seien, dienstlich gefonformt.

Ab und zu hatte Schrimms den Eindruck, Madame Fonforma blicke ihn von der Seite zärtlich an. Einmal fragte sie ihn, ob die orangene Blase nicht zu langsam durch die Glut der Telefeuerstrahlen trieb, feuergeschützt sei sie, doch bei zu langsamer Bewegung werde es in ihr drückend heiß, zu schnell dürfe man aber auch nicht sausen, dann werde nämlich die Reibung mit der glühenden Außenluft zu heftig. Wir könnten explodieren. Aber wenn es Ihnen zu langsam ist, ich könnte es verstehen, daß Sie schnell in den Schatten möchten.

Bevor Schrimms zwischen den Beschwernissen der heißen Luft, in der er sich gedünstet vorkam, und der Gefahr des Explodierens (mit Riesenstichflamme und allem Zubehör), abwägen konnte, sagte er schon, ich möchte so, wie Sie es für richtig halten, Madame: einerseits langsam, andererseits so schnell wie möglich.

Fein, sagte Madame Fonforma, also langsam. Dahinten ist der Pik Imperial, da wohne ich, und ich verrate Ihnen gleich, Richard, es wartet auf Sie Arbeit. Ich lasse Ihnen vollkommen freie Hand, Sie können frei entscheiden, Sie sollen alles nach Ihrer Sachkenntnis organisieren. Es ist ein bißchen durcheinander in meinem sogenannten Schloß. Es muß jetzt einer kommen, der aufräumt, und zwar energisch.

Pik Imperial warf bereits einen Schatten, als sich die Blase auf seiner Spitze niederließ und Schrimms einen Stoß an seinem Hintern spürte. Es wird sich jetzt ein etwas eigenartiges Gefühl in Ihren inneren Organen bemerkbar machen, sagte Fonforma, wir fahren senkrecht von oben ein, und zwar in einem ruckweisen vorsichtigen Absinken, um zu vermeiden, daß der Temperaturunterschied unsere Blase platzen läßt. Es wird im Inneren des Pik, besonders unten, empfindlich kühl sein.

Das macht nichts, sagte Schrimms, ich würde nur gern wissen, wie dieses Fluggebläse technisch funktioniert.

Das weiß ich auch nicht, es hängt mit unserem Kugelmagnetismus zusammen. Dieses Dings hat mir mein erster Mann erfunden. Da sind wir. Sie half Schrimms aus der Blase. Schön vorsichtig, mein Lieber, sie sah ihn zärtlich an.

Schrimms stand benommen in einer großen, kühlen und düsteren Halle. Fonforma riß aus einem Wandschrank zwei zottelige Pelze. Schnell anziehen, Richard, sonst erkälten wir uns hier.

Schrimms half Fonforma in den Pelz, er hob ein bißchen ihr kurzes Haar, was zwar nicht nötig war. Er wollte weiter nichts bemerken, doch ohne seinen Willen kam es: Sie haben einen bewunderungswürdigen Nacken . . . Schrimms dachte, das ist nicht meine Redeweise, er kniff die Lippen zu, um nicht noch weitere Sätze herauszulassen.

Fonforma lächelte ihn an. Ihr Mund schien ihm die Worte einzuhauchen und abzuziehen, ganz wie es ihr beliebte. Manchmal ließ sie ihn reden, was ihm von selbst einfiel, doch wann das war, bestimmte sie.

Er fragte, wollen Sie Frischkost, Exzellenz, er hoffte selbst davon was abzukriegen und sich ein bißchen gegen ihre Strahl- und Saugkraft zu immunisieren.

Fonforma sagte, jetzt nicht. Sie rappelte mit einem Schlüsselbund.

Schrimms schien es, als ob sich in der düsteren Halle Wesen aufhielten, die einer Tätigkeit nachgingen. Als sich sein Auge an die Düsternis gewöhnt hatte, erkannte er jenen Verbalienbettler, den er ins Loch gestoßen hatte und der jetzt vor ihm dienerte. Das Individuum war gräulich-lila angezogen, mit einer Art Livree, die schlotterte. Schrimms hätte dem vormaligen Verbalienbettler am liebsten wieder einen Tritt versetzt, diesmal freiwillig.

Aber Fonforma sagte schon, verschwinde, mach dich nicht lästig, ich habe eine wichtige Konferenz mit Richard Schrimms.

Fonforma schob Schrimms hinter einen Vorhang, und, schlüsselrasselnd, über einen Gang. Hier ist es, Richard. Sie öffnete ein Zimmer, das ein gewaltiges, ungemachtes Bett mit Seidenhimmel aufwies. Als Schrimms versehentlich den Himmel streifte, fuhr eine Wolke Staub heraus. Ja, es ist etwas ungemütlich, weil alle diese Existenzen nur quatschen können und nichts tun. Ich bin gezwungen alles selbst zu machen, das Quatschen kann ich aber nicht ertragen. Wenn ich geahnt hätte, wie gierig sich die Existenzen von 37 a dem Fonformismus ausliefern würden! Ich habe nun mal diese innere Kraft. Mir ist sie eingeboren. Es ist mein Recht sie zu benutzen. Nun, ich benutze sie, um diese Kugel zu unterwerfen. Ich wollte sie auf einen technisch annehmbaren Stand entwickeln, die Tunnelzustände verbessern, wenn nicht abschaffen. Du wirst einsehen, daß technisch-wirtschaftliche Umwälzungen nicht ohne Fonformismus möglich sind. Die Leute sind noch nicht so weit, von selbst zu wissen, was sie tun oder sagen sollen. Ich muß sie steueren, das ist mein gutes Recht. Und was geschieht? Sie reißen sich darum, von mir gelenkt zu werden. Kaum setze ich den General-Wortler ins Amt, ist er schon ganz fonform. Der Letzte hat das INSTITUT total verbalisiert, den HANDEL, die VOLKSBILDUNG, die FAMILIENPOLITIK, schließlich die OPPOSITION. Ich habe im Prinzip nichts gegen VERBALE EXISTENZEN, man kann sie gut beherrschen. Nur muß auch mal was produziert werden. Die Kugel strotzt von Fonformismen. Als ich das KUGELTRANSZENDENTALE VORHABEN verkündete, haben sie sich seiner sofort bemächtigt, als ob es wirklich wäre! O, Richard, ist das STINKY.

Das Leben ist so STINKY auf dieser Kugel.

Schrimms dachte, ein schönes Wort. Ja, STINKY, sagte er, das ist eine wertvolle Verbalie, die trifft.

Fonforma schien das Lob zu freuen. Komm, Richard, gib mir einen Kuß.

Schrimms wurde heiß und kalt, er fror und glühte, als ihre Lippen an seinen saugten, in ihn hineinbliesen und wieder saugten.

Hör zu, was du hier tun sollst. Das Schloß muß ordentlicher, wärmer und sauberer werden. Die Heizung muß funktionieren. Dann sollst du einen Garten anlegen, von mir aus einen Sonnengarten und einen Schattengarten, gemäß dem Telefeuer. Laß dir was einfallen, um die von dir entwickelten Gemüse zu reproduzieren. Du sollst auch eine Tierzucht aufbauen. Ein Brunnenspiel erfinden. Du sollst für Ordnung im Fuhr- beziehungsweise Flugpark sorgen. Du sollst dich ständig mir zur Verfügung halten.

Ich soll demnach der Gärtner, der Butler, und was soll ich noch sein?

Mein Mann, Richard. Mein siebenundfünfzigster. Ich liebe dich. Sie wiederholte. Ich liebe dich. Na, wirds bald, was sollst du sagen?

Schrimms krümmte sich. Der siebenundfünfzigste, mein Gott.

Ich möchte, daß du es ungefonformt sagst. Ich kann dich zwingen es zu sagen.

Dann zwing mich, dachte Schrimms, von selber sage ich es nicht.

Du willst nicht, fragte Fonforma, du willst mir diese kleine Gefälligkeit verweigern.

Die Verbalie ist mir zu abgenutzt.

Von mir kommt nichts, was abgenutzt ist.

Wenn es so ist, sprach Schrimms, dann muß ich zugeben: ich liebe dich beziehungsweise Euer Exzellenz. Mit einem Mal ging Schrimms ein Licht auf, gefonformt werden, mit Naturkraft, wie es hier durch die Fonforma geschah, war vielleicht weiter nichts als SICH NICHT TRAUEN.

Ich werde mir das Schloß ansehen, sagte Schrimms.

Mach das, ich muß mich vor den Kasten setzen und über Teleblick regieren, ganz unbeobachtet kann ich meine VERBALEXISTENZEN nicht lassen. Bleib aber nicht zu lange, du bist mein Ehemann.

Schrimms gefiel es in Madame Fonformas Schloß nicht. Der pyramidenförmige Pik enthielt zu viele Kammern, Wendeltreppen, Fahrstuhlschächte, zu viele alte Möbel, kaputte elektronische Geräte, deren Verwendung Schrimms nicht klar war, zu viele kaputte Bücher, Bilder, Kleider, Schmucksachen und viel zu wenig Eßvorräte. Und wo den Garten anlegen, die Brunnenspiele. Madame Fonforma dachte sich das leicht. Gab es hier eine Wasserleitung, wo stellte man sie ab und an, Haupthahn im Keller höchstwahrscheinlich. Trat ihm nicht der Verbalienbettler dienernd in den Weg?

Vorwärts, rief Schrimms, zeig mir den Keller. Man muß sich trauen, dachte er. Trau dich, Richard. Dumme trauen sich alles, und Dumme trauen sich auch wieder nichts. Wenn ich mich traue, kriege ich Madame Fonforma in den Griff.

Im Keller kam es Schrimms sauberer vor. Auch die Beleuchtung funktionierte. Sobald Schrimms seinen Fuß auf eine Schwelle setzte, erhellte sich der Raum. Er wunderte sich auch, daß keine Tür verschlossen war. Er meinte aber auf dem Gesicht des ehemaligen Verbalienbettlers Grauen zu sehen.

Plötzlich stand Schrimms in einer Versammlung bleicher Herren. Das Licht in diesem Raum floß violett um durchsichtige Kästen, aufrecht gestellte Quader.

Schrimms glaubte den General-Wortler, auf dessen Sofa er in einer herzlichen Atmosphäre gelächelt hatte, zu erkennen. Der GW bewegte seine Lippen, versuchte, Schrimms etwas zu sagen, hob die Hände, um zeichengebend etwas anzudeuten. Verbale Existenzen sterben nicht. Womöglich sind die Behälter luftdurchlässig. Die Eingeschlossenen wiegten ihre Köpfe. Einige schienen alles andere als klapprig.

Schrimms stellte an den Kästen Nummern und Textstreifen fest. Beim mutmaßlichen letzten General-Wortler las er, vormaliger Ehemann, als General-Wortler vorübergehend abgeschoben, Theoretiker des Kugeltranszendentalen Vorhabens, zur V-Existenz herabgestuft, totale Niete.

So wurde man nun eingeschätzt, nachdem man treu und brav zu dienen glaubte, nachdem man überall gelehrt hatte, daß die VERBALE EXISTENZ die einzig lohnenswerte sei. Herabgestuft.

Schrimms las Beschilderungen: Erfinder und Konstrukteur der Oberflächenflugblase, telefeuerfest, vormaliger Ehemann, neigte zur Überheblichkeit, verlangte einen eigenen Fonformismus, arbeitete hinterhältig an Fonform-Abwehr, zu ewiger verbaler Existenz verurteilt;

Erbauer des Schlosses im Pik Imperial, vormaliger Ehemann,

neigte zur Eigenbausucht, verlangte persönliche Gemächer, las heimlich, zu ewiger verbaler Existenz verurteilt;

Schloßdichter und Sänger, vormaliger Ehemann, brachte nicht die gewünschten Texte auf hoher künstlerischer Ebene zustande, wiederholte sich, zu ewiger verbaler Existenz verurteilt.

Schrimms zählte die Behälter. Es waren hundertneunundzwanzig, siebenundfünfzig mit der Bemerkung: vormaliger Ehemann. So läuft das, dachte Schrimms. Er entdeckte den zweihundertsten Kasten: leer, die Vorderklappe bewegte sich, ein Schild stand dran, unten las Schrimms: Eingeschweißt am. Hier wirst du also eingeschweißt, wenn sie dich satt hat und wenn du nicht mehr gehorchst.

So läuft das, ja, lieber Richard. Madame Fonforma lächelte ihn an. Du liebst mich selbstverständlich. Bei dir wird das nie sein. Du liebst mich. Wirds bald? Sag es. Laut und vernehmlich. Freiwillig. Ich verlange das.

Schrimms sagte, jawohl, ich liebe Euer Exzellenz. Er stürzte sich auf die Fonforma, er drängte sie in den noch unbesetzten Kasten, er schlug die Klappe zu. Einschweißen, dachte er, wie schweißt man das jetzt zu. Er warf sich auf den Kasten. Schrimms lag auf der Fonforma, er sah ihr zärtliches Gesicht, ihr Lächeln, das langsam erstarrte. Er glaubte durch die Luftlöcher zu hören, steh auf, steh sofort auf. Er sagte ICH LIEBE DICH ICH LIEBE DICH ICH LIEBE DICH ICH LIEBE DICH ICH LIEBE DICH.

Schrimms zog den alten Flammenwerfer hervor. Stinkend erweichte sich das Material des Kastens, Schrimms ließ die Ränder schmelzen und drückte sie fest an.

Nein, dachte Schrimms, ich würde es nicht fertigbringen, und darum ist Madame Fonforma in dieser Art auch nicht die richtige und wahre, ich glaube nicht, daß sie so ist . . .

37

Beruhigen Sie sich bitte, sagte der GW, es war eine vorübergehende Schwankung der Energiezufuhr. Er zog an einer Strippe, die von der gläsernen Untertasse über dem Sofa baumelte. Sie war rundum beschriftet. DIE ENERGIEZUFUHR LÄUFT LÜCKENLOS.

Schrimms war, als wachte er aus einem Rausch auf. Unsicher sagte er, mir scheint das Licht ein bißchen trüber. War nicht Madame Fonforma hier?

Madame Fonforma? Ich bitte Sie. Was hätte sie hier sollen? Alles läuft wie es läuft.

Ich möchte trotzdem gerne Madame Fonforma sprechen.

Hat unser Institut bisher nicht alle Ihre Wünsche wahrgenommen?

Nein, sagte Schrimms.

Sie wollen bei Madame Fonforma Klage führen?

Ich will sie kennenlernen und mich von ihr verabschieden. Ich gönne jedem seine Lebensform. Was mich betrifft, ich möchte jetzt nach Hause.

Der GW lächelte textlos, doch ließ er nicht erkennen, ob er ironisch, traurig oder beleidigt lächelte. Wenn Sie es durchaus wollen, ich bin der letzte, der Sie hindert, Madame Fonforma aufzusuchen, es würde gut zu Ihnen passen, mit höchsten Geistern in Kontakt zu treten.

Was heißt hier, Geister, sagte Schrimms in barschem Ton, wo muß ich hin, welche Etage ist es, welche Zimmer-Nummer?

Das bleibt Ihnen überlassen.

Sie meinen, ich soll sie suchen? Ist sie im Institut?

Natürlich weilt sie auch im Institut.

Brauche ich eine Führungsmarke, einen Schein, einen Lotsen?

Ich stecke Ihnen die Madame-Fonforma-Nadel an. Dermaßen ausgezeichnet, wird man Sie überall durchlassen.

Schrimms fühlte einen feinen Stich, wo sich sein Herz befand. Er beklopfte seine Taschen: Flammenwerfer, Hirschhornmesser, zwei Rettiche. Er schielte auf das winzige Fonforma-Bild an seiner linken Brust.

Wohin sich Schrimms im Institut auch wandte, man kam ihm

hilfsbereit entgegen. Bitte, hier eine Dokumentensammlung. Schrimms schlug das Album auf, verwaschene Bilder, schattenhafte Figuren mit Madame-Fonforma-Umrissen. Texte, die sich auf Texte über Texte stützten.

Ich möchte Madame Fonforma persönlich kennenlernen, sagte Schrimms.

Hier unsere Bildergalerie. Einige sind von Laienkünstlern. Bevorzugt wird Ikonenhaftes. Die Meisterwerke sind weiter hinten. Beachten Sie das Triptychon: Fonforma, die Tunnelarmen speisend, Fonforma, mit den Bürokraten kämpfend, beachten Sie die Blitze, die aus Fonformas Augen schießen, Fonforma, zur Erneuerung der Wortwirtschaft aufrufend.

Wo kann ich Madame selber kennenlernen?

Haben Sie unseren Film gesehen? Schrimms sah ihn sich noch siebenmal an, ja, Kirke hieß sie erst, ich weiß ...

Wir haben noch mehr Filme. Pro Telefeuergroßumlauf kommen siebzehn Fonforma-Filme raus. Schrimms sah den neuesten, einen Text, ein Ornamentenband, M. F. in lückenloser Folge.

Ich würde gerne ganz persönlich, sagte er.

Da hätten wir das Fonforma-Museum. Bei dieser Auskunft stutzte Schrimms, Museen hielt er für Behältnisse von Toten. Nur selten werden Lebende in sie verbannt.

Hier ist ein typischer Madame-Fonforma-Stuhl.

Ihr eigener Stuhl?

Einer, der ihr Stuhl gewesen sein kann, die Armlehnen zur lokkeren Entspannung, die Rückenlehne, elastisch, den Umständen des Fonformismus angepaßt. Hier eine Kette, ein goldener Kneifer, Stöckelschuhe mit goldenen Hufeisen.

Und das sind alles ihre eigenen Sachen?

Nicht eigentlich, mehr sinngemäß.

Wo kann ich mit Madame Fonforma selber reden?

Hier ist ein Löffel. Mit dem soll sie als Kind gegessen haben. Hier die Abschrift einer Schulzeugnisabschrift.

Schrimms mochte das Institut durchwandern, wohin er wollte: man spielte ihm historisch krächzende Fonforma-Platten vor, fast riß er eine Fonforma-Büste von ihrem Sockel, man führte ihn durch Gänge, die mit Fonforma-Postern ausgestattet waren, er trabte über Teppiche mit eingewebtem Madame-Fonforma-Muster, und als er einen Skulpturen-Saal betrat, in dem die Spiegelung funktionierte, erschrak er vor der Masse der Fonformas, die sich mit massenhaft vorhandenen Schrimmsen zu unterhalten schienen.

Ermattet saß er auf der Bank, als eine Gruppe Schüler, die eine Institutsbesichtigung durchführte, hereingeschlurft kam.

Ein weißhaariges Männchen in einem Anorak mit aufgenähtem Röhrenferkel begrüßte Schrimms. Wie wärs mit einem kleinen Zapfen, unauffällig?

Einen kann ich entbehren, sagte Schrimms. Er schrapte heimlich einen Rettich für Opa Ho, der sich die Raspel in den Mund schob.

Obwohl Schrimms auch vom Rettich kostete, befiel ihn plötzlich eine Schwäche. Er fühlte einen Zwang, sich hinzulegen.

Die Dauerschüler, pergamentgesichtige Hutzelmännlein, umringten ihn.

Schrimms glaubte, die Worte wahrzunehmen, es müsse erste Hilfe geleistet werden, wir leisten erste Hilfe entsprechend unserem ERSTE-HILFE-KURS, ich habe eine EINS in erste Hilfe, wenn man zur ersten Hilfe schreitet, ist zu beachten, daß man zunächst die ERSTE-HILFE-ENZYKLOPÄDIE aufschlägt und sich darüber informiert, welches ERSTE-HILFE-MOTIV zuständig sein könnte, es gibt verschiedene Motive, die eine Hilfsaktivität betrachtenswert erscheinen lassen.

Schrimms hielt den letzten Eiszapfen so fest er konnte. E PERICOLOSO SPORGERSI.

38

Der schwerhörige Schrankenwärter besaß zwar keinen Schlüssel zu Schrimmsens Wohnung, behauptete aber, sein Kellerschlüssel passe dort, Schrimms sei nie drauf gekommen, er habe es ihm nie gesagt, heimlich in Schrimmsens Wohnung sei er trotzdem nie gedrungen, jetzt dringe er im Beisein von Zeugen ein, weil Schrimms vermißt wurde, wenn er es recht verstanden habe, und weil er ihn seit mindestens drei Tagen nicht habe weggehen sehen, Schrimms auch auf Klopfen nicht erschienen sei, doch seine Stromzähluhr im Hausflur weiterlaufe und durch den Türritz ein Streifen Licht wahrnehmbar sei. Der Schrankenwärter dringe also reinen Gewissens und unter Zeugen in Richard Schrimmsens Räume ein, der Reichsbahnangestellte Werner K. von der Gepäckexpedition Grasleben-Horkenstedt sowie der Reichsbahnlehrling Tommi sollten ihm das bestätigen, desgleichen auch der Herr, der bereits zweimal vorgefahren und wieder abgefahren sei und nochmals wiederkommen wollte, ein Doktor Hornfogel, wie er auf einem Zettel hinterlassen habe.

Schrimms saß vollkommen ungerührt in seinem Sessel, als Werner ihn von hinten ansprach, er reagierte nicht, er gab kein Tönchen ab, dafür entwichen seinem Recorder-Radio Knattertöne. Schrimms hatte einen Kopfhörer ins rechte Ohr gesteckt, auf seinem Tisch lag ein mit rosa Seidenpapier ausgeschlagener Karton, dicht neben einem Topf mit Wald- und Wiesentee. Werner rief, Richard, Mann, zuviel von dem Gebräu und es betäubt dich.

Schrimms reagierte nicht, er sagte nicht, ich mache mich nicht hei, und darum bin ich auch noch fit und habe keine Galle und kein Herz und keine Nerven. Schrimms hatte nicht die Absicht, noch je ein Wort zu sagen, er reagierte eisig kalt, als Werner seine Hand anfaßte. Mann, Richard.

Der Meister sah die letzten Tage schlecht aus, sagte Tommi, ich dachte schon, der kippt uns um.

Doktor Hornfogel gelang es eher, die Situation verbal zu meistern. Unser verstorbener Herr Schrimms besaß ein eminentes Sprachgefühl, er war auf fremde, bisher von unserer Wissenschaft noch unerforschte Sprachen aus, er hatte ein Gespür für außerirdische Sprachmaterialien, war einer völlig neuen Sprache auf der Spur. Ich bin der Meinung, man sollte DIESE NEUE SPRACHE finden, auf seinem Wege weitergehen, Herr Schrimms war leider extrem unzugänglich, ein eigenwilliger Charakter, ja, das war er, doch wird das INSTITUT sich seines Nachlasses annehmen.

Kollege Werner sagte, ich spiele in der Eisenbahner-Blaskapelle, ich denke, wir blasen was für Richard zum Begräbnis, den Trauermarsch, den können wir. Auch ohne Blatt.

Von Johanna Braun und Günter Braun im Suhrkamp Verlag erschienen

Unheimliche Erscheinungsformen auf Omega XI. *Utopischer Roman.* 1981. 239 S. PhB 45. *suhrkamp taschenbuch* Band 646

Der Fehlfaktor. *Utopisch-phantastische Erzählungen.* 1981. 194 S. PhB 51. *suhrkamp taschenbuch* Band 687

Conviva Ludibundus. *Utopischer Roman.* 1982. 192 S. PhB 63. *suhrkamp taschenbuch* Band 748

Der Irrtum des Großen Zauberers. *Ein phantastischer Roman.* 1982. 196 S. PhB 74. *suhrkamp taschenbuch* Band 807

Der unhandliche Philosoph. Berichte zur Biographie des Sokrates. 1982. 172 S. *suhrkamp taschenbuch* Band 870

Der Utofant. In der Zukunft aufgefundenes Journal aus dem Jahrtausend III. 1983. 226 S. PhB 92. *suhrkamp taschenbuch* Band 881

Alphabetisches Gesamtverzeichnis der suhrkamp taschenbücher

Abe, Die vierte Zwischeneinszeit 756
Achternbusch, Alexanderschlacht 61
– Das letzte Loch 803
– Der Neger Erwin 682
– Die Stunde des Todes 449
– Happy oder Der Tag wird kommen 262
Adorno, Erziehung zur Mündigkeit 11
– Studien zum autoritären Charakter 107
– Versuch, das ›Endspiel‹ zu verstehen 72
– Versuch über Wagner 177
– Zur Dialektik des Engagements 134
Aitmatow, Der weiße Dampfer 51
Aldis, Der unmögliche Stern 834
Alegría, Die hungrigen Hunde 447
Alewyn, Probleme und Gestalten 845
Alfvén, Atome, Mensch und Universum 139
– M 70 – Die Menschheit der siebziger Jahre 34
Allerleirauh 19
Alsheimer, Eine Reise nach Vietnam 628
– Vietnamesische Lehrjahre 73
Alter als Stigma 468
Anders, Kosmologische Humoreske 432
v. Ardenne, Ein glückliches Leben für Technik und Forschung 310
Arendt, Die verborgene Tradition 303
Arlt, Die sieben Irren 399
Arguedas, Die tiefen Flüsse 588
Artmann, Grünverschlossene Botschaft 82
– How much, schatzi? 136
– Lilienweißer Brief 498
– The Best of H. C. Artmann 275
– Unter der Bedeckung eines Hutes 337
Augustin, Raumlicht 660
Bachmann, Malina 641
v. Baeyer, Angst 118
Bahlow, Deutsches Namenlexikon 65
Balint, Fünf Minuten pro Patient 446
Ball, Hermann Hesse 385
Ballard, Der ewige Tag 727
– Die Tausend Träume 833
– Kristallwelt 818
Barnet (Hg.), Der Cimarrón 346
Basis 5, Jahrbuch für deutsche Gegenwartsliteratur 276
Basis 6, Jahrbuch für deutsche Gegenwartsliteratur 340
Basis 7, Jahrbuch für deutsche Gegenwartsliteratur 420
Basis 8, Jahrbuch für deutsche Gegenwartsliteratur 457
Basis 9, Jahrbuch für deutsche Gegenwartsliteratur 553
Basis 10, Jahrbuch für deutsche Gegenwartsliteratur 589
Sylvia Beach, Shakespeare and Company 823
Beaucamp, Das Dilemma der Avantgarde 329
Becker, Jürgen, Eine Zeit ohne Wörter 20
– Gedichte 690
Becker, Jurek, Irreführung der Behörden 271
– Der Boxer 526
– Jakob der Lügner 774
– Schlaflose Tage 626
Beckett, Das letzte Band (dreisprachig) 200
– Der Namenlose 536
– Endspiel (dreisprachig) 171
– Glückliche Tage (dreisprachig) 248
– Malone stirbt 407
– Molloy 229
– Warten auf Godot (dreisprachig) 1
– Watt 46
Das Werk von Beckett. Berliner Colloquium 225
Materialien zu Beckett »Der Verwaiser« 605
Materialien zu Becketts »Godot« 104
Materialien zu Becketts »Godot« 2 475
Materialien zu Becketts Romanen 315
Behrens, Die weiße Frau 655
Bell, Virginia Woolf 753
Benjamin, Der Stratege im Literaturkampf 176
– Illuminationen 345
– Über Haschisch 21
– Ursprung des deutschen Trauerspiels 69
Zur Aktualität Walter Benjamins 150
Beradt, Das dritte Reich des Traums 697
Bernhard, Das Kalkwerk 128
– Der Kulterer 306
– Frost 47
– Gehen 5
– Salzburger Stücke 257
Bertaux, Hölderlin 686
– Mutation der Menschheit 555
Beti, Perpétue und die Gewöhnung ans Unglück 677
Bienek, Bakunin, eine Invention 775
Bierce, Das Spukhaus 365
Bingel, Lied für Zement 287
Bioy Casares, Fluchtplan 378
– Tagebuch des Schweinekriegs 469
Blackwood, Besuch von Drüben 411
– Das leere Haus 30
– Der Griff aus dem Dunkel 518
Blatter, Zunehmendes Heimweh 649
– Schaltfehler 743
Bloch, Atheismus im Christentum 144
Böni, Ein Wanderer im Alpenregen 671
Börne, Spiegelbild des Lebens 408
Bohrer, Ein bißchen Lust am Untergang 745
Bonaparte, Edgar Poe, 3 Bde. 592
Bond, Bingo 283
– Die See 160
Brandão, Null 777
Brasch, Kargo 541
Braun, J. u. G., Conviva Ludibundus 748
– Der Fehlfaktor 687
– Der Irrtum des Großen Zauberers 807
– Unheimliche Erscheinungsformen auf Omega XI 646
Braun, Das ungezwungne Leben Kasts 546
– Gedichte 499
– Stücke 1 198
– Stücke 2 680
Brecht, Frühe Stücke 201
– Gedichte 251
– Gedichte für Städtebewohner 640
– Geschichten vom Herrn Keuner 16
– Schriften zur Gesellschaft 199
Brecht in Augsburg 297
Bertolt Brechts Dreigroschenbuch 87
Brentano, Berliner Novellen 568
– Prozeß ohne Richter 427
Broch, Hermann, Barbara 151
– Briefe I 710
– Briefe II 711
– Briefe III 712
– Dramen 538
– Gedichte 572

– Massenwahntheorie 502
– Novellen 621
– Philosophische Schriften 1 u. 2
2 Bde. 375
– Politische Schriften 445
– Schlafwandler 472
– Schriften zur Literatur 1 246
– Schriften zur Literatur 2 247
– Schuldlosen 209
– Der Tod des Vergil 296
– Die Unbekannte Größe 393
– Die Verzauberung 350
Materialien zu »Der Tod des Vergil« 317
Brod, Der Prager Kreis 547
– Tycho Brahes Weg zu Gott 490
Broszat, 200 Jahre deutsche Polenpolitik 74
Brude-Firnau (Hg.), Aus den Tagebüchern
Th. Herzls 374
Buch, Jammerschoner 815
Budgen, James Joyce 752
Büßerinnen aus dem Gnadenkloster, Die 632
Bulwer-Lytton, Das kommende Geschlecht 609
Buono, Zur Prosa Brechts. Aufsätze 88
Butor, Paris–Rom oder Die Modifikation 89
Campbell, Der Heros in tausend Gestalten 424
Casares, Schlaf in der Sonne 691
Carossa, Ungleiche Welten 521
– Der Arzt Gion 821
Über Hans Carossa 497
Carpentier, Die verlorenen Spuren 808
– Explosion in der Kathedrale 370
– Krieg der Zeit 552
Celan, Mohn und Gedächtnis 231
– Von Schwelle zu Schwelle 301
Chomsky, Indochina und die amerikanische
Krise 32
– Kambodscha Laos Nordvietnam 103
– Über Erkenntnis und Freiheit 91
Cioran, Die verfehlte Schöpfung 550
– Vom Nachteil geboren zu sein 549
– Syllogismen der Bitterkeit 607
Cisek, Der Strom ohne Ende 724
Claes, Flachskopf 524
Condrau, Angst und Schuld als Grundprobleme in der Psychotherapie 305
Conrady, Literatur und Germanistik als Herausforderung 214
Cortázar, Bestiarium 543
– Das Feuer aller Feuer 298
– Die geheimen Waffen 672
– Ende des Spiels 373
Dahrendorf, Die neue Freiheit 623
– Lebenschancen 559
Dedecius, Überall ist Polen 195
Degner, Graugrün und Kastanienbraun 529
Der andere Hölderlin. Materialien zum »Hölderlin«-Stück von Peter Weiss 42
Der Ernst des Lebens 771
Dick, LSD-Astronauten 732
– Mozart für Marsianer 773
– UBIK 440
Die Serapionsbrüder von Petrograd 844
Doctorow, Das Buch Daniel 366
Döblin, Materialien zu »Alexanderplatz« 268
Dolto, Der Fall Dominique 140
Döring, Perspektiven einer Architektur 109
Donoso, Ort ohne Grenzen 515
Dorst, Dorothea Merz 511
– Stücke 1 437
– Stücke 2 438
Duddington, Baupläne der Pflanzen 45
Duke, Akupunktur 180
Duras, Hiroshima mon amour 112
Durzak, Gespräche über den Roman 318
Edschmid, Georg Büchner 610
Ehrenberg/Fuchs, Sozialstaat und Freiheit 733
Ehrenburg, Das bewegte Leben des Lasik
Roitschwantz 307
– 13 Pfeifen 405
Eich, Ein Lesebuch 696
– Fünfzehn Hörspiele 120
Eliade, Bei den Zigeunerinnen 615
Eliot, Die Dramen 191
Zur Aktualität T. S. Eliots 222
Ellmann, James Joyce 2 Bde. 473
Enzensberger, Gedichte 1955–1970 4
– Der kurze Sommer der Anarchie 395
– Der Untergang der Titanic 681
– Museum der modernen Poesie, 2 Bde. 476
– Politik und Verbrechen 442
Enzensberger (Hg.), Freisprüche. Revolutionäre vor Gericht 111
Eppendorfer, Der Ledermann spricht mit Hubert Fichte 580
Erbes, Die blauen Hunde 825
Erikson, Lebensgeschichte und hist. Augenblick 824
Eschenburg, Über Autorität 178
Ewald, Innere Medizin in Stichworten I 97
– Innere Medizin in Stichworten II 98
Ewen, Bertolt Brecht 141
Fallada/Dorst, Kleiner Mann – was nun? 127
Fanon, Die Verdammten dieser Erde 668
Federspiel, Paratuga kehrt zurück 843
Feldenkrais, Abenteuer im Dschungel des Gehirns 663
– Bewußtheit durch Bewegung 429
Feuchtwanger (Hg.), Deutschland – Wandel und Bestand 335
Fischer, Von Grillparzer zu Kafka 284
Fleißer, Der Tiefseefisch 683
– Eine Zierde für den Verein 294
– Ingolstädter Stücke 403
Fletcher, Die Kunst des Samuel Beckett 272
Frame, Wenn Eulen schreien 692
Franke, Einsteins Erben 603
– Keine Spur von Leben 741
– Paradies 3000 664
– Schule für Übermenschen 730
– Sirius Transit 535
– Tod eines Unsterblichen 772
– Transpluto 841
– Ypsilon minus 358
– Zarathustra kehrt zurück 410
– Zone Null 585
v. Franz, Zahl und Zeit 602
Friede und die Unruhestifter, Der 145
Fries, Das nackte Mädchen auf der Straße 577
– Der Weg nach Oobliadooh 265
– Schumann, China und der Zwickauer See 768
Frijling-Schreuder, Was sind das – Kinder? 119
Frisch, Andorra 277
– Der Mensch erscheint im Holozän 734
– Dienstbüchlein 205
– Herr Biedermann / Rip van Winkle 599
– Homo faber 354
– Mein Name sei Gantenbein 286
– Montauk 700
– Stiller 105
– Stücke 1 70
– Stücke 2 81

– Tagebuch 1966–1971 256
– Wilhelm Tell für die Schule 2
Materialien zu Frischs »Biedermann und die Brandstifter« 503
– »Stiller« 2 Bde. 419
Frischmuth, Amoralische Kinderklapper 224
Froese, Zehn Gebote für Erwachsene 593
Fromm/Suzuki/de Martino, Zen-Buddhismus und Psychoanalyse 37
Fuchs, Todesbilder in der modernen Gesellschaft 102
Fuentes, Nichts als das Leben 343
Fühmann, Bagatelle, rundum positiv 426
– Erfahrungen und Widersprüche 338
– 22 Tage oder Die Hälfte des Lebens 463
Gabeira, Die Guerilleros sind müde 737
Gadamer/Habermas, Das Erbe Hegels 596
Gall, Deleatur 639
García Lorca, Über Dichtung und Theater 196
Gauch, Vaterspuren 767
Gespräche mit Marx und Engels 716
Gibson, Lorcas Tod 197
Gilbert, Das Rätsel Ulysses 367
Ginzburg, Ein Mann und eine Frau 816
Glozer, Kunstkritiken 193
Goldstein, A. Freud, Solnit, Jenseits des Kindeswohls 212
Goma, Ostinato 138
Gorkij, Unzeitgemäße Gedanken über Kultur und Revolution 210
Grabiński, Abstellgleis 478
Griaule, Schwarze Genesis 624
Grimm/Hinck, Zwischen Satire und Utopie 839
Grossmann, Ossietzky. Ein deutscher Patriot 83
Gulian, Mythos und Kultur 666
Gustav Gründgens Faust 838
Habermas, Theorie und Praxis 9
– Kultur und Kritik 125
Habermas/Henrich, Zwei Reden 202
Hammel, Unsere Zukunft – die Stadt 59
Han Suyin, Die Morgenflut 234
Handke, Als das Wünschen noch geholfen hat 208
– Begrüßung des Aufsichtsrats 654
– Chronik der laufenden Ereignisse 3
– Das Ende des Flanierens 679
– Das Gewicht der Welt 500
– Die Angst des Tormanns beim Elfmeter 27
– Die linkshändige Frau 560
– Die Stunde der wahren Empfindung 452
– Die Unvernünftigen sterben aus 168
– Der kurze Brief 172
– Falsche Bewegung 258
– Die Hornissen 416
– Ich bin ein Bewohner des Elfenbeinturms 56
– Stücke 1 43
– Stücke 2 101
– Wunschloses Unglück 146
Hart Nibbrig, Ästhetik 491
– Rhetorik des Schweigens 693
Heiderich, Mit geschlossenen Augen 638
Heilbroner, Die Zukunft der Menschheit 280
Heller, Die Wiederkehr der Unschuld 396
– Enterbter Geist 537
– Nirgends wird Welt sein als innen 288
– Thomas Mann 243
Hellman, Eine unfertige Frau 292
Henle, Der neue Nahe Osten 24
v. Hentig, Die Sache und die Demokratie 245
– Magier oder Magister? 207
Herding (Hg.), Realismus als Widerspruch 493
Hermlin, Lektüre 1960–1971 215
Herzl, Aus den Tagebüchern 374
Hesse, Aus Indien 562
– Aus Kinderzeiten. Erzählungen Bd. 1 347
– Ausgewählte Briefe 211
– Briefe an Freunde 380
– Demian 206
– Der Europäer. Erzählungen Bd. 3 384
– Der Steppenwolf 175
– Die Gedichte. 2 Bde. 381
– Die Kunst des Müßiggangs 100
– Die Märchen 291
– Die Nürnberger Reise 227
– Die Verlobung. Erzählungen Bd. 2 368
– Die Welt der Bücher 415
– Eine Literaturgeschichte in Rezensionen 252
– Das Glasperlenspiel 79
– Innen und Außen. Erzählungen Bd. 4 413
– Italien 689
– Klein und Wagner 116
– Kleine Freuden 360
– Kurgast 383
– Lektüre für Minuten 7
– Lektüre für Minuten. Neue Folge 240
– Morgenlandfahrt 750
– Narziß und Goldmund 274
– Peter Camenzind 161
– Politik des Gewissens, 2 Bde. 656
– Roßhalde 312
– Siddhartha 182
– Unterm Rad 52
– Von Wesen und Herkunft des Glasperlenspiels 382
Materialien zu Hesses »Demian« 1 166
Materialien zu Hesses »Demian« 2 316
Materialien zu Hesses »Glasperlenspiel« 1 80
Materialien zu Hesses »Glasperlenspiel« 2 108
Materialien zu Hesses »Siddhartha« 1 129
Materialien zu Hesses »Siddhartha« 2 282
Materialien zu Hesses »Steppenwolf« 53
Über Hermann Hesse 1 331
Über Hermann Hesse 2 332
Hermann Hesse – Eine Werkgeschichte von Siegfried Unseld 143
Hermann Hesses weltweite Wirkung 386
Hildesheimer, Hörspiele 363
– Mozart 598
– Paradies der falschen Vögel 295
– Stücke 362
Hinck, Von Heine zu Brecht 481
Hinojosa, Klail City und Umgebung 709
Hobsbawm, Die Banditen 66
Hodgson, Stimme in der Nacht 749
Hofmann (Hg.), Schwangerschaftsunterbrechung 238
Hofmann, Werner, Gegenstimmen 554
Höllerer, Die Elephantenuhr 266
Holmqvist (Hg.), Das Buch der Nelly Sachs 398
Hortleder, Fußball 170
Horváth, Der ewige Spießer 131
– Der jüngste Tag 715
– Die stille Revolution 254
– Ein Kind unserer Zeit 99
– Ein Lesebuch 742
– Geschichten aus dem Wiener Wald 835
– Jugend ohne Gott 17
– Leben und Werk in Dokumenten und Bildern 67
– Sladek 163
Horváth/Schell, Geschichten aus dem Wienerwald 595

Hrabal, Erzählungen 805
Hsia, Hesse und China 673
Hudelot, Der Lange Marsch 54
Hughes, Hurrikan im Karibischen Meer 394
Huizinga, Holländische Kultur im siebzehnten Jahrhundert 401
Ibragimbekow, Es gab keinen besseren Bruder 479
Ingold, Literatur und Aviatik 576
Innerhofer, Die großen Wörter 563
– Schattseite 542
– Schöne Tage 349
Inoue, Die Eiswand 551
Jakir, Kindheit in Gefangenschaft 152
James, Der Schatz des Abtes Thomas 540
Jens, Republikanische Reden 512
Johnson, Berliner Sachen 249
– Das dritte Buch über Achim 169
– Eine Reise nach Klagenfurt 235
– Mutmassungen über Jakob 147
– Zwei Ansichten 326
Jonke, Im Inland und im Ausland auch 156
Joyce, Anna Livia Plurabelle 751
– Ausgewählte Briefe 253
Joyce, Stanislaus, Meines Bruders Hüter 273
Junker/Link, Ein Mann ohne Klasse 528
Kappacher, Morgen 339
Kästner, Der Hund in der Sonne 270
– Offener Brief an die Königin von Griechenland. Beschreibungen, Bewunderungen 106
Kardiner/Preble, Wegbereiter der modernen Anthropologie 165
Kasack, Fälschungen 264
Kaschnitz, Der alte Garten 387
– Ein Lesebuch 647
– Steht noch dahin 57
– Zwischen Immer und Nie 425
Katharina II. in ihren Memoiren 25
Kawerin, Das doppelte Porträt 725
Keen, Stimmen und Visionen 545
Kerr (Hg.), Über Robert Walser 1 483
– Über Robert Walser 2 484
– Über Robert Walser 3 556
Kessel, Herrn Brechers Fiasko 453
Kirde (Hg.), Das unsichtbare Auge 477
Kleinhardt, Jedem das Seine 747
Kluge, Lebensläufe. Anwesenheitsliste für eine Beerdigung 186
Koch, Anton, Symbiose – Partnerschaft fürs Leben 304
Koch Werner, Jenseits des Sees 718
– Pilatus 650
– See-Leben I 132
– Wechseljahre oder See-Leben II 412
Koehler, Hinter den Bergen 456
Koeppen, Amerikafahrt 802
– Das Treibhaus 78
– Der Tod in Rom 241
– Eine unglückliche Liebe 392
– Nach Rußland und anderswohin 115
– Reisen nach Frankreich 530
– Romanisches Café 71
– Tauben im Gras 601
Koestler, Der Yogi und der Kommissar 158
– Die Nachtwandler 579
– Die Wurzeln des Zufalls 181
Kolleritsch, Die grüne Seite 323
Komm schwarzer Panther, lach noch mal 714
Komm, Der Idiot des Hauses 728
Konrád, Der Stadtgründer 633
– Der Besucher 492
Konrád/ Szelényi, Die Intelligenz auf dem Weg zur Klassenmacht 726
Korff, Kernenergie und Moraltheologie 597
Kracauer, Das Ornament der Masse 371
– Die Angestellten 13
– Kino 126
Kraus, Magie der Sprache 204
Kroetz, Stücke 259
Krolow, Ein Gedicht entsteht 95
Kücker, Architektur zwischen Kunst und Konsum 309
Kühn, Josephine 587
– Ludwigslust 421
– N 93
– Siam-Siam 187
– Stanislaw der Schweiger 496
– Und der Sultan von Oman 758
Kundera, Abschiedswalzer 591
– Das Leben ist anderswo 377
– Der Scherz 514
Laederach, Nach Einfall der Dämmerung 814
Lagercrantz, China-Report 8
Lander, Ein Sommer in der Woche der Itke K. 155
Laqueur, Terrorismus 723
Laxness, Islandglocke 228
le Fanu, Der besessene Baronet 731
le Fort, Die Tochter Jephthas und andere Erzählungen 351
Lem, Astronauten 441
– Das Hospital der Verklärung 761
– Der futurologische Kongreß 534
– Der Schnupfen 570
– Die Jagd 302
– Die Ratte im Labyrinth 806
– Die Untersuchung 435
– Die vollkommene Leere 707
– Imaginäre Größe 658
– Memoiren, gefunden in der Badewanne 508
– Mondnacht 729
– Nacht und Schimmel 356
– Solaris 226
– Sterntagebücher 459
– Summa technologiae 678
– Terminus 740
– Transfer 324
– Über Stanisław Lem 586
Lenz, Hermann, Andere Tage 461
– Der russische Regenbogen 531
– Der Tintenfisch in der Garage 620
– Die Augen eines Dieners 348
– Die Begegnung 828
– Neue Zeit 505
– Tagebuch vom Überleben 659
– Verlassene Zimmer 436
Lepenies, Melancholie und Gesellschaft 63
Lese-Erlebnisse 2 458
Leutenegger, Ninive 685
– Vorabend 642
Lévi-Strauss, Rasse und Geschichte 62
– Strukturale Anthropologie 15
Lidz, Das menschliche Leben 162
Liebesgeschichten 847
Link, Das goldene Zeitalter 704
– Die Reise an den Anfang der Scham 840
– Tage des schönen Schreckens 763
Literatur aus der Schweiz 450
Lovecraft, Cthulhu 29
– Berge des Wahnsinns 220
– Das Ding auf der Schwelle 357
– Die Katzen von Ulthar 625

– Die Stadt ohne Namen 694
– Der Fall Charles Dexter Ward 391
– In der Gruft 779
MacLeish, Spiel um Job 422
Mächler, Das Leben Robert Walsers 321
Mädchen am Abhang, Das 630
Machado de Assis, Posthume Erinnerungen 494
Machen, Die leuchtende Pyramide 720
Majakowski, Her mit dem schönen Leben 766
Malson, Die wilden Kinder 55
Martinson, Die Nesseln blühen 279
– Der Weg hinaus 281
Mautner, Nestroy 465
Mayer, Außenseiter 736
– Georg Büchner und seine Zeit 58
– Richard Wagner in Bayreuth 480
Materialien zu Hans Mayer, »Außenseiter« 448
Mayröcker. Ein Lesebuch 548
Maximovič, Die Erforschung des Omega Planeten 509
McCall, Jack der Bär 699
McHale, Der ökologische Kontext 90
Meier, Der schnurgerade Kanal 760
Mein Goethe 781
Melchinger, Geschichte des politischen Theaters 153, 154
Mercier, Das Jahr 2440 676
Meyer, Die Rückfahrt 578
– Eine entfernte Ähnlichkeit 242
– In Trubschachen 501
Miłosz, Verführtes Denken 278
Minder, Dichter in der Gesellschaft 33
– Kultur und Literatur in Deutschland und Frankreich 397
Mitscherlich, Massenpsychologie ohne Ressentiment 76
– Thesen zur Stadt der Zukunft 10
– Toleranz – Überprüfung eines Begriffs 213
Mitscherlich (Hg.), Bis hierher und nicht weiter 239
Molière, Drei Stücke 486
Mommsen, Goethe und 1001 Nacht 674
– Kleists Kampf mit Goethe 513
Morante, Lüge und Zauberei 701
Morselli, Licht am Ende des Tunnels 627
Moser, Gottesvergiftung 533
– Lehrjahre auf der Couch 352
Muschg, Albissers Grund 334
– Entfernte Bekannte 510
– Gegenzauber 665
– Gottfried Keller 617
– Im Sommer des Hasen 263
– Liebesgeschichten 164
– Noch ein Wunsch 735
Myrdal, Asiatisches Drama 634
– Politisches Manifest 40
Nachtigall, Völkerkunde 184
Neruda, Liebesbriefe an Albertina Rosa 829
Nizon, Canto 319
– Im Hause enden die Geschichten. Untertauchen 431
Norén, Die Bienenväter 117
Nossack, Das kennt man 336
– Der jüngere Bruder 133
– Die gestohlene Melodie 219
– Nach dem letzten Aufstand 653
– Spirale 50
– Um es kurz zu machen 255
Nossal, Antikörper und Immunität 44
Örkény, Interview mit einem Toten 837
Offenbach, Sonja 688
Olvedi, LSD-Report 38
Onetti, Das kurze Leben 661
Oviedo (Hg.), Lateinamerika 810
Painter, Marcel Proust, 2 Bde. 561
Paus (Hrsg.), Grenzerfahrung Tod 430
Payne, Der große Charlie 569
Pedretti, Harmloses, bitte 558
– Heiliger Sebastian 769
Penzoldts schönste Erzählungen 216
– Der arme Chatterton 462
– Die Kunst das Leben zu lieben 267
– Die Powenzbande 372
Pfeifer, Hesses weltweite Wirkung 506
Phaïcon 3 443
Phaïcon 4 636
Phantasma 826
Plenzdorf, Die Legende vom Glück ohne Ende 722
– Die Legende von Paul & Paula 173
– Die neuen Leiden des jungen W. 300
Pleticha (Hg.), Lese-Erlebnisse 2 458
Plessner, Diesseits der Utopie 148
– Die Frage nach der Conditio humana 361
– Zwischen Philosophie und Gesellschaft 544
Poe, Der Fall des Hauses Ascher 517
Politzer, Franz Kafka. Der Künstler 433
Portmann, Biologie und Geist 124
– Das Tier als soziales Wesen 444
Prangel (Hg.), Materialien zu Döblins »Alexanderplatz« 268
Prinzhorn, Gespräch über Psychoanalyse zwischen Frau, Dichter, Arzt 669
Proust, Briefe zum Leben, 2 Bde. 464
– Briefe zum Werk 404
– Die Welt der Guermantes 2 Bde. 754
– Im Schatten junger Mädchenblüte, 2 Bde. 702
– In Swanns Welt 644
– Sodom und Gomorra 2 Bde. 822
Psycho-Pathographien des Alltags 762
Psychoanalyse und Justiz 167
Puig, Der schönste Tango 474
– Verraten von Rita Hayworth 344
Raddatz, Traditionen und Tendenzen 269
– ZEIT-Bibliothek der 100 Bücher 645
– ZEIT-Gespräche 520
– ZEIT-Gespräche 2 770
Rama (Hg.), Der lange Kampf Lateinamerikas 812
Ramos, Karges Leben 667
Rathscheck, Konfliktstoff Arzneimittel 189
Recht, Verbrecher zahlen sich aus 706
Regler, Das große Beispiel 439
– Das Ohr des Malchus 293
Reik (Hg.), Der eigene und der fremde Gott 221
Reinisch (Hg.), Jenseits der Erkenntnis 418
Reinshagen, Das Frühlingsfest 637
Reiwald, Die Gesellschaft und ihre Verbrecher 130
Ribeiro, Maíra 809
Riedel, Die Kontrolle des Luftverkehrs 203
Riesman, Wohlstand wofür? 113
– Wohlstand für wen? 114
Rilke, Materialien zu »Cornet« 190
– Materialien zu »Duineser Elegien« 574
– Materialien zu »Malte« 174
– Rilke heute 1 290
– Rilke heute 2 355
Rochefort, Eine Rose für Morrison 575
– Frühling für Anfänger 532
– Kinder unserer Zeit 487

– Mein Mann hat immer recht 428
– Das Ruhekissen 379
– Zum Glück gehts dem Sommer entgegen 523
Rodriguez, Monegal (Hg.), Die Neue Welt 811
Rosei, Landstriche 232
– Wege 311
Roth, Der große Horizont 327
– die autobiographie des albert einstein. Künstel. Der Wille zur Krankheit 230
Rottensteiner (Hg.), Blick vom anderen Ufer 359
– Die andere Zukunft 757
– Polaris 4 460
– Polaris 5 713
– Polaris 6 842
– Quarber Merkur 571
Roumain, Herr über den Tau 675
Rüegg, Antike Geisteswelt 619
Rühle, Theater in unserer Zeit 325
Russell, Autobiographie I 22
– Autobiographie II 84
– Autobiographie III 192
– Eroberung des Glücks 389
Russische Liebesgeschichten 738
v. Salis, Rilkes Schweizer Jahre 289
Sames, Die Zukunft der Metalle 157
Sarraute, Zeitalter des Mißtrauens 223
Schäfer, Erziehung im Ernstfall 557
Schattschneider, Zeitstopp 819
Scheel/Apel, Die Bundeswehr und wir. Zwei Reden 522
Schickel, Große Mauer, Große Methode 314
Schimmang, Das Ende der Berührbarkeit 739
– Der schöne Vogel Phönix 527
Schneider, Der Balkon 455
– Die Hohenzollern 590
– Macht und Gnade 423
Über Reinhold Schneider 504
Schulte (Hg.), Spiele und Vorspiele 485
Schultz (Hg.), Der Friede und die Unruhestifter 145
– Politik ohne Gewalt? 330
– Wer ist das eigentlich – Gott? 135
Schur, Sigmund Freud 778
Scorza, Trommelwirbel für Rancas 584
Semprun, Der zweite Tod 564
– Die große Reise 744
Shaw, Der Aufstand gegen die Ehe 328
– Der Sozialismus und die Natur des Menschen 121
– Die Aussichten des Christentums 18
– Politik für jedermann 643
– Wegweiser für die intelligente Frau ... 470
Simpson, Biologie und Mensch 36
Smith, Saat aus dem Grabe 765
Sperr, Bayrische Trilogie 28
Spiele und Vorspiele 485
Spuk, Mein Flirt ... 805
Steiner, George, In Blaubarts Burg 77
– Der Tod der Tragödie 662
– Sprache und Schweigen 123
Steiner, Jörg, Ein Messer für den ehrlichen Finder 583
– Strafarbeit 471
Sternberger, Panorama oder Ansichten vom 19. Jahrhundert 179
– Gerechtigkeit für das 19. Jahrhundert 244
– Heinrich Heine und die Abschaffung der Sünde 308
– Über den Tod 719
Stierlin, Adolf Hitler 236
– Das Tun des Einen ist das Tun des Anderen 313
– Delegation und Familie 831
– Eltern und Kinder 618
Stolze, Innenansicht 721
Strausfeld (Hg.), Materialien zur lateinamerikanischen Literatur 341
– Aspekte zu Lezama Lima »Paradiso« 482
Strawinsky 817
Strehler, Für ein menschlicheres Theater 417
Strindberg, Ein Lesebuch für die niederen Stände 402
Struck, Die Mutter 489
– Lieben 567
– Trennung 613
Strugatzki, Die Schnecke am Hang 434
– Montag beginnt am Samstag 780
– Picknick am Wegesrand 670
Stuckenschmidt, Schöpfer der neuen Musik 183
– Maurice Ravel 353
– Neue Musik 657
Suvin, Poetik der Science Fiction 539
Swoboda, Die Qualität des Lebens 188
Szabó, I. Moses 22 142
Szillard, Die Stimme der Delphine 703
Szczepański, Vor dem unbekannten Tribunal 594
Tendrjakow, Mondfinsternis 717
Terkel, Der Große Krach 23
Timmermans, Pallieter 400
Trocchi, Die Kinder Kains 581
Ueding (Hg.), Materialien zu Hans Mayer, »Außenseiter« 448
Ulbrich, Der unsichtbare Kreis 652
Unseld, Hermann Hesse – Eine Werkgeschichte 143
– Begegnungen mit Hermann Hesse 218
– Peter Suhrkamp 260
Unseld (Hg.), Wie, warum und zu welchem Ende wurde ich Literaturhistoriker? 60
– Bertolt Brechts Dreigroschenbuch 87
– Zur Aktualität Walter Benjamins 150
– Mein erstes Lese-Erlebnis 250
Unterbrochene Schulstunde. Schriftsteller und Schule 48
Utschick, Die Veränderung der Sehnsucht 566
Vargas Llosa, Das grüne Haus 342
– Die Stadt und die Hunde 622
Vidal, Messias 390
Waggerl, Brot 299
– Das Jahr des Herrn 836
Waley, Lebensweisheit im Alten China 217
Walser, Martin, Das Einhorn 159
– Das Schwanenhaus 800
– Der Sturz 322
– Die Anselm Kristlein Trilogie, 3 Bde. 684
– Ein fliehendes Pferd 600
– Ein Flugzeug über dem Haus 612
– Gesammelte Stücke 6
– Halbzeit 94
– Jenseits der Liebe 525
Walser, Robert, Briefe 488
– Der Gehülfe 813
– Der »Räuber« – Roman 320
– Poetenleben 388
Über Robert Walser 1 483
Über Robert Walser 2 484
Über Robert Walser 3 556
Weber-Kellermann, Die deutsche Familie 185
Weg der großen Yogis, Der 409
Weill, Ausgewählte Schriften 285
Über Kurt Weill 237
Weischedel, Skeptische Ethik 635

Weiss, Peter, Das Duell 41
Materialien zu Weiss' »Hölderlin« 42
Weiß, Ernst, Der Aristokrat 792
– Der arme Verschwender 795
– Der Fall Vukobrankovics 790
– Der Gefängnisarzt 794
– Der Verführer 796
– Die Erzählungen 798
– Die Feuerprobe 789
– Die Galeere 784
– Die Kunst des Erzählens 799
– Franziska 785
– Georg Letham 793
– Ich – der Augenzeuge 797
– Männer in der Nacht 791
– Mensch gegen Mensch 786
– Nahar 788
– Tiere in Ketten 787
Weissberg-Cybulski, Hexensabbat 369
Weisser, SYN-CODE-7 764
Weltraumfriseur, Der 631
Wendt, Moderne Dramaturgie 149
Wer ist das eigentlich – Gott? 135
Werner, Fritz, Wortelemente lat.-griech. Fachausdrücke in den biolog. Wissenschaften 64
Wie der Teufel den Professor holte 629
v. Wiese, Das Gedicht 376
Wilson, Auf dem Weg zum Finnischen Bahnhof 194
Winkler, Menschenkind 705
Wittgenstein, Philosophische Untersuchungen 14
Wolf, Die heiße Luft der Spiele 606
– Pilzer und Pelzer 466
– Punkt ist Punkt 122
Wollseiffen, König Laurin 695
Zeemann, Einübung in Katastrophen 565
– Jungfrau und Reptil 776
Zimmer, Spiel um den Elefanten 519
Zivilmacht Europa – Supermacht oder Partner? 137